中國語言文字研究輯刊

二五編

許學仁 主編

第9冊

《大正藏》異文大典
（第二冊）

王閏吉、康健、魏啟君 主編

花木蘭文化事業有限公司

國家圖書館出版品預行編目資料

《大正藏》異文大典（第二冊）／王閏吉、康健、魏啟君　主
編 -- 初版 -- 新北市：花木蘭文化事業有限公司，2023〔民
112〕
目 2+168 面；21×29.7 公分
（中國語言文字研究輯刊　二五編；第 9 冊）
ISBN 978-626-344-430-0（精裝）
1.CST：大藏經 2.CST：漢語字典
802.08　　　　　　　　　　　　　　　　112010453

ISBN-978-626-344-430-0

9 786263 444300

中國語言文字研究輯刊
二五編　第九冊　　　　　　　ISBN：978-626-344-430-0

《大正藏》異文大典（第二冊）

編　　　者　王閏吉、康健、魏啟君
主　　　編　許學仁
總 編 輯　杜潔祥
副總編輯　楊嘉樂
編輯主任　許郁翎
編　　　輯　張雅淋、潘玟靜　美術編輯　陳逸婷
出　　　版　花木蘭文化事業有限公司
發 行 人　高小娟
聯絡地址　235 新北市中和區中安街七二號十三樓
　　　　　　電話：02-2923-1455／傳真：02-2923-1452
網　　　址　http://www.huamulan.tw 信箱 service@huamulans.com
印　　　刷　普羅文化出版廣告事業
初　　　版　2023 年 9 月
定　　　價　二五編 22 冊（精裝）新台幣 70,000 元　　版權所有 · 請勿翻印

《大正藏》異文大典
（第二冊）

王閏吉、康健、魏啟君　主編

目

次

C

猜

　　瞋：[三][宮]318 恚恨。
　　精：[三][宮]2103 體襲邪。
　　情：[甲]952 疑。

才

　　卜：[宋][元]2061 力可敵。
　　便：[明]2076 舉。
　　材：[明]2122 明博識，[三]2110 既立乃。
　　財：[甲]970 藝過人，[甲]1728 具大勢，[明]1485 童子菩，[三][宮]397 增長三，[三][宮]461 一切，[三][宮]2122 德純備，[三][甲]1101 文殊須，[三]193 厚務及，[三]2149 有五備，[元][明]2060，[元][明]下同 754 何謂爲。
　　纔：[甲]2036 訖天寶，[甲]2036 十，[明]2076 接氣常，[明]2076 終便能，[明]2076 出師曰，[明]2076 見老和，[明]2076 見入，[明]2076 跨門提，[明]2076 入方丈，[明]2076 入門提，[明]2076 生爲什，[明]2076 有僧參，[明]2076 綻正，[明]2076 坐，[明]下同 2076 見師便，[明]下同 2076 繫大衆，[明]下同 2076 一念異，[明]下同 2076 道著宗，[明]下同 2076 禮拜次，[明]下同 2076 六旬悉，[明]下同 2076 入門見，[明]下同 2076 隨語會，[明]下同 2076 有僧出，[三][宮]2060 下一鑊。
　　讒：[甲]2036 午耳法。
　　成：[乙]1736 器告衆。
　　村：[明]2122 數百家。
　　大：[甲]2270 智相。
　　等：[三][宮][聖]278 究竟彼。
　　方：[甲]1780 便則知，[三][宮]2060 咸。
　　戈：[甲]2193 諸。
　　木：[甲]1816 王，[甲]2128 聲下音。
　　身：[明]361 健勇猛。
　　識：[甲]2255 悟明敏。
　　士：[甲]2036 大夫徒。
　　手：[三][宮]480。
　　書：[明]2121 藝博通。
　　歲：[甲]2261 學超世。
　　言：[宮]1435 具足無。

予：[乙]子[丙]2092 曰。

哉：[甲]1924 童子自。

材

才：[甲]2006，[甲]2036 不知道，[明]2103，[三]2146 能若不。

村：[三][宮]309 修善，[三][宮]1547 擔，[聖]1425 縛或著。

伐：[甲]2194 材必以。

林：[宮]、杖[聖]1428 木竹文，[宮]2060 美上假，[甲]2073 書曰，[甲]2128 絕異也，[甲]2128 戾曲也，[明]、才[聖]1462 木取竟，[明]1301 出其爐，[明]1428 曳竹，[明]1463 木隨意，[明]1644 木殿堂，[明]2053 珠玉丹，[明]2122 木已自，[三][宮]721 木花葉，[三][宮]2060 雖往，[三][宮]2122 木松柏，[三]99 譬經説，[三]2108 智又常，[聖]1462 人者檀，[聖]1462 是時佛，[宋][元][宮]、木[明]2122 忽見調，[宋][元][宮]317 木合集。

木：[明]、村[聖]1425 持用作，[三][宮]1428。

巧：[三]210 匠調木。

物：[三][宮]1435 阿羅毘。

杖：[三]193 木捩撮，[聖]1428 木橡柱，[元][明]99 以斧斤。

財

敗：[宮]1559 物現前。

寶：[甲]871 施，[明]220 伎樂恭，[三][宮]1451 豐足受，[三]1442 常畏

失，[乙]1723 故生歡。

報：[宮]1662。

別：[甲]1736 前難約，[三]1441 物已取。

不：[明]310 能無貪。

才：[甲]1158，[甲]1735 所見故，[三][宮]477 天，[三]2122 德請以，[宋][宮]、事[元][明]477，[原]1286 得三明。

材：[明]1644 寶生生，[三][宮]、明註曰財南藏作材 2122 積門內，[三][宮]425 見，[三][宮]1421 物或熏，[三][宮]2059 理自成，[三]1440 時作是。

裁：[三][宮][聖][另]1435 不足故，[三][宮]1425 不得默，[三][宮]1428，[三][宮]1428 彼比丘，[三][宮]1435，[三][宮]1435 何等是，[三][宮]1463 中染作，[三][聖][另]1435 不足故，[宋][元][聖][另]、－[明]1435 來我爲。

纔：[三][宮]2060 財及冠，[三][宮]2060 唱傾耳，[三][宮]2121 有小失，[三]2060 兩紙酬。

城：[知]384 妻子象。

初：[甲]1795 案定其。

賜：[三][宮]1615 寶。

大：[三][宮]649 寶。

得：[三]1435 羯磨比。

法：[聖]1509 施。

非：[元][明]1579 法。

服：[三][宮]1459，[元][明]156 飲食珠。

富：[聖]125。

貴：[聖]211。

賄：[三][宮]1442 物皆失，[三][宮]1579 貨云何。

濟：[乙]1092 履於坦。

賤：[甲]1828 貧家謂，[甲]1969 無少長。

教：[明]99。

截：[三][宮]1425。

利：[三]212 而費耗。

母：[明]1452 受用三，[三][宮]1452 受用謂。

乃：[宮]1428 爲火所。

能：[三][宮][別]397 行聖法。

錢：[三][宮]1425 物如是，[三][宮]1425 物往，[三]202 寶雖有。

賕：[三][宮]729，[元][明][聖]272 以，[元][明]310 若損害。

射：[三]1331 施。

生：[聖][另]675 不著果。

時：[丙]2777 而修堅，[宮]1453 作羯恥，[宮]1545 受用二，[三][宮]2121 物是爲，[三]100 用入多，[三]1581 四大增，[宋]125 亦復隨，[宋]1566 訖縱。

他：[宮]397 若知。

物：[三][宮]1452 其數巨，[聖]1428。

現：[三][宮]288 以神通。

餘：[宮]1548 物不施。

雜：[三][宮]221 施自行。

則：[宮]649 持此方，[宮]721 物者是，[宮]1549 說是語，[甲]1893 色

誠汝，[甲]2087 賄俗輕，[久]761 寶諸佛，[明]1440 不須説，[三][宮]1435 福德成，[三][宮]2108 成萬品，[三][宮]2122 不散十，[三]192 不供足，[聖]99 自供快，[聖]231 若法與，[聖]425 寶藏，[聖]1465 養智慧，[聖]1509 行，[聖]1544 供養二，[聖]1579 利稱譽，[聖]1582 物不能，[聖]1582 物如是，[另]310 物具足，[另]1509 利，[宋][宮]221 安立，[宋][宮]447 佛南無，[宋][宮]2060 食順言，[元][明]2125，[知]266 蠲捨衆。

賊：[甲]、賊[甲]1782 十五除，[甲]2217 來，[三][宮]1428 物處所，[宋]725 纖毫不。

珍：[福]375 寶如願，[三]374 寶如願。

職：[原]1695 位果後。

諸：[三][宮]1435 物以易。

裁

才：[宋][宮]、纔[元][明]403 及一事。

財：[甲]2036 成天地，[聖][另]1463 作。

纔：[三][宮]511 足坐耳，[三][宮]1644 得喚何，[三][宮]2103 暄，[三][宮]2103 欲得力，[三][宮]2103 欲運力，[三][宮]2121 足作舍，[三][宮]2122 壽百，[三]4 壽百歲，[三]118 動我走，[三]2059 竟，[三]2060 得數遍，[三]2060 可百步。

戴：[甲]1724，[三][宮]2122 成

之恩。

分：[甲]2068 七卷經。

或：[三]1809 作十隔。

截：[甲][乙]1822 身分異，[甲]1820 斷是非，[明]2103 剪有，[明]2123 斷也，[三][宮]671，[三][宮]1428 作一重，[三][宮]1451 割將作，[三][宮]1451 衣往俗，[三][宮]1462 簪縫，[三][宮]2108 於壞色。

式：[三][宮]2103 金。

我：[元]1435 割縫連。

義：[宮]2060 斷首。

栽：[明]1299 接修立，[三][宮]1542 對礙憎，[三][宮]2102 而敷玄，[宋][宮]2123。

載：[甲]2298 見此一，[明]2131 唯十六，[宋]、截[元][明]2149 彼，[元][明]2122 唯十六。

纔

閉：[三][宮]2103。

才：[甲]2006 出衆來，[甲]2006 點頭文，[甲]2036 十八年，[三][宮]2060 有故基，[宋][宮]2060 充延命，[宋][宮]2060 有昏昧。

裁：[宮]2059 竟合掌，[三][宮]425 覆形猶，[三][宮]528，[三][宮]1421 有氣息，[三][宮]1435 得活命，[三][宮]2121 動示有，[三]23 自活命，[三]100 欲爲存，[三]152 息六日，[三]154 得，[三]188 直兩三，[三]189 蔽形體，[三]211 自支，[三]211 足作舍，[聖]1421 有氣息，[聖]1425 成上座，

[聖]1763 有一分，[宋]26 燃便滅，[元][明][宮]614 得如楺。

僅：[乙]2263 入心所。

絕：[宮]2112 登壽考。

前：[甲]951 所散花。

水：[宮]2058 齊其膝。

我：[三]1549 欲存形。

餘：[甲]2250 蔽。

緣：[聖]1563 生已即。

在：[甲]893 近或。

則：[甲]2068 始發聲。

終：[甲]2266 開慈氏。

采

采：[甲]2039，[甲]2039 織綜詞。

採：[和]293 女諸龍，[甲]1912 用，[甲]2036 以給一，[明]2076，[明]2076 菌子來，[明]2076 人無數，[明]2076 粟斛，[三][宮][知]598 法義般，[三][宮]263 其誼，[三][宮]403 本所未，[三][宮]588 其義，[三][宮]2060 三藏研，[三][宮]2060 英英獨，[三][宮]2103 薇遣戍，[三][宮]2104 初在蘇，[三][宮]2122 納君，[三]2154 貫絕，[原]1858 衆經。

彩：[宮]263 畫若干，[明]22 畫文，[明]2122 女色絕，[明]2122 之色非，[三]、婇[聖]1440 畫房舍，[三]2103 延華，[三][宮]2103 玉組夙，[三][宮]310 畫，[三][宮]1478 畫不得，[三][宮]1547 彼作經，[三][宮]2059 灑落善，[三][宮]2060，[三][宮]2060 常示如，[三][宮]2060 都邑受，[三]

[宮]2060 度，[三][宮]2060 加以有，[三][宮]2060 乃，[三][宮]2060 鋪詞橫，[三][宮]2060 鋪贍義，[三][宮]2060 嗣接英，[三][宮]2060 暹神，[三][宮]2060 鮮潔，[三][宮]2060 秀發偏，[三][宮]2060 焉多歷，[三][宮]2060 嚴正預，[三][宮]2060 縈，[三][宮]2060 則，[三][宮]2060 織綜詞，[三][宮]2060 專講論，[三][宮]2102 粲嘯靈，[三][宮]2102 齊軌姬，[三][宮]2103 被春，[三][宮]2103 壞，[三][宮]2103 巨麗慰，[三][宮]2103 詎發無，[三][宮]2103 雙，[三][宮]2103 無新故，[三][宮]2103 怡神輔，[三][宮]2103 炤曜天，[三][宮]2103 卓然，[三][宮]2104 泰，[三][宮]2122 卓犖高，[三][宮]下同 721 故畫於，[三]193 畫度，[三]2087 是，[三]2122 洞燭一，[三]2122 色類不，[三]下同 2103 瓊華九，[宋][元][宮]、綵[明]2123 而像紅。

綵：[明][知]下同 384 女在池，[三]627，[三]627 千諸龍，[三]642，[三]642 女俱，[元][明]2121 女晝夜。

綵：[明]165，[明][和]293 女以爲，[宋]、彩[元][明][宮]671，[宋][宮]2111 問名同，[宋][元]、彩[明]2110 璧。

髟：[三]2034 博綜群。

來：[三]、列[宮]2122 不凡言，[三][宮][另]1435 悉奪衣，[三][宮]640 建，[三][宮]2122 無新故。

覽：[明]2076 一切善。

妹：[宮]279 女圍遶。
妙：[宮]278 女衆詣。
手：[甲]2001 廓廓落。
緣：[宮]310 莊嚴悉。

採

拔：[元][明]1435 花種種。
采：[三][宮]1442 與彼同，[三][宮]1507 法言聞，[三][宮]2121 華散王，[三][甲]901 其葉即，[三]212 衆經之，[三]2145 衆音退，[宋][元]、來[明]153 是受非，[宋][元]212 取奇珍。
標：[甲]2362 於玄。
補：[甲]1799 陽之術。
采：[宮]618 精味其，[宮]2121 寶乘，[宮]2121 寶正是，[宮]2121 之朝去，[宮]2121 珠以濟，[宮]2123 寶值魚，[甲]2035 藥入，[明]721 集種，[明]721 拾種種，[明][乙]1092 伏藏法，[明][乙]1092 無價珍，[明]212 寶家人，[明]682 集業爲，[明]2087 稱其福，[明]2087 風壞，[明]2087 菓以時，[明]2087 菓遇王，[明]2087 花以散，[明]2087 既濕尚，[明]2087 時果酌，[明]2087 養初至，[明]2087 異華菓，[三]212 寶，[三][宮]1562 非但由，[三][宮]606 而鈔取，[三][宮]645，[三][宮]1507 寶值此，[三][宮]1673 佛經典，[三][宮]2031 沙中金，[三][宮]2103 經律涉，[三][宮]2104 伏增悚，[三][宮]2108 吾聞鬼，[三][宮]2121 蓮華欲，[三][宮]2122 微妙之，[三][宮]2123 死即當，[三][聖]375 取

珍寶，[三]212 致珍寶，[三]266 隨此教，[三]279，[三]375 佛言善，[三]375 服甘露，[三]375 花則入，[三]375 取珍寶，[三]375 味汝亦，[三]2145 事備辭，[三]2145 藥於豫，[三]2149 摭，[三]2154 取異藥，[三]2154 菽氏造，[宋][宮]263 四品藥，[宋][宮]420 他語常，[宋][宮]2121 寶經飢，[宋][宮]2121 薪上樹，[宋][宮]2121 珠以濟，[宋][元][宮]1459 花果類，[宋][元][宮]1507 寶經過，[宋][元][宮]2121 寶悉皆，[宋][元][宮]2121 果適還，[宋][元][宮]2121 花違王，[宋][元][宮]2121 男爲偶，[宋][元]2061，[宋][元]2061 扶桑以，[宋]374 味汝亦，[宋]1092 花眞言，[宋]2106 鍾乳，[宋]2111 圖牒傍。

彩：[甲]1828 畫業至。

媒：[三][宮]2121 女俱出。

綵：[甲]1709 畫諸境，[三]2063 而姿色。

菜：[三]154 果薪草。

宮：[三][宮]2123 人見。

乎：[元][明]461 文殊師。

積：[元][明]、采[宮]1612 集故意。

將：[三]154 果飼。

掬：[元][明]、探[宮]387 寶華用。

捃：[宋][元][甲][乙]、攞[明]2087 摭群言。

來：[三]1340 王子前。

殺：[甲][乙]2309 害。

深：[甲][乙]2328 義意趣，[三]

[宮]606 解無量，[元][明][知]418 智捨。

受：[三]154 法義開。

抒：[三][宮]2102 咸池之。

探：[宮]2121 取妙寶，[宮]2122 古知今，[宮]2123 寶得二，[甲]2036 他佛教，[甲]2095 得歸萬，[甲]2217 經意以，[甲][乙]1929 用大乘，[甲]1722 江左安，[明]1458，[三][宮]2103 龍門而，[三][宮]263 覩其人，[三][聖]361 古知今，[三]197，[三]202 古達今，[三]2103 龍藏蓋，[聖]2157 群籍內，[宋][宮]2034 衆經託，[宋][宮]2102 撮法，[宋]951 惹底延，[原]2271 題驚啓。

選：[三]170 擇得。

遊：[宮]223 十。

宗：[三]1433 要有三。

彩

采：[明]2151 以靈帝，[三]202 手自爲，[三][宮][甲]901 壇一白，[聖]225 筆手，[聖]1733 畫等一。

采：[宮]496 色不以，[宮]1546 而人受，[甲]1733 女圍遶，[甲]2087 如故於，[甲]2087 身眞金，[明]2151 可範樞，[三][宮]1545 色隨所，[三][宮][甲]901 色中用，[三][宮][聖]1602 畫境界，[三][宮][聖]310 相曜積，[三][宮][聖]1428 畫覆者，[三][宮]224 有工師，[三][宮]330，[三][宮]572 顏貌五，[三][宮]1579 色壞時，[三][宮]2059 夷然，[三][宮]2102 發華和，[三]

[宮]2104 前星，[三][宮]2122，[三][宮]2122 甚敬悦，[三][宮]2122 雙瞳方，[三][宮]2122 照發見，[三][甲]901 色中不，[三][聖]1579 石生色，[三][乙]1092 火，[三]279 善男子，[三]375 色欲，[三]2088 光明乃，[聖][知]1579 畫言説，[聖]26 來彼作，[聖]350，[聖]354 色畫爲，[聖]下同 278 色，[東][宮]721 器貪欲，[宋][宮][聖][知]1579 畫境界，[宋][宮]694 畫等事，[宋][宮]1562 畫業此，[宋][元][宮]、綵[明]694 霞紛映，[宋][元][宮]2122 畫，[宋][元][宮]2122 若倒藕，[宋][元]1092 標飾界，[宋][元]1092 印皆使，[宋]279 光鑒映，[宋]279 畫如空，[元][宮]901 色不得，[元]1092 中置其。

採：[三][宮]310 或工於，[宋][元][宮]、采[明]1598 畫故如。

綵：[三]、綵[宮]2122 畫令似。

綵：[博]262 畫作佛，[宮]1611 或，[甲][丙]973 色中勿，[甲][乙][丙]973 色，[甲]1239 色上上，[甲]1921 畫，[明]549 繪莊飾，[三]、采[宮]下同 732，[三]1288 色於板，[三][宮]、採[知]1579 畫業彫，[三][宮]1598 力頗眠，[三][宮][聖][知]1579 唯，[三][宮][另]1428 色染爪，[三][宮]304 畫或以，[三][宮]1442 畫是謂，[三][宮]1442 興往四，[三][宮]1463 色皆壞，[三][宮]1509 若無膠，[三][宮]1521，[三][宮]1655 衣，[三][宮]2060 飾或丹，[三][宮]2122 畫錦綺，[三][宮]2122 色中不，[三][宮]下同 1443 服

具備，[三]187 摩尼珠，[三]220 色畫作，[三]2110 無別量，[聖]、采[另][倉]1522 畫虛空，[聖][另]310 畫像究，[聖]125 畫極令，[聖]125 已竟猶，[聖]1435 畫無臥，[石][高]1668 畫語則，[東][元][宮]下同 721 色種種，[宋]、采[元][明][宮]2121，[宋][宮][聖]1425 畫今王，[宋][宮][聖]1509，[宋][宮]332 之色非，[宋][宮]1425 畫唯除，[宋][明][宮]、采[元]374 畫作衆，[宋][元][宮]、采[聖]1522 畫虛空，[宋][元][宮]721 畫種種，[乙]966 色圖畫，[原]1239 華一日。

粉：[甲]2323 地遍諸。

畫：[甲]2401 色像之。

來：[三][宮]、－[聖]1579 畫地遍，[聖]481 畫如小。

類：[甲]2401 色義復。

衫：[明]、領[宮]2112 之帔立，[原]2006 穿小慈。

絲：[三][聖]643 及頗，[乙]966 色圖畫。

形：[甲]2366 是則如，[三][宮]263 像，[乙]2394 繫頸。

儀：[三]2110。

影：[甲]1861 復起率。

緣：[宮]1435 畫。

綵

采：[宮]694 女持寶，[明]682 女等，[宋][元][宮]402 女八萬，[元][明]162 女乃有。

采：[宮]263 女貴人，[宮]310 女

以爲，[宮]2121 女三千，[甲]1786 女者采，[明][乙]1092 女大臣，[明][乙]1092 女僮僕，[明]316 女眷屬，[明]2122 女凡有，[明]2122 女共相，[明]2122 女圍繞，[明]2122 女娛，[三][宮]397 女及以，[三][宮]1562 女園林，[三][宮]2040 女入此，[三][宮]2041 女以天，[三][宮]2041 女娛樂，[三][宮]2045 女之衆，[三][宮]2059 女先，[三][宮]2085 女皆住，[三][宮]2121 女不可，[三]195，[三]綵[聖]375 女出城，[聖]199 女，[聖]310 女，[聖]376，[聖]411 女，[聖]627 女，[聖]1199 女等亦，[聖]下同 292 女宮殿，[宋][宮]2121 女皆持，[宋][宮]2121 女其第，[宋][宮]2121 女圍繞，[宋][宮]2123 女等同，[宋][元][宮]、綵[明]1428 女侍從，[宋][元][宮]2040，[宋][元][宮]673 女圍遶，[宋][元][宮]694 女諸歡，[宋][元][宮]2040 女阿僧，[宋][元][宮]2040 女眾亦，[宋][元][宮]2041 女姿妙，[宋][元][宮]2043 女娛樂，[宋][元][宮]2121 女而往，[宋][元][宮]2121 女宣，[宋][元][宮]2121 女亦復，[宋][元][宮]2121 女左，[宋][元][宮]2122 女時至，[宋][元][宮]2122 女種種，[宋][元][宮]下同 2043 女以供，[宋][元][宮]下同 2121 女臣佐，[宋][元]129 女五百，[宋][元]375 女悉皆，[宋][元]375 女悉爲，[宋][元]2154 女先有，[元][明]2121 女是畜。

彩：[甲]1742 女三，[三]1005 女歡，[宋][元][宮]674 妓部屬。

綵：[明]152 女皆，[三][宮]329 妙好如，[三]7 女八，[聖][另]310 女入，[聖][另]310 女自娛，[聖][另]1428 女在恒，[聖]99 女亦能，[聖]125 女各無，[聖]190 女等各，[聖]190 女妃后，[聖]190 女左右，[聖]211 女，[聖]211 女大，[聖]1462 女歡樂，[聖]1509 女皆如，[聖]1509 女爲內，[聖]以下 643 女眾中，[宋]374 女無，[宋][宮]2121 女并其，[宋][元][宮]2122 女眾共，[宋][元]159 女及捨，[宋][元]202 女其，[宋]374 女娛樂，[元][明]681 女眾圍，[知]380。

婦：[元][明][聖][另]310 女眷屬。

妓：[三]125 女各有。

妹：[宋]2122。

王：[三]184 女持金。

媱：[甲]1731 女。

淫：[宋]、婬[元][明]375 女。

婬：[三][宮]2040 女千億。

樂：[三]190 女行於。

衆：[三]197 女五樂。

綵

采：[宮]694 而爲繽，[甲]1830 綵於，[明]、[宮]721 女，[三]39 園麁堅，[三]2110 壞，[聖]643 華以爲，[聖]627 花蓋其，[宋]279 處處垂，[宋]279 雲不可，[宋][宮]、[元][明]2108 披緇道，[宋][元][宮]、采[明]2040 女出外。

採：[宮]397 眼，[聖]125 畫之衣。

彩：[丙]2092 屏風七，[宮]377 空中供，[甲][乙]912 色護以，[明]、采[甲]1094 色應和，[明]721 其樹雜，[明]721 衣氎以，[明]2076 爲，[明]2087 絡額形，[明]2103 後生邪，[三]、采[甲][乙]2087，[三]、色[甲][乙]2087，[三][宮]、采[聖]354 色用點，[三][宮]671 色本無，[三][宮]2103 到須彌，[三][宮]323 色爲但，[三][宮]354 色彫飾，[三][宮]414 諸天所，[三][宮]415，[三][宮]415 施散懸，[三][宮]416 畫莊嚴，[三][宮]744 色女人，[三][宮]1546 畫等業，[三][宮]1552 又說一，[三][宮]2040 色畫，[三][宮]2040 鑄，[三][宮]2053，[三][宮]2103 壁而圖，[三][宮]2103 人榮寶，[三][宮]2103 神，[三][宮]2121 畫姝好，[三][宮]2122 色無膠，[三][宮]2123 畫佛形，[三][宮]2123 畫內懸，[三][宮]2123 色不得，[三][宮]下同 354 畫白眞，[三]190 畫花葉，[三]201 畫其身，[三]1014 色極令，[三]1644 色亦復，[三]2125 此乃寺，[宋][宮]377 繽紛如，[元][明]671 色一種，[原]、絲[乙]2404 法也此，[原]1280 雲如。

婇：[宮]310 女等及，[甲][乙]1306 女王，[明]310，[三][宮]310 女如棄，[三][宮]310 女，[三][宮]397 乾闥婆，[三][宮]402，[三][宮]1442 女俱，[三][宮]2040 女及，[三][宮]2121 女五百，[三]157 女五欲，[三]643 女，[三]2145 女先，[宋][元]220 珍異花，[元][明]658 女如是。

蕃：[三][宮]2122 練酬之。

蓋：[三][宮]263 幢幡供，[三][宮]263 幢幡麻。

來：[宋][宮]、彩[元][明]2123 招福壽。

綠：[甲]1268。

生：[明]220 樹。

束：[三][宮]673 復懸無。

絲：[宮]2025 九鼎不。

緣：[宋][元]288 而住諸，[乙]1796 所成故。

菜

採：[明]2122 藥父神。

綵：[聖]1435。

草：[三][宮]1562 所燒爲。

莖：[三]1464 三爲葉。

來：[三]2125 食棄足。

莱：[甲]2128 之間慇。

萊：[三][宮]2040 加租而。

葉：[三][宮]1435 上大小，[三]1421。

業：[三][宮]2060 果。

齋：[三]2063 蔬一。

蔡

案：[三][宮]2122 宣明曾。

祭：[三][宮]280 呵祇剎。

葵：[明]2131 有殼剖。

余：[三][宮]2121 育。

滄

殤：[甲]2119 和惠澤。

餐：[甲]1969 飯食粥，[甲]1969 或便美，[明]190 噉嚼齧，[明]639，[明]2125 常住聖，[三][丙]2087 和飲澤，[三][石]下同 2125 分，[三]262 之意然，[三]2145 終日乎，[三]2149 在道路，[三]下同 2125 祇支偏，[三]下同 2125 食，[宋][元]、諮[明]2154 稟以元，[宋][元]1272 五味食，[乙]2087 餌養生。

粲：[明]2110 法味每。

湌：[宋][宮]2060。

食：[宮]1646 因緣可，[宮]2108 者哉檀，[甲]1736 上品寂，[明]1450 唯佛世，[明]1456 麨，[明]1458 名悅意，[明]1471 便當拭，[明]2122 苦行麁，[三][宮]1442 彼豈來，[三][宮]1442 噉時不，[三][宮]1451 麻毛羽，[三][宮]1451 欲出之，[三][宮]1453 乳酪多，[三][宮]1648 飲無度，[三]152 吾等乎，[三]1242，[聖][另]1459，[聖]211 加行八，[宋][元]200 沙飲水，[宋]306 美食或，[元][明]757 咽或一，[元][明]6 之頃魂，[元][明]190 噉牛糞，[元][明]1451 佛言不，[元][明]1453 過午受。

飧：[聖]190 此能得。

參

驂：[三]292 駕大車，[元][明]474 駕五通。

慘：[明]43 并人言。

讒：[三]203 言非。

恭：[甲][乙]1822 不定，[三][宮]2109 玄祀黃。

集：[甲]1736 成十初。

居：[聖]2157。

卷：[甲][乙]2408 先不。

來：[三][宮]2122 故。

累：[三][宮]2103 玉階之。

三：[明][甲][乙]1174 摩耶摩，[三][聖]1562 顯正集。

森：[甲][乙]1736 羅萬象，[宋]155 天。

槮：[元][明]152 天尠有。

神：[原]、傍註曰、大通禪師云也 2410 秀上座。

忝：[三][宮]2053 緇侶幸。

無：[原]2317 麁細四。

澡：[三]2059 懷勝業。

喿：[宮]1462 婆樓等。

噪：[三][宮]2102 神精明。

喰

飡：[甲]2039 朴夙清，[三][宮][聖][知]1579 味於此，[三][宮]2104 甘露疾，[宋][元][流]、餐[明]360 之力能。

湌：[甲]2039。

餐：[三][宮]1451 飲食五，[三][宮]2122 所能對，[三]847 惡獸豺。

食：[明][甲]1177，[三][宮]1452，[三][宮]2059 澗飲浪。

湌

飡：[甲]、湌[乙]2207 上同俗。

殍

食：[甲]1866 沙金鏘。

餐

飡：[甲]1921，[甲]1921 之意此，[三][宮]2060 七十餘，[三]2122 法，[三]2122 以續餘，[宋][元][宮]2060 音，[宋][元][宮]2040 受法食，[宋][元][宮]2059 挹遣使，[宋][元][宮]2060 法味便，[宋][元]2060 詎貴鈎，[宋][元]2087，[乙]913 珍。

食：[甲]1792 修行報，[宋][元][宮]1670 不王。

貪：[三]、裴[宮]721 垢滅故。

饗：[甲]2087 和飲澤。

殘

踐：[知]741 跋不能。

殺：[明]721 害爲。

賊：[三][宮]729 殺蚊虻。

殘

藏：[宮]2060。

幾：[宋]202 藏物三。

磣：[元]2104 酷群生。

賤：[知]598 不。

踐：[宮]2122 食甚衆，[甲]952 臭宿食，[三][宮]1425 草厭。

劫：[明]2122 六十萬。

舉：[三][宮]1435 宿食耶。

沒：[宮]797 之命得。

滅：[宋]500 愚。

錢：[三]86。

淺：[甲]2339 法執所。

然：[原]2248 亦不合。

肉：[三][宮]2034 師密異。

死：[宮]1425 賣得利。

旬：[甲]2006 雨。

夷：[甲]2787 彼。

疑：[三][宮]1432 食受請。

殉：[元][明]2059 師密。

慚

悲：[乙]1821 恥則不。

慼：[宮]2122 自。

懺：[甲][乙]2232 我今，[乙]901 愧。

恥：[三][宮]2122 懈怠懷。

漸：[甲]2039 篇也意，[明]475 世尊維，[明]721，[明]1582 愧三者，[三]2149 悟別安，[聖]1456 制底信。

解：[甲]2266 折伏成。

愧：[三][宮][聖]1442 而歸或。

慙：[甲]2036 遂浪作。

束：[三]1534 義若或。

歲：[三][聖]211 否曰薄。

怖：[聖]211 不敢舉。

懈：[聖]1442 即便共。

羞：[聖]頂 200 恥。

暫：[三][宮]1593 弱行或，[三][宮]630 善不，[聖]1425 羞，[聖]1595 弱行或，[元][明]26 默。

慼

愁：[三]202 懼逃至。

蠶

　虫：[聖]1421 綿倩諸，[聖]1421 綿衣紆。

　蚕：[聖]1428 蛹作聲。

　蚕：[三]、虫[聖]1440 皆不離。

　繭：[三][宮]2122 汝若成。

憯

　感：[三]2110。

慘

　參：[明]2076 禪師法，[三][宮]2060 哀囀停，[元]2061 不然霰。

　傪：[另]790。

　摻：[宋][宮]、鬖[元][明]660 黑眼目。

　磣：[宮]、憱[聖]231 毒人則，[三][宮]、墋[聖][知]1579 害又諸，[三][宮]1442 毒於。

　愕：[三]2060 然明。

　憆：[三][宮]2122 然不悅。

　燥：[三][宮]1562 亂色異，[宋][宮]606 寒鼠，[原]1203 色旗旗。

粲

　餐：[宋]2063 之龍川。

　璨：[三][宮]398，[三][宮]398 麗於是。

　燦：[甲]1735 若星羅，[三][宮]347 如舒錦。

　縛：[明]1636 覩阿仡。

　祭：[聖]2157 法經慧。

　傑：[三][宮]2060 義學所。

　粂：[聖]2157。

璨

　粲：[三]、[宮]2122 撰，[三][宮]2060 法師，[三]2103 即與受。

　燦：[乙]2092 所立也。

　琛：[三][宮]2034 明芬給。

燦

　璨：[宋][元][宮]2040 朗幽隱。

倉

　蒼：[宮]2053 卒日月，[宮]2122 蠅著屍，[甲]1912 蠅而專，[甲]2039 顏，[甲]2128 黑色能，[甲]2128 頡篇稍，[三][宮]1472 生蒙，[三][宮]2123 天，[三]2103 星昏昊，[三]2125，[元][明]2145 雅詁訓。

　滄：[三][宮]2060 冀魏念。

　鶬：[甲]2128 麋鶬鶊，[元][明]818 鶬水乳。

　瘡：[三][宮]263 藥草無。

　庫：[三]99 藏財寶。

　舍：[宮]2123 中有孔。

　食：[宮]2108 署令趙，[三][宮]2102 儲積而，[聖][另]1548 觀見諸。

蒼

　倉：[宮]1911 蠅爲唾，[宮]2059 也印見，[甲]2128 頡篇云，[甲]2128 也，[明]190，[三][宮]350 蠅在糞，[三][宮]374 蠅爲唾，[三][宮]2029 金出於，[三][宮]2122 頭普曜，[三][聖]99 鷹，[宋][聖]189 頭爾時，[宋][元][宮]2122 狗，[宋][元]2122，[宋]152 天不覩。

滄：[三]2145 海之勢。

蒼：[三][宮]2122 蠅貪樂，[三][宮][聖]310 蠅於不，[三]397 蠅毒虫。

凋：[原]、凋[甲]2006。

群：[明][甲]1177 生惟願。

滄

流：[三][宮]2066 波隙馳。

蒼

蒼：[三][宮]2123 蠅貪樂，[三][宮]2123 蠅之樂。

鶬

老：[三]67 鶬而欲。

蔵

教：[甲]1851 言。

藏

寶：[三]2034 記，[乙]2228 爲冠大。

波：[宋][元]、滅[聖]1464 反兇惡。

部：[甲]2217 世界海。

懺：[明]1808 罪法若。

成：[三][宮]2122 仁每入。

城：[聖]278。

乘：[乙]2397 忍位以。

幢：[明]278 妙寶以，[三]1006。

道：[乙]2296 恒在於。

德：[三][宮]598 爲總持，[三]440 佛南無。

底：[元][明]656。

法：[甲][乙]2219 文於七。

非：[甲]2339 即蘊離。

廣：[聖][甲]1733 智德地。

花：[聖]2157 五。

華：[明]279 閻浮檀。

慧：[宋]279 解脱修。

惑：[三][宮]630 將導曲。

疾：[甲]1736 軀忽而。

戢：[三][聖]125 在心。

滅：[甲]1782 贊曰三，[三]5 人言車。

教：[甲]1778 大乘根，[甲]2434 分齊。

聚：[宮][知]380 爲諸淨，[甲]2266 戒初不。

庫：[聖][另]1435 滿皆。

路：[三][宮]278。

錄：[宋]2154，[元][明]2154。

輪：[宮]866 金剛甚。

茂：[甲]2309 得名。

門：[甲][乙]2223 恒沙法。

密：[甲]2217 記云中，[甲]2219 身，[甲]2396 寶鑰釋。

滅：[三]152 影處于，[三]588 過於凡，[聖]225 定，[原]、懺[原]2196 第一十。

品：[原]、[甲]1744 云菩薩。

若：[甲]1708 諸菩薩。

上：[聖]371 以偈問。

識：[甲]1828 時必起，[甲]1830 振金聲，[甲]2266 當來後，[甲]2266 免言佛。

歲：[甲][乙]2309 然四天。

歲：[宮]2103 亦不論，[三]2060 宗爲師，[乙]2157 孤與母。

索：[甲][乙]2390 如來心。

胎：[三][宮]345 以是推。

臺：[乙]2397 具體四。

歎：[甲]1705 明不思。

威：[宮][聖]425 母字華。

葳：[甲][丙]2134 蕤。

相：[明]2016 以該通。

嚴：[甲]1705 土中有，[甲][丙]2397 華嚴以，[甲]2337 故是故，[明]1985 世界盡，[乙]2381 舍那心，[原]2339 法輪。

巖：[明]638 不即更。

義：[甲]2305 故本是，[甲]2255 一者有，[甲]2301 通五見，[甲]2305 而無差，[三][宮]2034 決律法，[三]375 一切衆，[三]1582 廣分別，[乙]1796 毘盧遮，[乙]1822 述餘師，[乙]2218 毘盧遮，[乙]2263 若有其，[乙]2397 闕而不，[元][明][宮]374 一切衆，[原][甲]1781 一者毘，[原]2397 第二重。

薀：[原]2395。

雜：[甲]2184 阿毘曇。

臧：[甲]2039 壬寅立。

賍：[三][宮]1462 不敢隱。

臟：[明]721，[明]1604 勝大禪，[明]657 燋爛下，[明]721 風住在，[明]721 若其母，[明]721 上衝生，[明]721 熟藏，[明]721 所謂屎，[明]1509 不調結，[明]1604 乳母勝，[明]1644 腸胃並，[明]2060 都皆外，[三]1644 或

從耳，[元][明]375 大小，[元][明]2106。

臟：[甲][乙]1799 如是等，[甲]1799 故云汝，[明]2 中放大，[明]1451 食生藏，[明]1545 中間住，[明]86 皆燋盡，[明]99，[明]293 腑悉皆，[明]293 之內出，[明]424 萬四千，[明]553 腸胃，[明]613 熟藏，[明]657，[明]741 東西南，[明]1418 願佛慈，[明]1450 觀彼女，[明]1450 皆，[明]1462 於是失，[明]1536 苦往還，[明]1538 腹如何，[明]1538 乳產之，[明]1545 間住冥，[明]1545 中稟諸，[明]1546 熟藏，[明]1562 中漸漸，[明]2102 之心非，[明]2121 手腳各，[明]2121 之上母，[明]2122，[明]2122 露現臭，[明]2122 平調，[明]2122 四，[明]2123 皆燋爛，[明]2123 在腹內，[明]下同 613 熟藏四，[明]下同 616 膿血屎，[明]下同 620 八萬戶，[三][宮]288 之清淨，[三][宮]514 不治不，[三][宮]2121 百脈之，[三]865 所成一，[三]1336 寒，[三]2121 燋爛臭，[乙]1822，[元][明]606 悉爛腸，[元][明]1435 中生者，[元][明]1451 下熟，[元][明]2103 不調，[元][明]2122 見有結，[元][明]2122 內，[元][明]2123 鳩裂肝。

擇：[原]2309 之名。

篋：[丙]2134 規，[三][宮]1549 羅薩羅，[三][宮]2102 老幼等，[三][宮]2102 又忘，[三]2060。

執：[甲][乙]2263 云云。

中：[甲]2870 聽食肉。

莊：[甲]1921 何所，[甲]1921 苦下空。

尊：[甲]893 主真言。

操

標：[乙]852 持金剛。

採：[三]、澡[宮]2122 如意珠。

慘：[聖]291 如來之。

摻：[聖]2034 柳枝聊。

機：[乙]2296 晚發於。

歃：[元][明]332 指步。

揉：[宋][宮]2103 等考義。

喪：[三][宮]2122 哭泣。

懆：[原]899 惡若能。

探：[三]206 識宿命。

澡：[三][宮]1421 衣産婦。

藻：[明]2154 慕玄奘。

造：[甲]2837 次輒説。

躁：[宮]1425 無恒今，[甲]1216 惡怖中，[三][宮]606 忽忽性。

曹

輩：[三]86 人滿泥。

曾：[甲]2367 未會仍，[三]26 犯戒，[石]1558 亦爾何。

等：[三]220 當知若，[聖][另]1442 免斯苦。

會：[宋]152 空諍自。

魯：[三][宮]2102 人夢衆。

前：[三][宮]1432 魏天竺。

青：[明][宮]2060 州人十。

汝：[知]418 當學爲。

遭：[三][宮]221 非法之，[三][宮]1421 官事雖，[聖]1435 床坐麁，[元][明]、曹苦難[三]2122 亦有七。

造：[三][宮]397 發起來。

胄：[三]2088 王所造，[宋][元][宮]2122 相助欣。

胄：[三][宮][甲]2053 彌沙塞。

槽

曹：[聖]223 有頸。

船：[三][宮]1458 及木槽。

櫪：[元][明]100 上唯念。

艚

艘：[元][明][宮]1442 其猪及。

草

筆：[原]1833 誤從説。

畢：[甲]2217 了。

菶：[甲]1227 麻火中。

蟲：[明]2104 化蜂飛。

寸：[甲]、竹[乙][丙]2089 籌盈石。

單：[甲]2367 本上來，[聖]190 鋪。

敷：[聖]1435 座上一。

革：[宮]1808 布地，[甲]2128 反説文，[甲]2128 諸物作，[甲]2130 屣譯曰，[三][宮]1428 著餘者，[聖]1435 能非時，[宋]、華[元][明]1507 婆羅曰，[宋][宮]1421 迦尸草，[元][明]125，[原]2271 反舉二。

果：[宮]2121 和之及，[三][宮]339 符相隨，[三][宮]374 藕根油，[三]

[宮]721 無心，[三][宮]1690 菜以自，[三]201 葉。

菓：[甲]、甫[甲]2244 者非也，[甲][乙]1822 等復，[甲][乙]2227 安於坑，[甲]2412 即寶瓶，[聖]272 柔，[宋][元]、果[明]26 以草爲，[宋][元]、果[明]310 藥草及，[宋][元][宮]1644 種種具，[乙]1822 等方生，[乙]2089 子同今。

禾：[乙]1723 生於田。

乎：[明]291 有欲限。

花：[乙]2362 樹未開。

華：[宮]2122 而坐思，[三][乙][丙]1076 燈燭闕。

卉：[知]1785 木智度。

炬：[三][宮][甲]901 竟其病。

柳：[甲]2006 含烟滿。

茅：[元][明]2122 茨遇火。

莫：[明]1545 亦無災，[聖][另]1442 舍，[另]1443 不令撩。

木：[甲]2195 生長不。

荳：[甲]1786 之都名。

山：[乙][丙]2092 木冬青。

樹：[原]、樹[甲]2006 山藏不。

算：[三]2123 籌未辯。

茀：[聖]190 而坐是。

萬：[明]2151 本滿一。

韋：[三]、緯[宮]1470 亦不得。

芽：[甲]1782 麻等香，[三]152。

藥：[三][宮]638 木萬物。

葉：[三][宮]1463。

遺：[三][宮]2059 芥今之。

早：[宮]2122。

澡：[三]1331 銅。

造：[明]224 次無起。

章：[宮]2060 畢舉儀，[三][宮]2103 之盛。

子：[乙]1723 不稟正。

騲

草：[宋][宮]2123 馬父母。

巜

巜：[甲]2128 方百里。

册

策：[三]2153 萬歲元，[三]2154 萬歲元。

丹：[甲]2183。

用：[甲]2036 之益乎。

舟：[聖]2157 萬歲元。

冊

策：[宮]279 金輪聖，[宮]670 再中，[三][宮][另]1451 國太子，[三][宮]2122 之命襲。

典：[三]2066 晨昏勵。

棚：[三][宮]1545 出與他。

宇：[三][宮]2103 則。

厕

惡：[宮][聖][石]1509。

廟：[宮]1559 知。

厮：[明]1331 溷，[明]2102 諸夏之。

之：[明]2087 飾石。

側

邊：[聖]211 舉聲歎。

厠：[明]24 周匝更，[三][宮]277
十方世。

測：[宮]2060 其卒，[甲][乙]2194
屋化，[甲][乙]2309 故名無，[甲]1719
塞嫌此，[甲]1969 管局彼，[甲]2266
道證，[甲]2307 乎無相，[聖]125 婆
羅門，[聖]1458 有諸苾，[宋]、[元]
[明]6 塞無空，[宋]、[元][明]721，
[宋]896。

惻：[三]246，[宋]、晏[元][明]694
塞虛空，[元][宮]2103 耳知勝。

湊：[宮]2122 士女填。

到：[三][宮]1428 看彼疑。

倒：[宮]1428 衣疑佛，[三]192，
[三][宮]324，[三]20 譬如，[聖][另]
1451 悉皆明，[聖]2157 席面西，[宋]
[宮]2123 頸細皮。

覆：[三][宮]1443 沙門之。

肌：[甲]2270 領受之。

即：[甲]893 名金剛。

晏：[明]194 塞虛空，[明][甲]901
塞虛空，[明]383 塞空中，[三]193 塞
空中，[元]、[明]541，[元][明]109 塞
空中，[元][明]152 塞叉手，[元][明]
157 塞復有，[元][明]158 塞娑訶，[元]
[明]193 塞滿空，[元][明]212 塞虛空，
[元][明]309 塞虛空，[元][明]365 塞
空中，[元][明]431 塞香滿。

界：[甲]2230 塞如胡。

口：[甲]2270 今縣治。

闓：[三][宮]1425 是。

例：[三]212 稱言造，[宋][宮]、
列[元][明]2121 王載歆。

前：[三]125 彈琴歌。

傾：[三][宮]2122 率以免。

信：[宮]2102 信矣哉。

則：[甲][乙][丙][丁][戊]2187 故
云法，[甲]1007 當心，[甲]1211 如牆
形，[甲]2186 故，[甲]2186 故稱法，
[明]939 於蓮華，[明]2110 虎鳴吼，
[三]418 未曾離，[三]2103 功侔羿，
[聖]2157 席愷等，[宋]125 有羅刹，
[乙]1239 腕亦屈，[元][明]322 塞衆，
[原]1065。

窄：[明]1985 未容擬。

策

菜：[甲]2339 發令進。

冊：[明]945 符牘諸，[三][宮]
2112，[三][宮]2112 同明，[三]2153 金
輪聖。

冊：[明]1450 為國主，[明]1450
為太子，[三][宮]1442 為紺顏，[三]
[宮]2122 自非德。

測：[明]220 故無舉。

策：[宋][宮]414 使萬端。

崇：[三]2088 東宇或，[三]2145
本以動。

東：[明]2016 林問。

𩇠：[三]212 者禪師。

䡃：[甲]1227。

勞：[明]26 慮思惟，[三]152 心
念惡。

能：[三][宮]2066 勤於熟。

榮：[宮]2060 衆六，[甲]1778 是四，[甲]1700 勵宣説，[甲]2259 論故通，[三][宮]2060 感敬後，[三][宮]2060 名，[三][宮]2060 者承崖，[三][宮]2104 柳非，[三]2103 名之地，[宋][宮]2058 斯樂難，[宋][元]2061 禪師肩，[乙]2376 師疏云，[元][明]2122 即與天。

束：[甲]1924 修。

葉：[宋][元]2061 已在岸。

業：[甲]2266 勵。

築：[宮]901 杖，[明][宮][甲]901 七寶仗，[三][甲]901 寶杖印，[三]193 碎其骨。

廁

相：[宋][聖]190 隍漼其。

箱：[聖]190 其心惻。

測

側：[甲][乙]1866 諸塵於，[甲]2298 者猶如，[三][宮]2060 隱時又，[三][宮]2060 注及後，[三]2063 齊建元，[聖]1733 此是總，[聖]1733 量故云，[聖]1733 上來三，[聖]1788 上，[宋]、惻[宮]702 度若有，[宋]、叟[元][明]193 塞虛空，[宋]220 度彼邊，[宋][聖]、則[元]190 度知妃，[宋]186 大，[宋]2102 謬聞之，[乙]1723 固謂，[元]2061 也而瞻。

惻：[宮]1799 斷割無，[甲]1723 大聖之，[三][宮]273 隱諸菩，[三][宮]1625 其差別，[三][宮]2123 臨危

修，[三]193，[三]2103 靈迹甚，[宋]721，[宋][宮]、則[元][明]明註曰宋南藏測作惻2122 之，[宋][宮][聖]668 量唯，[宋][宮]278，[宋][宮]310 盡如來，[宋][宮]656 心形俱，[宋][宮]2103 所終莫，[宋][元][宮]722 度，[宋][元][宮]1591 更設難，[宋][元][宮]2122 其然，[宋][元]1185 度所明，[宋]310 非思量，[宋]642 量三十，[宋]879 終始今，[宋]2121 婦，[宋]2145 其，[宋]2151 涯際方，[乙]1772 度。

陳：[乙]1736 故受之。

稱：[三]656 量亦非。

潤：[三]193 瓶沙王。

朽：[三]2110 之玄猷。

則：[宮]2103 陰陽而，[甲]2128 德義之，[甲]2196 同，[宋][宮]1522 知若身，[元]639 恒常安，[元]2102 隨類得。

惻

側：[宮]2102 心要令，[宋]、測[元][明][宮]618，[宋]2087。

測：[甲][乙][丙]1866 良，[明]、懼[宮]687 不殺清，[明]263 度，[明]2103 長短良，[明]2122 然京下，[三][宮]587，[三][宮]2060 其徵及，[三][宮]2102 情盡狀，[三][宮]2122，[聖]310 非不，[宋][元][宮]539，[元][明]2016 名不思，[元][明][宮][聖]下同310 外道諦，[元][明][宮]下同310 外道諦，[元][明]1493 然法炬，[原]1695

故又，[原]2001 底人師。

告：[三]2103 爾乃刀。

慨：[聖]1721 二者。

卿：[三][宮]397 我。

刖：[宮]1547 是意能。

則：[甲]2128 德義之。

愦

愦：[甲]2266 勃者是，[宋]2061 繫包桑。

情：[甲]2266 亦無配。

順：[原]1776 外國人。

責：[三][宮]1646 等，[元][明]2121 歸。

岑

本：[甲]2204 雖，[明]2149 號録。

峯：[甲]2309 四方，[原]1819 岸。

峰：[甲][乙]2227 山遍知。

汰：[元][明]2122 曰往兜。

筌

琴：[三]125 婆羅門。

噌

快：[宋]62 樂三智。

嚕：[明][乙]1277 二合，[三]885 卑決定，[元][明]1377 彌八摩。

曾

嘗：[三]2145 謂蜜。

曾

層：[三][宮]2060 巖南臨，[三]

[宮]2102 山可以，[三][宮]2103 栱冐雲，[三][宮]2104，[三]2103 山，[三]2103 軒之迢，[三]2110 訖無上。

常：[宮]263 有法，[甲]1736，[三][宮]309 失於法，[三][宮]263 能知及，[三][宮]606 捨譬如。

嘗：[明][宮]585 厭足則，[三]630 有法願，[三][宮]403 忽忘舉，[三][宮]585 違疑，[三][宮]606 貪樂於，[三][宮]632 起菩薩，[三][宮]807 有犯時，[三][宮]1598 斷故性，[三][宮]1659 住於作，[三][宮]2060，[三]190 經無量，[三]203，[宋][元][宮]、常[明]632 有不見，[乙][丙]2777 不見故，[原][甲]、當[甲]、嘗[乙]1796，[知]266 懼諸法，[知]598 侵欺一，[知]598 爲吾，[知]598 聞如此，[知]598 有貢高。

嘗：[三]22 安寢欲，[三][宮]270，[三][宮]325 能有得，[三][宮]477 能得是，[三][宮]533 近菩薩，[三][宮]553 受學諸，[三][宮]750 忽忘自，[三][宮]2043 爲人説，[三][宮]2121 見此普，[三]152 有更相，[三]152 有斯必，[三]2063 見其食，[三]2145 出山，[三]2154 受五戒，[宋][元]、常[明]360 瞻覩殊。

從：[明][甲]1177 因地往。

當：[三][宮][聖][另]342 諮受惟，[三][宮]425 學此業，[宋][宮]423 少聞得，[宋][宮]821 供養無。

得：[三][宮]374 聞如是。

佛：[三]639 世尊。

惠：[甲]2261。

會：[宮]496 歸此地，[甲]2266 起下三，[甲]1735 何異哉，[甲]1786，[明]658 作如是，[明]765 無暫捨，[明]1509 有也世，[乙]1796 得如是。

既：[三][宮]2058 醉嘔吐。

簡：[甲]2337 異也言。

逕：[己]1958 更見世。

來：[明][甲]997。

魯：[甲]1728 捨離隨。

曾：[元][明]414 花樹迦，[元][明]414 花樹尼。

能：[宮]2060 說可禪。

僧：[宮][甲]1805 中助破，[宮]2059 行，[甲][乙][丙][丁][戊]2187 祇劫以，[甲]2187 祇者亦，[宋]374 於受具，[元][明]1558 無契經。

善：[三][宮]2053 規丕相，[三]203 安立諸，[宋]310 失念我。

審：[明]2076 夢見衲。

食：[三][宮]1646 少。

時：[甲]893 往昔於。

首：[宮]1562 有種生。

聞：[明]310 法彼外。

我：[三]1451 於三月。

昔：[三][宮]2122 所未見，[三]203 以。

習：[元][明]1579 當現時。

言：[甲]2195 光。

勇：[甲]1839 發是中，[甲]2362 數習乃。

有：[甲]2195 大菩薩，[乙]2296 眞俗境。

於：[宋][元]、于[明][乙]1092 諸法中。

增：[博]262，[甲]2337 畢竟不，[明]413 壞滅，[明]2103 之無算，[三]1552 善根現，[宋][元]721 滅。

憎：[甲][乙]1866。

尊：[明]1539。

層

重：[明]2122 諸國競。

增：[聖]2157。

繒：[原]1212 幡蓋種。

叉

草：[三][宮][甲][乙][丁]848 神持明。

叉：[三]1097 叉四我。

扠：[三]、抯[宮]1454 腰者不，[三][宮]、杈[聖]1437 腰入白，[三][宮]1430 腰人說，[三][宮]2121 伽摩尼，[三][宮]2122 之擲，[三]1341，[三]2145 之叔蘭，[聖][另]1428 腰者說，[聖]643 刺壞，[聖]1428 腰行入，[宋][元][宮][聖]1462 此比丘，[元][明]1331 腰鬼。

权：[明][和]261 而叉。

察：[甲]850 二。

差：[甲][乙]894 其左手，[三][宮]2122 最於後。

釵：[甲][乙]1204 鈝，[三]1 上豎著，[三]42 刺人，[宋][宮]741 叉有。

大：[甲]952，[明]991 迦龍王。

反：[甲]2087 河訛。

迦：[三][宮][聖]383 北方天，[三]

[宮]408 天毘樓。

交：[甲]908 右，[甲]2386 觀羽押。

勒：[丙]1246 又捉捉，[乙]1246。

乞：[乙]2390 津彌別。

槍：[甲]、捨[乙]2387 者是也。

去：[三][宮][甲]901 數反盤。

人：[宮]2059 後齎往，[明]1217 問曰知。

刃：[高]1668 筏那羅，[高]1668 尼帝婆，[甲]1709 健達，[甲]1709 至第一，[甲]1729 四乾闥，[甲]1921 惡鬼食，[甲]1921 式叉，[甲]2217 疏中沒，[石][高]1668 數十二，[乙]2394 迦○阿。

刄：[丙]1246，[甲][乙]1822 摩那唐，[甲]1733 等法合，[甲]1733 扶一輪，[甲]1733 河此四，[甲]1733 捨離，[甲]1733 者具云，[甲]2053 尸羅。

入：[宋]1014，[元][明]1415 二合娑。

瑟：[三][乙][丙]873 挐三。

沙：[宮]397 又十二。

刹：[明]1191 一切夜，[三][宮]309 鬼二足，[三][宮]310 夜叉等。

尸：[三][宮]2053 國。

史：[甲]1000 二合帝，[乙]2227 麼佉十，[乙]867 麼三。

釋：[甲]2217 迦龍等。

天：[宮]1559 偈，[三][宮]2121 王所欲。

爲：[甲][乙]2385 拳豎風。

文：[甲]2128 般荼迦，[甲]2128 此云助。

义：[宋][元][宮]、又[明]2060 德姓徐。

又：[宮]2122 手於頂，[宮]244 囉八儞，[宮]887 娑紇哩，[宮]1462 逼伽羅，[宮]1594 健達縛，[宮]2034 羅支越，[宮]2122 學十誦，[甲]2128 挐叉，[甲]2250 私舊云，[甲]1727，[甲]1736 前依佛，[甲]2128 立拒皆，[甲]2128 磨增長，[甲]2128 取也挈，[甲]2128 亦云婆，[甲]2128 音爪下，[甲]2128 云或從，[甲]2129 摩那此，[甲]2266 形如無，[明]1479 思惟見，[明]1534 鳩槃，[明]1605 摩那律，[明]1636 乾闥婆，[明]2145，[明]2154 須賴經，[明][甲]1227 面執人，[明]223 語言字，[明]626 名曰，[明]882 數滿足，[明]1102 二合佉，[明]1288 葛三十，[明]1341 等說四，[明]1421 摩那沙，[明]1425 常護世，[明]1428 摩那沙，[明]1442 眾威神，[明]1521 神所共，[明]1545 十頻底，[明]1549 語此最，[明]1636 佛世，[明]1636 惹那都，[明]2121 迦樓炭，[明]2121 名曰金，[明]2123 人內著，[明]2145 傳第一，[明]2154 論中覺，[明]2154 難陀譯，[三][宮]1505，[三][宮]2122 德醴泉，[三][甲][乙]901 有無量，[三]23 信他流，[三]2087 始羅國，[三]2108 大夫，[三]2122 河者訛，[三]2145 吉利，[三]2149 須賴經，[三]2151，[聖]1425 腰，[聖]1509 尼能

飛，[聖]1509 字門入，[聖]2157 舊録中，[另]1442 河至布，[宋][宮]、乂[元][明]2122 德唐沙，[宋][明][宮]、乂[元]2060 以手指，[宋][元][宮]、衣[明]2122 隨盤瓠，[宋][元][宮][聖]1547 六優曇，[宋][元]882 引倪也，[宋][元]2061 手付老，[宋]197 手脚復，[宋]400，[宋]887 二十六，[宋]1301 四，[乙]931 進力相，[元]1102 進力禪，[元][明]1533，[元][明]2154 須頼經，[元]397 龍王婆，[元]594 於生，[元]848 火。

扱

挹：[原]、抱[甲]1782。

扺

乂：[博]262 相撲及，[明]721 他，[三][宮][聖]1463 腰入白，[聖]1421。

杈：[三][宮]1425 根阿藍，[宋][宮]、乂[明]1462。

抲：[三]、[宮]721。

牧：[三][宮][聖]1463 喻。

收：[三]1394 汝百鬼，[宋][明][宮]、乂[元]2122。

推：[宋]108 汝當奈。

杈

扺：[三][宮][聖]1462 天神若。

挿

垂：[三][宮]2103 鳳似飛。

捶：[甲]1007 其中供，[甲]1007 一，[聖]1464 花。

極：[聖]1421 一華著。

埵：[甲][乙][丙]1098 持畫箭，[宋][宮]721 虛空。

挍：[甲]2386 持時。

搖：[宋][元]939 種。

插

捶：[宋][聖]190 於地上。

拯：[聖]1421 著厠壁。

嗏

茶：[宮]440 佛。

鍤

臿：[三][宮]2060 牽材未。

錘：[三][宮]1458 夜誦經。

茶

蔡：[三]199 竭。

恭：[三][宮][甲][乙]2087 建那補，[聖]2157 之。

葵：[三][宮]1435 帝夜帝。

挈：[三]、茶[甲]1003 羅，[三][丙][丁]865 羅寫，[三][甲]1080 羅時當，[三][甲]1080 羅印三。

蓬：[元][明]、茶[甲]2053 城南渡。

芩：[三][宮]1547 説曰能，[三]1547 亦爾説。

泰：[甲]2255 則天地。

荼：[丙][丁]866 底瑟咤，[博]262 鬼，[宮]1799 鬼及毘，[宮][甲]2053 國其國，[宮][聖]278 王於生，[宮][乙]、[丙]866 周圍布，[宮]279 乾闥婆，[宮]

310 眾之所，[宮]587 等呪術，[宮]1462 迦婆耶，[宮]1526 等聞佛，[宮]2058 山有辟，[宮]下同 1799 及四天，[和] 293 等亦生，[和]293，[和]293 乾闥 婆，[和]293 王，[和]293 王鳩槃，[和] 293 王毘，[甲]、卷[甲]2168，[甲]2036 陵郁山，[甲]2128 利迦素，[甲]2129 羅經一，[甲]2130 事，[甲][乙][丙] 1211，[甲][乙][丙]1211 利菩薩，[甲] [乙][丙]2173，[甲][乙][丁]1199 羅， [甲][乙]970，[甲][乙]982 主，[甲][乙] 下同 901 利跋折，[甲][乙]下同 901 利 菩薩，[甲][乙]下同 953 羅或畫，[甲] 878 羅三十，[甲]931 護反，[甲]951 羅 人，[甲]951 枳尼，[甲]1003 羅者於， [甲]1097 緊捺洛，[甲]1119 羅內諸， [甲]1216 枳尼及，[甲]1222 羅名爲， [甲]1225 羅及興，[甲]1705 薛荔多， [甲]1718 下第二，[甲]1718 終不供， [甲]1733 此云妙，[甲]1918 無字可， [甲]1921 皆是不，[甲]2053 城聞法， [甲]2128 暇反梵，[甲]2129 利迦或， [甲]2129 羅，[甲]2129 羅上諸，[甲] 2130 毘羅耶，[甲]2130 陀婆譯，[甲] 2400 嚩日囉，[甲]下同 2129 利菩薩， [甲]下同 2129 羅經一，[別]397 餓鬼， [明]220 羅怖獵，[明]1376 鉢底鉢， [明]1450 圍遶猶，[明][宮][聖]397 五 百眷，[明][宮][聖]397 五，[明][和]293 娑邏，[明][甲]2053 見小乘，[明][甲] [乙][丙]931 羅發大，[明][甲][乙]1086 去底，[明][甲][乙]1171 羅以瞿，[明] [甲][乙]1174 穀，[明][甲][乙]1209 去，

[明][甲]893 羅地勢，[明][甲]997 羅我 祕，[明][甲]1003 羅阿闍，[明][甲] 1003 羅三昧，[明][甲]1216 苦木以， [明][聖]397 餓鬼毘，[明][聖]下同 1441 等亦如，[明][另]1442 羅布列， [明][乙]953 羅出大，[明]25 利，[明] 220 緊捺洛，[明]220 羅人常，[明]271 鉢樹，[明]882 捺哩二，[明]1124 羅受 菩，[明]1153 緊那羅，[明]1377 鉢底， [明]1450 達驃羯，[明]1450 利迦花， [明]2152 羅經離，[明]下同 271 鉢樹 提，[三]187 婆王都，[三]24，[三]24 利迦華，[三]25 梨迦等，[三]25 梨迦 其，[三]220，[三]220 利花微，[三]220 羅家補，[三]220 羅家或，[三][宮]下 同 397 五百眷，[三][宮]402 毘樓博， [三][宮]721 縱廣三，[三][宮]1428 樹 皮揵，[三][宮]1545 羅等，[三][宮] 1545 邑有，[三][宮]2122 迦此是，[三] [宮][甲][乙][丙][丁]下同 869 羅所謂， [三][宮][甲][乙]848 或作彼，[三][宮] [甲][乙]901 法印呪，[三][宮][甲][乙] 下同 901 利歡喜，[三][宮][甲][乙]下 同 901 上音，[三][宮][甲]2053 與師 子，[三][宮][久]下同 397 得勝，[三] [宮][聖][另] 1458 ，[三][宮][聖][石] 1509 及薛，[三][宮][聖][石]下同 1509 字即知，[三][宮][聖]397，[三][宮] [聖]1421 聚落告，[三][宮][聖]1451 羅餘人，[三][宮][聖]1465 別度阿， [三][宮][聖]1547 亦爾説，[三][宮] [聖]1579 羅類乃，[三][宮][聖]下同 397 餓鬼，[三][宮][聖]下同 397 軍將，

[三][宮][聖]下同 397 千眷屬，[三][宮][聖]下同 1421 修摩那，[三][宮][另]1451，[三][宮][西]665 俱槃，[三][宮][西]665 羅悉皆，[三][宮][西]665 栴茶，[三][宮]270 夷尼鬼，[三][宮]271 鉢樹提，[三][宮]294 男女身，[三][宮]310 迦耽嗜，[三][宮]397，[三][宮]397 餓鬼，[三][宮]402，[三][宮]402 鳩槃，[三][宮]402 那茶，[三][宮]402 婆呵十，[三][宮]402 唐言箕，[三][宮]486，[三][宮]639，[三][宮]649 緊那羅，[三][宮]649 利華，[三][宮]665 鉢喇訶，[三][宮]665 曲勸，[三][宮]665 入聲囉，[三][宮]672 羅屠兒，[三][宮]676 緊，[三][宮]721 處，[三][宮]721 餓鬼之，[三][宮]721 鬼毘舍，[三][宮]721 火爐燒，[三][宮]721 山受大，[三][宮]824 句者，[三][宮]824 主緊那，[三][宮]848 緊那囉，[三][宮]1421 二名，[三][宮]1435 鬼毘舍，[三][宮]1439 羅剎等，[三][宮]1443 羯吒布，[三][宮]1443 羅類仁，[三][宮]1453 國此屬，[三][宮]1545，[三][宮]1545 迦，[三][宮]1545 迦邏摩，[三][宮]1545 建他城，[三][宮]1545 利迦象，[三][宮]1545 羅補羯，[三][宮]1545 羅積集，[三][宮]1545 羅子觀，[三][宮]1545 月，[三][宮]1545 至那天，[三][宮]1546 等盡是，[三][宮]1547 亦爾説，[三][宮]1579，[三][宮]1579 等邪所，[三][宮]1579 緊，[三][宮]1579 明呪等，[三][宮]2121 鬼聞皆，[三][宮]2122，[三][宮]2122 婆哂尼，[三][宮]

下同、[聖]1421 修摩那，[三][宮]下同 1421 修，[三][宮]下同 397 鉢多，[三][甲]1139 上聲下，[三][甲][乙][丙]930 羅得灌，[三][甲][乙][丙]1146 羅周匝，[三][甲][乙][丙]1211 利菩薩，[三][甲][乙][丙]下同 903 羅有四，[三][甲][乙][丙]下同 908 依瑜伽，[三][甲][乙]1125 羅不受，[三][甲][乙]1200 娑馱野，[三][甲][乙]下同 901 利法一，[三][甲][乙]下同 901 枳，[三][甲]1003 羅也勿，[三][甲]1003 羅中，[三][甲]1024 歸敬外，[三][甲]1033 利金剛，[三][甲]1097 羅剎娑，[三][甲]1227 利明王，[三][甲]1253 羅吉祥，[三][甲]1333 鬼一切，[三][甲]下同 1227 羅以黑，[三][聖]125 王第一，[三][聖]1441 白二羯，[三][聖][知]1441 毘寺舍，[三][聖]99 是阿蘭，[三][聖]125 羅，[三][聖]397，[三][聖]397 餓鬼毘，[三][聖]397 悉在彼，[三][聖]397 衆護持，[三][聖]1441 等出家，[三][聖]下同 1441 毘舍遮，[三][西]665 亭耶反，[三][乙][丙][丁]866 羅惟願，[三][乙]1092 緊那，[三][乙]1092 緊那羅，[三][乙]1092 王而爲，[三][乙]1092 字門解，[三][乙]2087 皆訛北，[三]24 伽茶，[三]24 迦十名，[三]24 利花其，[三]24 利花形，[三]24 利迦花，[三]24 利迦華，[三]25 甘婆石，[三]25 迦十名，[三]25 利地獄，[三]158，[三]158 毘舍，[三]203 作或餓，[三]220 緊捺洛，[三]220 利華及，[三]220 利華美，[三]220 羅家補，[三]220 羅若補，[三]220

字門悟，[三]231 杜假反，[三]397 波
利車，[三]422 緊那羅，[三]848 吉尼
眞，[三]953 羅灌頂，[三]985 健達婆，
[三]1004 羅如來，[三]1004 羅義述，
[三]1005 羅成就，[三]1005 羅則成，
[三]1023 緊那，[三]1043 罥，[三]1046
徒嫁，[三]1096 囉剎婆，[三]1137 唎
二十，[三]1161 若吉遮，[三]1237 茶
濘豆，[三]1300 延室有，[三]1332 王
字呼，[三]1336 栴茶，[三]1341 地一
阿，[三]1341 磨是爲，[三]1341 舍迦
微，[三]1341 爲食隋，[三]1341 諸象
皆，[三]1343 末坻伽，[三]1367 彌茶，
[三]1368 阿難若，[三]1408 曳，[三]
1545，[三]2122 叉羅書，[三]2152，
[三]下同 220 羅染污，[三]下同 220
緊，[三]下同 384 茶，[三]下同 985
耽薛，[三]下同 985 里，[三]下同
1335 離那那，[三]下同 1336，[三]
下同 1337 直下反，[三]下同 1341 迦
復有，[三]下同 1341 七，[三]下同
1534 等見聞，[聖][甲][乙]下同 953
利成三，[聖]586 等呪術，[聖]649，
[聖]953 羅從師，[聖]1354 比奚，[聖]
2157 一百一，[宋]、一[元][明]1043
囉囉，[宋]2061 毘法收，[宋][宮][聖]
[另]310 鬼緊那，[宋][宮][聖][另]下
同 310 授記品，[宋][宮][聖]310 乾
闥婆，[宋][宮]279 等亦生，[宋][宮]
310 乾闥，[宋][宮]1435，[宋][宮]下
同 377 毘品第，[宋][和]293 國深信，
[宋][甲][乙]901 利次第，[宋][明]
295，[宋][明][宮]824 緊那羅，[宋]

[明][甲]901，[宋][明][甲]901 賣，
[宋][明][聖]397 軍衆提，[宋][明]158
毘舍遮，[宋][明]220 迦邏摩，[宋]
[明]220 羅等皆，[宋][明]220 羅穢
污，[宋][明]1128 利迦婆，[宋][明]
1129 羯茶，[宋][明]1129 羯茶吽，
[宋][明]1129 嚟日囉，[宋][明]2122
利迦華，[宋][元]25 利迦掻，[宋][元]
2061 二十五，[宋][元]2061 毘得舍，
[宋][元]2061 毘之所，[宋][元]2153
茶羅經，[宋][元][宮][甲][乙][丙][丁]
866 羅所應，[宋][元][宮][聖][聖][另]
310 乾闥婆，[宋][元][宮]310 乾，[宋]
[元][宮]310 乾闥婆，[宋][元][宮]397
大將五，[宋][元][宮]402 跛履侈，
[宋][元][宮]402 等一切，[宋][元][宮]
416 若毘舍，[宋][元][宮]586 鳩槃茶，
[宋][元][宮]665 緊那羅，[宋][元][宮]
723，[宋][元][宮]848 羅尊所，[宋]
[元][宮]1435 羅剎來，[宋][元][宮]
1451 衆圍繞，[宋][元][宮]2122 迦隋
言，[宋][元][宮]下同 1435 盧伽，[宋]
[元][甲][乙]848 羅處悉，[宋][元][甲]
[乙]下同 895，[宋][元][甲]901 利法
護，[宋][元][甲]901 利菩，[宋][元]
[甲]1007 唎二虎，[宋][元][甲]1139
人非人，[宋][元][甲]1173 羅彼阿，
[宋][元][聖]190 王其，[宋][元][聖]
190 衆諸龍，[宋][元][聖]310 乾闥婆，
[宋][元][聖]397，[宋][元][聖]643 鬼
蹲踞，[宋][元][乙][丙]866 唎一切，
[宋][元][乙][丙]873 羅，[宋][元][乙]
901 利法辟，[宋][元]157 毘舍遮，

[宋][元]158 餓鬼毗，[宋][元]187 等變化，[宋][元]187 主從南，[宋][元]264 等，[宋][元]384 富單那，[宋][元]397 若富單，[宋][元]410 身或作，[宋][元]842 與十萬，[宋][元]848 羅具緣，[宋][元]901 利大心，[宋][元]945 婆夜一，[宋][元]984 富多那，[宋][元]985 及婦男，[宋][元]1006 緊那羅，[宋][元]1006 羅印法，[宋][元]1045 若富單，[宋][元]1087 上底，[宋][元]1092 鬼藥，[宋][元]1137 人非人，[宋][元]1138 人及非，[宋][元]1336 達扡囉，[宋][元]1336 單茶究，[宋][元]1336 闍摩利，[宋][元]1340 薛荔多，[宋][元]1371 布單囊，[宋][元]1533 等聞轉，[宋][元]2061，[宋][元]2061 毘建塔，[宋][元]2061 毘乃有，[宋][元]2061 毘起塔，[宋][元]2061 毘儀軌，[宋][元]2061 三十弗，[宋][元]2153 毘後分，[宋][元]下同 895，[宋]315 幻化生，[宋]901 利結界，[宋]945 鬼及毘，[宋]945 利與毘，[宋]1003 羅，[宋]1103 緊那羅，[宋]2061 毘火滅，[宋]2061 毘于大，[宋]2061 毘之法，[乙][丙]873 噂日囉，[乙]970，[乙]1171 護反銘，[元][博][敦][燉]262 若餓鬼，[元][博][燉]262 若毘舍，[元][宮][博]262 等得其，[元][甲]893 利菩薩，[元][甲]901 利三眼，[元][明][宮]1598，[元][明][宮]下同 333 緊那囉，[元][明][甲]下同 895 羅，[元][明][乙]1092 宮緊那，[元][明]220 羅等即，[元][明]220 示

教有，[元][明]1443，[元][明]1579 羅及羯，[元][明]2154 羅經，[元][明]下同 2121 財食自，[元]443 爲彼宣，[元]866 囉祕密，[元]2121 財食自，[知]1785 薛荔多。

陀：[三][宮]、荼[聖]1464 陀婆比，[宋][元][宮][甲]901 羅者不。

掩：[聖]2157 碾。

葉：[原]、莖[原]、坐[甲]1158。

吒：[明][乙]、荼[甲]994 利金剛。

查

樝：[三][宮]2122 橫水能，[三]2125 之遇將。

旦：[宋][宮]、具[元][明]2122 度河。

香：[甲]2128 限反險。

柞：[三][宮]2122 木之下。

揸

身：[三][宮]610 木機關。

槎

叉：[元][明]309 大河。

查：[宮]2121 上從。

縒：[三][甲][乙]1069，[乙]1069 作。

搓：[宮]2122 怪太。

訾

切：[三]190 語或手。

察

案：[三][聖]125 行天下。

寶：[三][宮][聖][另]285 於十方。

崇：[宮]342 奉行能。

除：[三][宮][知]598 去來，[三][宮]627 諸因緣。

觀：[三][宮]403 己心觀，[三]174 五道時。

寂：[三][宮][聖]425 度無極。

際：[明]2110 理淵玄。

舉：[三][宮]2122 孝廉公。

寮：[甲]1709 奉法陳。

脈：[聖]627 知所在。

密：[宮]、此不得不得之也[宮]1808 前人可，[甲]1830 法忍述，[甲][乙]2425 要説向，[甲]1709 修出離，[明]1562 所作輕，[三][宮][聖]351 住律法，[原]2416。

蜜：[甲]2266 詮流散。

容：[三][宮]2122 各知先。

榮：[三]158 利養稱。

刹：[三]2151 傳語沙。

審：[甲][乙]1822 廣，[甲]2266 觀察如。

視：[三][宮]263 三界。

受：[宮][聖]340 處無所。

行：[原]1819 體相者。

選：[三][聖]、撰[宮]292 諸法不。

揚：[乙]2263 即於此。

照：[乙]2227 方便皆。

衆：[三][宮][聖]425 罪業從。

妡

吒：[甲][乙][丙]1074 龍王般。

佗

姹：[丙]862 二合日。

咤：[甲][乙][丙]862 二合日，[三]1336 兜。

咃：[三][宮]374 者法身。

佗：[甲]2128 僭失志。

宅：[三]918 佗。

差

表：[原]2126 進乘恩。

別：[甲]2287 相門也，[三][宮]276 異義異，[原][甲]1851 異異相。

不：[甲]2263 別果俱。

慚：[三][宮]374 愧而。

釵：[三][聖]172。

瘥：[宮]374 雖得苦，[宮]374 所以者，[宮]374 我身平，[宮]374 一切衆，[宮]374 則名，[宮]901，[宮]1428 一切，[明]2076 病之，[明][宮]310 菩薩摩，[明][甲]901 若作是，[明]156 若不爾，[明]190 日無有，[明]310 復令衆，[明]374，[明]553 恒，[明]553 時祇域，[明]1092 若一切，[明]1421 不知云，[明]1421 以是白，[明]1425 若不，[明]1435 者不得，[明]2122 虔伯，[明]2125 爲期義，[明]下同 1428 以此物，[三][宮]423，[三][宮]721 至老猶，[三][宮]1547 亦不説，[三][宮]2123 三除去，[三][宮]310，[三][宮]310 眼目以，[三][宮]323 其心不，[三][宮]374 是優婆，[三][宮]397 其日生，[三][宮]397 時佛世，[三][宮]464 又初發，[三][宮]465 方，[三][宮]

615 復思，[三][宮]616 行者如，[三][宮]620 摩醯首，[三][宮]620 四大調，[三][宮]639 若不得，[三][宮]1421 不得遊，[三][宮]1421 不復得，[三][宮]1421 得修梵，[三][宮]1421 住之有，[三][宮]1425 差已，[三][宮]1425 淨，[三][宮]1425 世尊，[三][宮]1425 者得塗，[三][宮]1428 長老應，[三][宮]1428 是故形，[三][宮]1435，[三][宮]1435 弟子答，[三][宮]1435 色力還，[三][宮]1462 若，[三][宮]1466 者病者，[三][宮]1476 莫自奪，[三][宮]1505 必欲得，[三][宮]1507 者所以，[三][宮]1509 病知師，[三][宮]1509 期未能，[三][宮]1509 若從經，[三][宮]1548，[三][宮]1551 如觀察，[三][宮]1646 除，[三][宮]1810 若命終，[三][宮]2042 時辟支，[三][宮]2042 已髮生，[三][宮]2043 爾時商，[三][宮]2043 醫師給，[三][宮]2060 放杖而，[三][宮]2060 往往非，[三][宮]2060 愈餘膿，[三][宮]2121 更召國，[三][宮]2121 厭患遊，[三][宮]2121 瘡痂能，[三][宮]2121 者來我，[三][宮]2122，[三][宮]2122 不敢違，[三][宮]2122 長沙太，[三][宮]2122 瘡亦平，[三][宮]2122 得福無，[三][宮]2122 耳即便，[三][宮]2122 還復生，[三][宮]2122 耆婆曰，[三][宮]2123，[三][宮]2123 時婦在，[三][宮]2123 我當何，[三][宮]2123 我猶故，[三][宮]2123 尋，[三][宮]2123 以酒爲，[三][宮]下同 1428 便却若，[三][宮]

下同 553 況復年，[三][宮]下同 553 自知，[三][宮]下同 617 家中所，[三][宮]下同 619 家中所，[三][宮]下同 847 聲聞解，[三][宮]下同 2121 月滿産，[三]1，[三]1 復作是，[三]99 可得安，[三]99 名爲善，[三]125 新者不，[三]156 病既，[三]190 畏王瞋，[三]190 因其所，[三]200 心懷歡，[三]200 尋，[三]202 感其善，[三]202 王自憶，[三]202 主人承，[三]203 第三力，[三]204 徑來投，[三]205 取金幡，[三]209 耳便集，[三]211 佛告王，[三]212 或欲至，[三]212 厭患遊，[三]616 不可爲，[三]985 等，[三]1093 若有人，[三]1336 乃至七，[三]1336 針藥不，[三]1441 乃至佛，[三]2088 諸有僧，[三]下同 1336，[三]下同 1441，[三]下同 1441 即作是，[聖]99 未久我，[宋]、著[甲]1182 若患眼，[宋]、著[甲]1182 若人被，[宋][宮]901，[宋][宮]901，[宋][宮]901 若不，[宋][明][宮]1488 已猶看，[宋][明][甲]1077，[宋][元][宮]2122，[宋][元][宮]2123 病誑他，[宋][元][宮]2123 時辟支，[宋][元][宮]下同 2123 差已，[宋][元][宮]下同 2123 恒在床，[宋]155 時佛，[宋]901 此名阿，[宋]901 亦得解，[宋]956 若一切，[宋]984 日夜安，[宋]1081 若有他，[宋]1181 若有女，[宋]1333 者而於，[宋]1393 是經釋，[元][明][宮]374 毒善護，[元][明][宮]374 還爲病，[元][明][宮]374 若無此，[元][明][宮]

374 欲，[元][明][宮]下同 374 如其
不。

蠱：[三]375 毒善護。

初：[宮]1425 作不應。

除：[三]26 而得安。

搓：[三][宮]2103 之爲理。

蹉：[三][宮]下同 1507 中便和，
[三]982 住，[元][明][聖][石]1509 經
中佛。

等：[三][宮]1562 別，[聖]1470。

多：[三][宮]1810 人已應。

非：[明]1562 別。

分：[甲]1828 別當言，[三][宮]
278 別教殊，[三][宮]671 別大慧，
[三][宮]1597 別又無，[三]201 別，
[石]1509 別答曰。

蓋：[三][宮]2060 匪虛言，[三]
[宮]2103 是長者。

各：[甲][乙]2263 別，[甲]2259 別
種。

簡：[原]1863 別若云。

嗟：[宮]2103 非蟲鳥，[甲]2095
低頭入，[三][宮]2060，[三][宮]2060
靡已庶，[原]1776 其人高。

莖：[宮]1653 別。

卷：[甲]2266 明煩惱。

看：[三][宮][聖]1421 讀不犯。

苦：[甲]2266 但由眼。

老：[甲]2371 爲本，[三][宮]1451
至死我，[原]、[甲]1744 甚危難。

苕：[宮]397 婆上嚧。

曼：[原]2271 恒羅上。

美：[宋][敦]、癉[宮]262 作是教。

瘮：[宋]1182 即便有。

奢：[元][明]397 國呿羅。

起：[原]1289 又。

羌：[三][宮]2102。

羗：[宋]2087 難備舉。

人：[宮]671 別大慧。

任：[三][宮][聖]1428 此有愛。

若：[宮]1459 別謂私，[宮]2102
可遣人，[甲]1828 善輙最，[甲][乙]
1002 作病鬼，[甲][乙]2070 臥見一，
[甲]1512 別顛倒，[甲]1828 別，[明]
[宮]397 欝金青，[三][宮]397 比多三，
[三][宮]1433 堪能羯，[三][宮]1435，
[三][宮]1591 別變，[聖]2157 誤多是，
[宋][元]1559 別所。

三：[甲]2323 彼經。

剎：[明]201 及食蜜。

善：[三][宮]1647 不作惡，[宋]
440 別智光，[宋][元]1558 別謂有，
[元][明][宮]2122 又長房。

時：[元][明]1604 別何以。

是：[甲]2261 別者顯。

爽：[三][宮]2103。

所：[原]2271 別故無。

梯：[三][宮]2103 大。

珍：[三]1325 所謂風。

味：[宋][元][宮]、癉[明]2123。

無：[甲]2255 別故名。

息：[乙]2249 至聖位。

羞：[宮]653 品好喜，[宮]1559 慚
疲，[甲]1828 恥等多，[明]1451 不應
畜，[明]1458 十二種，[明]2103 不慚
者，[三][宮]1435 賢聖賢，[三]1327 吼

無在。

虛：[甲]2255 謂有。

養：[宮]1592 亦。

異：[甲]2262 等言德。

義：[甲]1873 別義爲，[甲]2266
無顯境。

癃：[三][宮]2060 達便授。

尤：[三][宮]2060 難備舉，[三]
2110 難具列。

有：[甲][乙]1822 別成二，[乙]
1723 別故彼。

又：[甲]952 別印隨。

與：[三][宮]1428 一比丘。

愈：[聖]200 身諸毛，[宋][明]
[甲]1077。

增：[宮]2112 異此等。

者：[宮]397 帝二十，[三][宮]
1563 別尚無，[聖]1509 別珠能。

着：[甲]1851 病苦聲，[聖]190
誦或從，[聖]1425 一比丘，[聖]1788
諸佛如，[原]1159 非人病。

之：[甲]1700 別時分。

主：[甲][乙]1822 別。

著：[宮]1546 上座差，[甲]2290
別真如，[甲]1059 永差還，[甲]1239
若有婦，[甲]1512 別義便，[甲]1816，
[甲]1816 別故成，[甲]2261 至吾法，
[甲]2270 已上與，[甲]2305 別根本，
[明][聖][甲][乙][丙][丁]1199 色如像，
[三][宮]606 中餘蔭，[三]1440 多方
能，[聖]1509 病者是，[聖]1595 別，
[宋][元]1227 婦，[元][明][宮][聖]
1509 七十一，[元][明]220 是六十，

[知]1579 別與上。

忙

惋：[聖]2060 憖於胸。

姹

妊：[甲][乙]、妊二合細註[甲]
[乙]2228 此云安。

佗：[原]1212 盤馱盤。

吒：[甲][丁]1146 二合底，[甲]
[乙]2390 二合九，[明]1418 二合哆，
[明][丙]931 二合八，[明][甲]1175
二，[明][甲]1175 二合渴，[明][甲]
1227，[明][乙]1086，[明]1032 二合
蜼，[明]1234 二合底。

咤：[三][甲]1102 二合三，[三]
[乙]972 二合引。

詫

諫：[宋]1027 切覩。

論：[乙]2263 本質如。

說：[原]1849 佛本覺。

託：[甲]1828 處亦名。

訑：[明][乙]1092 詖諦瓢，[三]
1080 他我反。

吒：[三][乙]1092 娜二鉢。

杖：[甲][乙]2263 他所變。

拆

坼：[明]2076 以領尊，[三][宮]
1451 裂出青，[三][宮]2087 裂生身。

斷：[甲]2217 極微故。

圻：[甲]2035 除之。

所：[宮]、祈[甲]2053 之但以。

枏：[宋][元]、析[明][宮]414 令我得，[宋][元]、析[明]414 無不具。

析：[甲]、折[乙]2296 答夫至，[甲]2039 中國名，[三][宮]1656 人盡空。

折：[宮]1805 伏憍豪，[甲]、析[乙]2296 成實論，[甲]1854 法空爲，[甲]2035 除菴宇，[甲]1854 有入，[甲]2035 初沙門，[甲]2035 括天下，[甲]2035 利已還，[甲]2035 似此華，[甲]2196，[甲]2217 法成空，[甲]2217 法故第，[甲]2217 推求等，[甲]2266 答云以，[甲]2266 故有方，[甲]2266 諸色，[乙]2296 之彼宗。

柘：[元][明][乙]1092 外揚掌。

釵

靫：[元][明]1435 千箭千。

釵：[甲]2068 五隻藏。

欽：[三][宮]443 盧反。

柴

犲：[元][明]999。

漆：[甲]2120 器鐵器。

炭：[三][宮]2122 樓之上。

紫：[甲][乙]2070 桑二縣，[三][宮]2059 陌即虎，[三]1227 爵金華，[聖]1458 將染得，[原]1289 赤，[原]2230 等者明。

豺

豹：[三][宮]1509 搏狗如。

狐：[三][宮]720 狸罷虎。

獸：[宋][宮]2103 虎矣通。

喋

柴：[三]1009 八名蘇。

齒：[宮]1425 怖童子。

齛：[宮]262。

瘥

差：[甲]1735 還生永，[明]2076 閭丘異，[明]2076 若覓禪，[三][宮]2122 若狂囓，[三][宮]2122 向空長，[三][甲]1227，[宋][元]554 恒苦瞋，[乙]1276。

俞：[甲]2014 在欲行。

姑

姑：[元][明]1442 毘等自。

呫：[宮]1451 毘，[三][宮]1451 毘子整。

覘

現：[宋][元][宮]1545 望遙見。

摻

採：[三][宮]263 悉聞一。

襠

搭：[宋]、苦[元][明]1 身或。

襜：[宋]、擔[元][明]1343 摩。

攙

剗：[明]2122。

鑱：[三][宮]、誤[聖]1462 刺我。

孱

僝：[明]2103 有緣之。

歷：[三]2110 然可修。

蟬

蟺：[三][宮]1546。

鱓：[元][明]310 蛭蚌蛤。

塵

纏：[明]下同 1602 諸天色，[三][宮]下同 1605 眼見欲。

纏

纒：[甲]2128 裏上徹。

禪

被：[甲]1700 等方便。

彼：[三][宮]1541 所。

禈：[宋][元][宮]1421 帶諸比，[宋][元][宮]1462 帶及。

大：[甲]1969 師，[明]2076 師。

單：[另]1428 國七年。

揮：[聖]397。

憚：[宋]、明註曰禪宋南藏作憚 2122 及未發。

彈：[甲]2036 子，[甲]2255 此，[甲]2266，[原]2409 指獻次，[原]1287。

道：[甲]1999 覓。

諦：[三][宮]1549 所斷何，[三][宮]2034 序一卷，[乙]2376 也。

定：[三][宮]2060 林降威，[元][明][宮]223 福處勸。

闍：[宋]1435 那。

法：[三][宮]2059 化僞。

福：[甲]1733 處是名，[甲]2367

林，[三][宮]1549 是時眼，[三][宮]2060 門，[聖]410 觀第一，[聖]1509 定樂爲，[宋][宮]403 悅所，[宋][元]1425 功。

揮：[三]2103 念念匪。

操：[宮]656 窟處不。

解：[宮]1548 定斷。

界：[甲]1925 之樂三。

淨：[甲]1851。

靜：[甲]1828 慮已上。

襌：[三][甲]2125 袴袍襦。

嬴：[明]2111 衿小功。

離：[聖]279。

切：[另]1543 未來一。

然：[三][聖]26 河岸。

擅：[三]、檀[聖]211 爲王有。

神：[宮][聖]1549 止處生，[宮]633 定皆悉，[宮]681 慧互相，[宮]2059 也者妙，[甲]1781 慧而非，[甲]1851 通種種，[甲]1909 三願廣，[明]2145 師佛，[三]186 足五，[三][宮]313 足安隱，[三][宮]1548 如禪品，[三][宮]2102 通無生，[三][宮]2121 室視弟，[三]6 足者可，[三]2145 何以上，[三]2153 鬼魅不，[聖]2157 鬼魅不，[聖]2157 慧妙，[乙][戊][己]2092 皋顯敝，[乙]2397 定男是，[元][明]125 世俗通，[元][明]196 三昧而，[原]、[甲]1744。

釋：[甲]2259 已上乃。

祥：[聖]2157 於中禁，[原]2339 定已上，[原]2409 於久遠。

形：[三][宮]847 像不應。

玄：[宮]、一[聖]1465 思入微。

義：[乙]2092 學。

欲：[甲]1799。

障：[三][宮]2122 定之惑。

智：[甲][乙]1072 度二手。

緻：[三]、穉[宮]1521 齒平等。

種：[甲][乙]1822 欲界，[三][宮]1553 定四禪，[三][宮]1648 功德。

鄘

塵：[和]293 之北自。

禪

禪：[三][宮]1458 隨時掩。

劖

鑱：[三][宮]1563 刺有鐵。

纏

顛：[三]、倒[宮]2122 捨此穢。

縛：[甲]1733 垢急，[甲]1733 故云差，[三][宮]1462 置肩上，[聖]1462 名色差，[聖]1494 有憂有。

結：[三][宮]1443 縛。

縺：[三][宮]1435 革屣不。

欲：[三][宮]2103。

纒

塵：[三][宮]1602 中唯有，[宋][元][宮]1602 天中及。

繁：[原]1851 縛深可。

縛：[宮][聖]801，[甲]923，[甲]1822 種名隨，[明]212 裏也亦，[三][宮]310 如象沒，[三][宮][聖]1579 縛

既，[三][宮]330 身心意，[三][宮]754 著生死，[三][宮]1521，[三][宮]1546 復有說，[三][宮]1546 偏繫在，[三][宮]1547 性爲縛，[三][宮]1549 不能度，[三][宮]1549 如是諸，[三][宮]2122，[三]1525 繫屬天，[三]1579 大果利，[聖]1427 頭人說，[聖]1547 性爲，[乙]2263 法，[乙]2397 亦，[元][明]671，[原]1796 不得增。

惑：[聖]1579 等苦欲。

績：[三]1546 現在前。

繼：[甲][丙]973 綵帶。

結：[三][宮][聖]383 消伏即，[三][宮]1545 乃至若。

經：[甲][乙]2309 知見一，[甲]1822 立隨眠，[聖]1579 謂勤修，[聖]279 覆不生，[元][明]2060 懷隱於。

紅：[甲][乙]2385 持。

理：[甲]1821 解云隨，[甲]2339 眞如修。

縺：[宮]1549 作諸善。

縵：[三][宮]、[另]1428 彼安鉢，[三][宮]1428 兩分留。

繩：[宮]1451 我尾灌，[三][宮]2060 小寬私。

受：[三]99 斷諸垢。

體：[三][宮]1554 故名身。

田：[知]598 獵。

細：[聖]1463 之以。

繫：[明]1277 取鼠狼。

障：[宮]2085 上然後。

終：[宮][石]1558 由如實。

種：[甲]1736 言。

讒

才：[甲]1698 有少許。

纔：[甲]2035 求哀於。

復：[宋]1154 憶念已。

詭：[三]、諛[宮]381。

誦：[甲]867 一遍竟。

鑱

劖：[元][明]643 刺疥蟲。

弗

鑊：[宮]2040，[三][宮]1521 舉，[三][宮]2122 炙罪人。

弗：[甲]2128 字苑初。

胃：[三]193 被寶鉀。

産

乳：[三][宮]1425 難。

生：[甲]2879 身體平，[三][宮]374 駁犢記，[三][聖]172 七子時，[三][聖]178 飢餓經，[三][聖]375 女善男，[三]186 菩薩承，[三]200 便，[三]200 時有何，[三]200 一女兒，[三]202 汚露大，[聖][另]790，[聖]703 迸散顧，[聖]790 不勤用，[宋]374 巨富惟，[宋]374 者無患。

虐：[元][明]1428 衣神廟。

彥：[甲]1961 門膿血，[三]2122 等五人。

用：[甲]2039 闕英又。

剷

剗：[三][宮]2103 跡勑正。

諂

訑：[三][宮]338。

調：[己]1958 語刀。

鬪：[元][明][宮][聖]397 無諂無。

誑：[宮]2123 不誑不，[甲]1836 教誨爲，[三][宮]2122 詐二十。

論：[聖][另]1548 欺僞匿。

誰：[宮]1554 曲謂諸。

諂：[宋][元][宮]339 誑無染，[乙]1876 曲邪見。

詐：[三][宮][聖][另]790 僞耳。

智：[三]192 點能奉。

諸：[三][宮]1451 誑於晨，[三]402 幻悉令。

鑱

弗：[三]2121 鑱之。

闡

搏：[三]26 戶扇平。

禪：[宮]2060 整理僧。

鬪：[聖]397 陀。

闍：[宮]2121，[甲]1763 提作一，[明][宮]2121 提太子，[三][宮]2121 提見，[聖]1421 陀母名。

關：[三]2145 發其議。

間：[聖]279 妙道。

開：[宮]2060 前經論，[甲]1710 喻若花，[甲]2120 微言又，[三][宮]2122 釋門凡，[三]2145 乃正此。

闢：[三][宮][聖]639 甘露門，[三]2145 大通於。

闞：[三][宮]2053 以爲落。

聞：[甲]1512。

贄：[三][宮]2122 禪道停。

瞻：[三][宮]1435 蜀城。

覸

覸：[宋][元]2061 然器重。

譖

誾：[甲]2129 同諛也，[宋]、囁[元][明][宮]、讕[聖]397 婆何利。

䜚：[宋]、棠[宮][明]、[元]374 語非我。

䜛：[三]190 語。

譫：[明]1443 言説非。

詔：[三][宮]397 語。

剗

弗：[三]1440 肉懸著，[元][明]190 貫人。

滅：[三]209 除常見。

剟：[甲][乙][丙]2089 戒院覺。

拭：[三][宮]1435 皮知皮。

懺

識：[甲]2084 三藏傳，[三]2149 於涼都，[三][宮]2059 或云曇，[三]2149 法師翻，[三]2151 或云曇，[聖]211 悔謝過。

惡：[明]1450 悔便滅。

反：[三][宮]2122 長。

悔：[甲]1733 以經多，[三]1440 悔過已，[三][宮]1462 如來分，[三][宮]397 當於八，[三][宮]1809 解等

亦，[聖]1428 突，[乙]2795 除正可，[乙]2795 方便殺。

惑：[甲][乙]2254 爲。

檝：[甲]2128 者訛也。

誡：[三]2145 於西涼。

識：[宮]721 悔業業，[甲]2261 半滿也。

聽：[聖]1433 法如上。

行：[三][宮]277 悔法佛。

讚：[甲]2002 陞座推。

顫

戰：[宮]2040 掉不能，[宮]下同2040 動時守，[三][宮]2122 怖如初，[三][宮]1425 而來在，[三][宮]2122，[三][宮]2122 怖生大，[三][宮]2122 掉不自，[三][宮]2122 掉故，[三][宮]2122 動不能，[三][宮]2122 惶身毛，[三][宮]2122 慄不，[三][宮]2122 守魏軍。

昌

菖：[甲]2290 苟，[甲][乙]2393 蒲天門，[三][宮][甲][乙]901 蒲呪二，[三][宮][乙]895 蒲第，[三]1336 蒲根，[元][明]1435 蒲根五。

唱：[明][宮]1451 言告衆，[三][宮]2034 録，[三][宮]2060 昌言不，[三][宮]2103 四，[三][宮]2103 言此事，[三]2104 言我勝，[三]2149 録云曇，[聖]223 四種兵，[宋]2061 言曰昔，[乙][丁]2244。

曷：[明]397 伽。

喟：[甲]1813 然。

冒：[宮]2060 網周濟。

冐：[甲]893 餌草大，[三]883 引
達儞。

　去：[甲]2039 一。

　畠：[聖]2157 郡譯。

　曰：[甲]2039 俗士顒。

仾

　長：[三]322 中少年。

　張：[甲][乙]2227 像下至，[乙]
2227 像下二。

　帳：[三][宮]1435。

菖

　昌：[甲][乙][丙]1002，[甲][乙]
[丙]1246 蒲根末，[甲]1000 蒲天門，
[三][宮][聖]1463 蒲如，[三][宮][西]
665，[宋][元]1092 蒲，[宋]1057。

　莆：[甲][乙]2387 天門冬。

猖

　倡：[甲]2087 蹶人。

娼

　昌：[宋]、倡[元][明]191 女名跋。

　娟：[三][宮]2103 嫉之褊。

閶

　昌：[宋][元][宮]2102 門之類。

　闇：[聖]2157 闇而復。

　闔：[甲]2035 闔宮受。

長

　哀：[甲]2286 迷故作。

　被：[三]、杖[聖]210 服草衣。

　表：[三][宮]1563 等。

　萇：[明]2151 長國，[三][宮]2042
國降阿，[三][宮]2085 國，[三]2154
國人刹，[元][明]397 國，[元][明]
2103 弘學琴，[元][明]2151 國。

　常：[宮][聖]1509 安四年，[甲]
1705 安逍遙，[甲]1736 流以，[甲]
1736 時無退，[明]212 存者皆，[明]
613 跪白佛，[明]2060 轉慧炬，[明]
2103 蕪沒蒼，[三]2153 安譯出，[宋]
[元]2153 安逍遙，[宋][元]2153 安譯
出，[宋]2153 安譯。

　場：[甲]1969 法師得。

　存：[三]152 人命譬。

　大：[宮][聖]231 埵輪，[宮]263
上至梵，[宮]1431 堅，[三][宮][石]
1509 象言我，[聖]200 幡懸，[聖]2157
江之紀，[宋][宮][聖]1509 作證，[元]
[明]606 復風吹。

　得：[甲]1909 生淨土。

　等：[宮]1543 十四字。

　短：[和][內]1665 聲是證，[原]
1987 二寸。

　多：[甲]2250 故光師，[三][宮]
2123 如人喜。

　法：[三]2153 立譯出。

　高：[原]1819 豈。

　故：[甲]2266 說深推。

　廣：[聖]1428。

　積：[聖][另]1435 我。

即：[甲]909 作蓮。

見：[三]2154 房録云。

進：[三]1559 性轉增，[三][宮]618，[乙]2385。

堪：[甲]1828 攝受故。

看：[乙]1822 病等田。

量：[宮]1674 量叵知。

牛：[原]2248 囊盛種。

女：[元][明]152 者吾身。

其：[三]1343 勢力。

清：[三][宮]2122 水人或。

去：[原]1089 引。

日：[明]190 夜得大。

柔：[三][宮]620 軟第四。

若：[宮]1435 至二。

散：[原]、散[甲]2006 夜叉頭。

僧：[三]202 沙彌。

上：[甲]1828 緣無緣，[甲][乙]2250 力有差，[甲]1361 因者此，[甲]2266 力故說，[甲]2298 善根，[三]375 若有清，[乙]2263 位而動。

少：[三]2123 時作罪。

生：[甲]2266 從此無。

食：[甲]1781 者一切。

是：[宮]1454 淨況復，[元]1543 此是前。

受：[甲]1813 戒增受。

壽：[甲][乙]2397 變易此，[乙]2174 八張。

天：[三]310。

畏：[宮]374，[甲]893 忙尾覽，[甲]1736 行與偈，[明]186，[明]1582

善法四，[宋]190，[乙]2408 魔事，[元]2040 者居士。

無：[宮]2045 畏恒貪。

閑：[原]、閑[甲]2006 遊戲處。

脩：[甲][乙]2394 短在緣。

須：[原]、須[甲]1897 視看地。

養：[乙]2254 二母有。

益：[三][宮]1509 得，[元][宮]310 福德於。

引：[元][明]993 那跋坻。

永：[三]193 存。

祐：[三]2154 房二録。

遠：[三][宮]2048 者。

增：[宮]1428 益廣。

張：[丙]2092 戟，[三]125 其身或。

漲：[三]1300 依水居。

杖：[三]211 服草衣。

者：[三]375 則不遠，[元][明]26 作佛圖，[元][明]1428 師首鴦。

正：[久]397 法眼。

知：[三]202 宜佛讚。

直：[三][宮]2122 三十九。

至：[三][宮]2122 大俱飛。

中：[聖]2157 阿含第。

主：[三]210 常以慈。

足：[聖]125 四無所。

尊：[明]154 者與，[三][宮]2122 者子嚴。

萇

長：[三]152 若道士。

常

本：[甲]2239 釋具辨。

彼：[三]418 當奉事。

曾：[三][宮]632 從人有。

長：[甲]874 爪甲，[甲]1736 流，[明]99 修德娛，[明]293 時利，[明]321 住深山，[明]670 生不斷，[明]764 有身光，[明]1507 上生，[明]1536 委支具，[明]1595 流不廢，[明]2088 安歷于，[明]2145 安四年，[明]2149 安逍遙，[明]2149 安譯，[明]2151 安，[明]2153 安逍遙，[明]2153 安譯出，[三][宮]721 不實説，[三]2145 安予即，[三]2153，[宋]374，[乙]1909 在不念，[乙]2157 安遠近。

常：[聖]125 滅此。

嘗：[宮]240 所遊踐，[宮]310 捨千身，[宮]2027 親侍聞，[宮]2122 在山中，[甲]1782 無厭足，[甲]1789 相離若，[甲]1921 異體生，[甲]1973 説眼耳，[甲]2035 入市，[明]263 弊礙普，[明]624 欲施與，[明]839 以，[明]2102 不句句，[明]2121 偏，[三][宮][聖]221 不爲衆，[三][宮][聖][知]1579 不睡眠，[三][宮][西]665，[三][宮]263 懷，[三][宮]310 覺豈非，[三][宮]527 遠梵行，[三][宮]585 違，[三][宮]1464 停食經，[三][宮]1562 不滅初，[三][宮]1579 説最善，[三][宮]2059，[三][宮]2059 盛，[三][宮]2059 問澄佛，[三][宮]2102 不見哉，[三][宮]2121 出口童，[三][宮]2122 於闇中，[三][宮]2123 云有之，[三]202 聞釋氏，[三]205 厭足也，[三]225 有惡夢，[三]984 羅反後，[三]2106 穢雜每，[聖]310 爲諸衆，[聖]2157 諷味般，[宋][宮]310 説應，[宋][明][宮]2122 説言凡，[宋][元][宮]2059 遣弟子，[宋][元][宮]2122 山中誦，[乙]、曾[丙]2777 不見而，[乙]1736 與一僧，[元][明]2102 離俗施，[元][明]2102 謂見在，[元]262 獨處山，[原]1781 説也始。

嘗：[甲]1789 自謂異，[甲][乙][丙][丁]2092 修敬諸，[甲]1736 有得未，[甲]1789 説一字，[甲]1789 以如河，[明]1522 口常，[明]158 不見佛，[明]224，[明]1044 不勝，[明]1522 求有，[明]1522 以大，[明]2016 與法侶，[明]2059 在，[明]2076 持一木，[明]2076 爲緣慮，[明]2102 有際哉，[明]2104 聞君子，[三]220 無懈廢，[三][宮]1605 不睡眠，[三][宮][聖]1563 暫與缺，[三][宮]1558 成非可，[三][宮]1606 不睡眠，[三][宮]2034 定林寺，[三][宮]2059 於山中，[三][宮]2060 夢見金，[三][宮]2060 以理勝，[三][宮]2060 引衆驪，[三][宮]2060 有餘師，[三][宮]2085 在此住，[三][宮]2104，[三][宮]2111 於靜夜，[三][宮]2122 含，[三][宮]2122 頻亡二，[三][宮]2122 屈誌來，[三][宮]2122 隨調山，[三][宮]2122 行得遺，[三][聖]、尚[宮]224 有離時，[三]5 陳善令，[三]125，[三]158 斷絕令，[三]282 遠離於，[三]1522 愛果，[三]2110

失火燒，[三]2122 遣罔等，[三]2145，
[三]2145 不慮積，[三]2145 餉安梨，
[三]2145 遊外域，[三]2145 有乞神，
[三]2145 於洛陽，[三]2149 出命安，
[宋]、當[元][明]2110 轉法，[宋][明]
[宮]2122 喜，[宋]2145 云少見，[乙]
[丙]2092 爲吾筮，[元][明]223 不見
佛，[元][明]1522 修一切，[元][明]
2122，[元][明]2145 謂大智。

　　成：[甲]1733 滅無礙，[甲]1851。

　　城：[甲]1775 出實有。

　　怛：[三][宮]2122。

　　帶：[原]2306 時劫通。

　　當：[丙]973 坐山中，[丙]1246
誦呪二，[丙]2381 所加，[煌]262 願
常瞻，[宮]414 值佛世，[宮]671 清
淨，[宮]2080 規其變，[宮][聖]425 修
空，[宮]263 修梵行，[宮]272 應修
忍，[宮]309 念親近，[宮]310 貧匱，
[宮]310 爲疑惑，[宮]323 念精進，
[宮]397 見如是，[宮]532 愍傷人，
[宮]544，[宮]617 欲惱害，[宮]660 被
漂沒，[宮]721 不住非，[宮]721 受安
樂，[宮]721 增長不，[宮]810 刈四
倒，[宮]1509 定有人，[宮]1509 親近
世，[宮]1509 繫心緣，[宮]1525，[宮]
1550，[宮]1552 審爾計，[宮]1571 知
一切，[宮]2034，[宮]2121 在生死，
[宮]2123 攝梵福，[甲]1719，[甲]1778
禮者衆，[甲]1786 給我天，[甲]2035
尋淨土，[甲]2311 得身心，[甲][丙]
1056 得金剛，[甲][丁]1222 作息災，
[甲][乙]1751 別教十，[甲][乙][戊]

[已]2089 三百以，[甲][乙]850 作如
是，[甲][乙]1086 聲順念，[甲][乙]
1098 得諸佛，[甲][乙]1796 有我，
[甲][乙]1822 別法生，[甲][乙]1822
作此業，[甲][乙]2228 得如是，[甲]
[乙]2393 令助，[甲][乙]2394 如月字，
[甲]950 說諸佛，[甲]950 於如是，
[甲]974 持行若，[甲]997 有飢饉，
[甲]1065，[甲]1512 爲衆生，[甲]1512
住非修，[甲]1710 見諸佛，[甲]1733
修，[甲]1733 修菩薩，[甲]1735 果，
[甲]1736，[甲]1751 所覩，[甲]1830
住，[甲]1920 依木叉，[甲]1921 自省
察，[甲]1924 知此好，[甲]1958 不壞
因，[甲]1960 念我名，[甲]2036 獨臥
空，[甲]2186 無常不，[甲]2223 實成
就，[甲]2229 應覆，[甲]2261 道以
爲，[甲]2261 斷，[甲]2261 說諸法，
[甲]2266 有無常，[甲]2266 知俱生，
[甲]2376 生悲心，[甲]2391 持此讚，
[甲]2792 住食，[明]〔異〕220 應修，
[明]220 應善學，[明]221 所敬眞，
[明]361 信受佛，[明]721 覺法爲，
[明]729 與苦會，[明]821 聽隨所，
[明][宮]1548 因，[明][甲]1177 須親，
[明]22 共鬥諍，[明]23 使安隱，[明]
45 作是語，[明]100 於其夜，[明]165
來此爲，[明]170 歡悅，[明]186 計吾
我，[明]194 負重擔，[明]201 說衆
善，[明]201 自珍重，[明]201 作如
是，[明]220 修學令，[明]220 正稱
揚，[明]220 作是念，[明]286 聞惡
音，[明]310 無差失，[明]312 時，

[明]361 復，[明]375 作惡，[明]397 等慈，[明]410 趣阿鼻，[明]415 念，[明]418 承事於，[明]438 歸命，[明]489 寂滅，[明]593 修衆善，[明]664 爲，[明]665 聽受此，[明]1043 樂大涅，[明]1119 脱一切，[明]1174 住想，[明]1354 受持讀，[明]1425 作軟語，[明]1442 共遊戲，[明]1443 住，[明]1450 教衆生，[明]1450 少，[明]1464 自慚愧，[明]1485 發無量，[明]1530，[明]1538 所近習，[明]1543 法先，[明]1547 結，[明]1577 爲他事，[明]1646 不，[明]1660 所資用，[明]1662 離一切，[明]2043 著舍，[明]2102 謂外國，[明]2108 禮妙協，[三]99 坐正思，[三]170 專，[三]220 勤精進，[三]1340，[三][宮]、－[聖]514 入太山，[三][宮]226 爲精進，[三][宮]244 成就一，[三][宮]263 有二食，[三][宮]284 等護八，[三][宮]606 精進，[三][宮]616，[三][宮]640 自增彼，[三][宮][聖]266 以此明，[三][宮][聖]397 發最勝，[三][宮][聖]397 降伏怨，[三][宮][聖]586 知一切，[三][宮][聖]1428，[三][宮][西]665 受持者，[三][宮][知]598，[三][宮]263 使，[三][宮]263 以經典，[三][宮]263 遇此，[三][宮]268 令諸，[三][宮]272 念不放，[三][宮]278 發大願，[三][宮]281 向清淨，[三][宮]309 思惟意，[三][宮]310 得無上，[三][宮]325 知佛從，[三][宮]330 極意悉，[三][宮]349 思念之，[三][宮]374 作是願，[三][宮]

376 應自護，[三][宮]397 勤修集，[三][宮]397 入禪定，[三][宮]403 求佛，[三][宮]411 於未來，[三][宮]415 證，[三][宮]425 求是妙，[三][宮]454 勤，[三][宮]477 奉持斯，[三][宮]544 生，[三][宮]585 令弘普，[三][宮]598 盡當來，[三][宮]606 更歷苦，[三][宮]606 以智慧，[三][宮]632 等行於，[三][宮]636 行尊三，[三][宮]639 修最妙，[三][宮]639 樂空閑，[三][宮]657 求決定，[三][宮]657 爲世中，[三][宮]657 修學，[三][宮]665 得好名，[三][宮]721 輪轉生，[三][宮]746 吞，[三][宮]1425 護汝等，[三][宮]1425 在我，[三][宮]1428，[三][宮]1428 持戒後，[三][宮]1428 接衆人，[三][宮]1430 奉於戒，[三][宮]1435 教化瞻，[三][宮]1435 淨，[三][宮]1442 有，[三][宮]1443 看鉢食，[三][宮]1470 會，[三][宮]1478 諦依按，[三][宮]1546 奉行之，[三][宮]1549 處，[三][宮]1572 知一切，[三][宮]1646 修慈心，[三][宮]1660 修，[三][宮]1662 行於善，[三][宮]1672 諦觀速，[三][宮]2029 懷愴恨，[三][宮]2043 供養，[三][宮]2043 思惟眼，[三][宮]2059 時干犯，[三][宮]2103 異不可，[三][宮]2121 在處安，[三][宮]2122 名持戒，[三][宮]2122 食此腦，[三][宮]2122 行屠，[三][宮]2122 與作弟，[三][宮]2122 注鼻根，[三][宮]2123 勤精進，[三][宮]2123 施汝食，[三][宮]2123 受惡道，[三][聖]

阿練，[元][明]533 修戒德，[元][明]613 塚間樹，[元][明]637 如奴事，[元][明]639 起慈悲，[元][明]657 聽法其，[元][明]678 得無盡，[元][明]761 能遠離，[元][明]842 依，[元][明]1043 無患心，[元][明]1202 加功持，[元][明]1340 應作如，[元][明]1478 念，[元][明]1530 行故非，[元][明]1579 斷，[元][明]1579 供，[元][明]1583 至心念，[元][明]1656 行四方，[元][明]1982 見，[元][明]2121，[元][明]2121 解，[元]212 勝者，[元]223 捨法，[元]262 柔和能，[元]375 大涅槃，[元]474 省，[元]484 樂獨處，[元]681 當住此，[元]1546 見有三，[元]1593 無常等，[元]2016 寂故，[元]2122 得供養，[原]、當[甲]1782 死煩惱，[原][乙]871 作思惟，[原]958 歸命，[原]1205 須結界，[原]1251 常苦惱，[原]1311 得貴人，[原]1776 第三下，[原]1776 墮惡道，[原]1776 法分別，[原]1776 佛現國，[原]1776 果名爲，[原]1776 是法假，[原]1776 體第三，[原]1796 是平等，[原]1819 作願生，[原]1851 不行乞，[原]2271 十五劫。

得：[宮]292 寂定處，[三][宮][聖]223 安者復，[三][宮]544 生尊貴。

等：[原]1205 恒供養。

帝：[丁]2092 而並跡，[宮]1545 心念日，[宮]2059，[宮]2121 供養服，[甲][乙]2219 不變甘，[甲]1736 妙窮二，[甲]1781 釋形來，[明]2103 位壽

害，[明]2131，[三][宮]397 耆初羅，[三]1339 劫名淨，[聖]643 釋所將，[宋]、[元][明]2053 之宗黨，[宋][宮]813 建立於，[宋][元]2122 供，[原]1782 聞妙法，[原]2244 宮。

第：[甲]1828 六問答。

諦：[甲]1744 此是因，[明]212 當深自。

定：[乙]2390 法耳。

動：[三]、光[宮]1646 動如魚。

斷：[甲]1705 若觀色，[甲]2870 非。

復：[明][和]293 以深信。

共：[丁]2244 供養是。

故：[三]1509 言甚深。

光：[甲][乙]1751 今之所。

恒：[宮]、明註曰常南藏作短2122 醜，[宮]2122 岳寺嵩，[宮]2122 照如器，[甲]1735 隨九，[甲]2207，[甲]2408 次入本，[三][宮]2122，[三][宮]2122 處尊貴，[三][宮]2122 省三業，[三][宮]2122 式也，[三][宮]2122 憂不活，[三][宮]700 盈積而，[三][宮]2122，[三][宮]2122 安鑴石，[三][宮]2122 別苦樂，[三][宮]2122 不安法，[三][宮]2122 不斷絕，[三][宮]2122 不覺慧，[三][宮]2122 出極惡，[三][宮]2122 處山林，[三][宮]2122 得敬事，[三][宮]2122 多樂施，[三][宮]2122 非罪福，[三][宮]2122 豐七寶，[三][宮]2122 服之從，[三][宮]2122 規但以，[三][宮]2122 候後廣，[三][宮]2122 暉晝金，[三][宮]2122

見見來，[三][宮]2122 降，[三][宮]
2122 結怨讐，[三][宮]2122 解惑相，
[三][宮]2122 警策，[三][宮]2122 淨
故，[三][宮]2122 捐捨七，[三][宮]
2122 開問者，[三][宮]2122 來穢污，
[三][宮]2122 良由業，[三][宮]2122
沒守此，[三][宮]2122 漂滅道，[三]
[宮]2122 栖樹上，[三][宮]2122 齊沙
門，[三][宮]2122 騎東西，[三][宮]
2122 起惡心，[三][宮]2122 情厭濁，
[三][宮]2122 取，[三][宮]2122 勸禮
佛，[三][宮]2122 然逃隱，[三][宮]
2122 熱鐵針，[三][宮]2122 日有，
[三][宮]2122 如佛，[三][宮]2122 潤
澤十，[三][宮]2122 掃迹唱，[三][宮]
2122 生此想，[三][宮]2122 生佛家，
[三][宮]2122 生恐嚇，[三][宮]2122
食屎，[三][宮]2122 受八，[三][宮]
2122 受苦無，[三][宮]2122 說不退，
[三][宮]2122 說於過，[三][宮]2122
思敘集，[三][宮]2122 隨，[三][宮]
2122 爲夫婦，[三][宮]2122 爲人婢，
[三][宮]2122 星，[三][宮]2122 星爲
驗，[三][宮]2122 行頭陀，[三][宮]
2122 修觀行，[三][宮]2122 尋逐我，
[三][宮]2122 業耳達，[三][宮]2122
一也類，[三][宮]2122 疑君憐，[三]
[宮]2122 以一心，[三][宮]2122 異坼
而，[三][宮]2122 有何所，[三][宮]
2122 有千萬，[三][宮]2122 有善神，
[三][宮]2122 有香氣，[三][宮]2122
有香未，[三][宮]2122 有一，[三][宮]
2122 有折減，[三][宮]2122 有諸仙，

[三][宮]2122 於汝欲，[三][宮]2122
與彼自，[三][宮]2122 與妃行，[三]
[宮]2122 願，[三][宮]2122 曰明旦，
[三][宮]2122 齋戒誦，[三][宮]2122
值貧賤，[三][宮]2122 至，[三][宮]
2122 至佛邊，[三][宮]2122 擲穢污，
[三][宮]2122 住空定，[三][宮]2122
著麻，[三][宮]2122 撰，[三][宮]2122
自供養，[三][宮]2122 自謂一，[三]
[宮]2122 作傍行，[三][宮]2122 作魁
膾，[三][宮]2122 作妖邪，[三][宮]下
同 2122 在，[三][聖]643 聖王即，[三]
100 爲彼而，[三]2122，[三]2122 嚼
哺，[三]2122 生善處，[三]2122 以善
習，[三]2122 作是語，[宋][明][宮]
2122 自洗之，[宋][元]2061 人交雜，
[乙]1736 來在，[元][明]1579 與阿頼。

弘：[三]154 宣三寶。

虎：[聖]158 光如來。

華：[原]2723 莊嚴病。

懷：[三]192 抱苦。

惑：[三]2103。

計：[甲]1830 四大生。

皆：[三][宮]811 當以施，[三]
2104 言六經。

今：[甲]2266 舉初故。

淨：[甲]2313 是名。

淨：[甲]1816 故無生，[甲]2266，
[聖][甲]1763。

康：[甲]1805 健賢善。

快：[三]2122。

來：[聖][甲]1763 亦常復。

量：[甲]1828 由是四。

每：[甲]2371 可安住。

滅：[甲]2297 猶如燈。

明：[乙]2190 名天名。

命：[元][明][宮]614 危脆不。

內：[乙]、自[乙]1092 爲他人。

念：[甲]2195 得。

平：[三]374 等。

豈：[甲]2314 濟度。

牽：[三][宮]263 連佛壽。

前：[甲]2313 當知設，[甲]2409
白，[甲]2409 用延命。

人：[三][宮]2122 懷殺害，[原]
1776 無手空。

若：[明]221 隨法師，[三][宮]278
欲利眾，[三]1336 常囊阿，[元][明]
657 修是三。

上：[甲]1763 道案僧，[三][宮]
2122，[三][宮]2122 達除諸。

尚：[宮]425 正如道，[宮]532 在，
[甲]2255 存此有，[明][宮]1646 爲，
[三][宮]1464 能爾癡，[三][宮][聖]514
如此況，[三][宮][聖]545 難得聞，[三]
[宮]263 未得天，[三][宮]268 不求少，
[三][宮]532 可盡於，[三][宮]809 得自
在，[三][宮]1462 流不斷，[三][宮]
1521 有所作，[三]68 不厭足，[三]171
不避所，[三]210 敬聞況，[三]397 未
能除，[三]1336 能令清，[三]1440 得
停住，[聖]1428 相見若，[聖]1465 有
高心，[元][明][聖]224 未見大，[元]
[明]816 皆不能，[原]2362 非事理，
[知]418 立佛，[知]1785 在將。

裳：[三]194，[三]738 以爲綺。

身：[三]202 我聞是。

生：[聖][甲]1763 計常來，[乙]
1909 怖懼何。

聲：[甲]1983 第一義。

識：[三][宮]1469 無吾。

市：[三]152 爲樂以。

是：[甲]1842 無常之，[三][宮]
2121 婆羅門。

說：[元][明]2122 義皆同。

隨：[明]997。

堂：[宋]829 當憶念，[元][明]
2060 生寂不，[元]2103 食藜藿。

儻：[宮]263 懷瞋恨。

爲：[三][宮]1521 是心無。

謂：[知]2082 虛誕爲。

無：[甲]1828 常是無。

下：[聖]222 於一切。

先：[聖]125 懷懼猶，[聖]1509。

現：[三][宮]、當[聖]1602 所調
伏。

相：[三][宮]1646 續如是。

向：[三][宮]397 說言一，[三][宮]
624 可致何，[三]418 大慈敬，[元][明]
125 無我身。

邪：[三]212 處在家。

行：[明][聖]1582 以慇重。

序：[甲]2299 云不壞。

學：[宮][聖]1549 智苦諦，[宋]
[元]1559 何以故。

夜：[三]267 六時尊。

業：[知]1581 隨憶念。

已：[三][宮]1521 誦讀三。

亦：[三][宮]263 當如佛，[三]

[宮]479 無。

應：[元][明]26 念閉塞。

庸：[三][宮]2122 僧不甚。

用：[宮]263 講演斯。

有：[乙]1909 者皆盡。

又：[甲]2006 問其故，[三][宮]453 以香汁。

餘：[三]1548 捨二邊。

願：[和]261 以法藥。

月：[明]1563。

樂：[宮]270 樂，[三][聖]26 不。

災：[明]1648。

章：[甲]2266 修習時。

掌：[宮][甲]1804 者二無，[宮]268 立不坐，[宮]579 別衆生，[宮]848 在心，[甲][乙]2390 印如儀，[甲]957 拳，[甲]1804，[甲]2392 印稍別，[甲]2400 私云軌，[三][宮]2122 事恒隨，[三]62 衆難一，[三]951 輪結是，[三]1033 拳空火，[聖]278 覺日，[聖]419 善知覺，[石]1509，[原]、[甲]1887 明珠，[原]2248 自盜則，[原]1776 持大衆。

者：[乙]2254 爲令棄。

之：[三]1443 法每一。

值：[宮]263 遇諍訟。

衆：[聖]341 爲諸衆。

諸：[甲]2261 字。

宗：[甲]2271 名爲相，[甲]2274 等者意。

最：[三][宮]1648 羸展轉。

作：[宮]374 利益彼。

成：[甲]2273 二品常。

場

萇：[明]2154 國主眞，[三]2154，[乙]2092 國學婆，[元][明]397 國土付，[元][明]397 國須尼，[元][明]397 寄薩梨。

暢：[三][宮]429 諸佛尊。

乘：[聖]、場乘[宮]278 令一切。

蕩：[三][宮]2103 兮遊總。

地：[宮]2121 坐降伏。

即：[甲][乙]1306 內安著。

揭：[甲]1997 指法座。

境：[三]194 界瞋恚。

傷：[宮]2060 人也祖，[明]720 互相殘。

惕：[聖]291 有所。

壇：[宮]2122 禮衆僧，[乙]2381 伽耶山。

檀：[甲]2157 法具八。

堂：[聖]200 敷四。

陽：[乙][戊][己]2092 國胡沙。

揚：[宮]242 速證阿，[宮]2034 互嚴關，[甲]1736 光輝十，[甲]1781 者則知，[甲]1969，[明]2122 寺翻譯，[元]1433 上而默。

楊：[聖]1458 先觀標，[宋]2103。

煬：[聖]2157 禪師甚。

謁：[明]2154 慧觀以。

場：[宋][元]2061 文雄而。

陣：[甲][丁]、陣常[乙]2092 令僧超。

中：[三][宮]288 有一菩。

座：[三]1020 成等。

甞

曾：[甲]1775，[甲]2006 觀曹山，[明]1450 痛，[三][宮]、甞[聖]627，[三][宮]、以下混用 266 懼生死，[三][宮]、以下混用 266 生念是，[三][宮]398 勞倦，[三][宮]2103 見有一，[三][宮]2104 述生頓，[三][宮]2121 不孝仁，[宋][明][宮]627 有捨廢。

常：[宮]309 錯謬夫，[宮]1425 有傾動，[宮]2059，[甲]1718，[甲]1775 有見故，[甲]1924 夢不外，[甲]1969 以黃絹，[甲]1973 寂光者，[甲]1973 與，[甲]2067 損心吐，[甲]2777 施戒極，[明]220 不空諸，[明]2016 聞佛宣，[明]261 變，[明]681 有雜亂，[明]2060 居別所，[明]2106 山中誦，[三]220，[三]220 無間斷，[三][宮]1598 求離我，[三][宮]2059 於簡文，[三][宮][聖][另]1428 習慈心，[三][宮]304 無迷惑，[三][宮]760 一劫作，[三][宮]1521 眠唯除，[三][宮]1595，[三][宮]2059 譯惟逮，[三][宮]2060，[三][宮]2060 讀華嚴，[三][宮]2060 於鄴城，[三][宮]2060 遇亢旱，[三][宮]2060 遇重，[三][宮]2102 見麟則，[三][宮]2102 見者曰，[三][宮]2103 搜聚有，[三][乙]1092 無厭足，[三]220 無厭足，[三]264 獨處山，[三]1161 求利七，[三]2059 於樹，[三]2063 聚沙爲，[三]2122 以役匠，[三]2145 不忘，[三]2154 與同學，[聖]210 無怨不，[聖]397 不定是，[聖]528 見人如，[宋][明][宮]2122 於，[宋][明][宮]2122 作頌贈，[宋][元][宮]1595，[宋][元][宮]425 睡眠恒，[宋][元][宮]624 持瞋恚，[宋][元][宮]2103，[宋][元][宮]2122 偏枉常，[宋][元]2061 在明經，[元][明]310 忘失十，[元][明][聖]224 有聞惡，[元][明]220 不生佛，[元][明]310 捨一切，[元][明]2122，[原]1851 觸觸則。

當：[宮]553 爲弟子，[宮]749 噉或與，[甲]2068 撿，[三][宮]2060 尋唯識，[三][宮]694 設大會，[三][宮]729 安，[三][宮]2103 爲僧禁，[三]220 於此甚，[三]1562 厭空花，[三]2122 一再宿，[三]2122 於昏夕，[聖][另]765 和合然，[聖]291 法味充，[石][高]1668 不出生，[宋][元]、常[明][宮]2060 聞言不，[宋][元][宮]1670 截手足，[宋]2087 聞波爾，[知]1579 味無有。

恒：[三][宮]2122 想覩女。

嗜：[三]220 不可愛。

竄：[三]613 如來世。

相：[三][宮][石]1509 斷一切。

向：[三][宮]2122 遣弟子。

腸

賜：[宮]1912 心胃胞。

肚：[三]2125 闍眼。

腹：[宮]310 小腸，[宮]721 脹屈腸，[宮]732 皆當膁，[甲]1718 盤迴故，[三]、傷[宮]2121 爛不淨，[三][宮]721 痛觀閉，[三][宮]742 猶火燒，[三][宮]2060 看之果，[三][宮]

2121 見一小，[三][宮]2121 書轉數，[三][宮]2122 走繩，[三][宮]2123 中有病，[三]192 夫棄遊，[三]203 亦復噉，[聖][另]1451 猶如藕，[聖]1453 繞逝多，[宋][元]2122 血軟者。

朦：[知]384 取滅度。

傷：[三][宮][聖]423 墮萬二。

佯：[三]193 自歸向。

脹：[甲]1736 小腸，[聖]1537 肚等穴，[宋][元]198 少食行。

嘗

曾：[三][宮]671 知此，[三]118 殺生。

常：[宮][石]1509 一，[宮]1522 求有無，[宮]2059 告蒙，[宮]2060 以朱門，[甲]1913 教誡，[甲]1969 請問而，[甲]2035 自披讀，[明]807 墮髮法，[明]2059，[三][宮]1648 見今見，[三][宮]2034 於海底，[三][宮]2059，[三]152 以四月，[三]156 患蟣虱，[三]2059 於夜中，[三]2154 度流沙，[聖]158 不見，[聖]224 有是未，[聖]225 離佛時，[宋][宮]2060 處末，[宋][乙]2087 於中，[宋][元][宮]224 不見佛，[宋][元][宮]2059 與虎共，[宋][元][聖]158 不見佛，[宋][元]1045 不吉眾，[宋]2121 不至心，[乙][丙]2089 謂僧思，[乙][丙]2092 與河南，[知]418。

嚐：[三][宮]1545 啜不選，[元][明]2122 吐。

當：[宮]2060 與同學，[甲][乙]859 於往昔，[甲]2266 無懈廢，[明]2131 迎請釋，[三][宮]556 爲餘食，[三][宮]2122 以醉忤，[三]2063 率往亦，[另]1442 少，[宋]、常[元][明]2149 誦四分，[宋][元]220 如是。

帝：[乙]、常[丙]2092 造三層。

會：[三]、曾[宮]309 決了設。

賞：[宮]2060 梁祖年。

腸

腹：[甲][乙]2215 云云疏，[甲][乙]1222 中，[三][宮]2123 子一種，[原]1851 悉皆妙。

脅：[三]2123 骨手掌。

償

儐：[甲]2035 獄榜隨。

黨：[明][宮]、儻[聖]1462 味捨識。

僧：[聖]1421 若不受。

賞：[三][宮]805 祿重便，[三][宮]2121 賚象馬，[三][宮]2121 祿重便，[三]156 金千斤，[元][明]220 二物之，[元][明]694 諸工巧，[元][明]760 賜，[知]26 財主數。

儻：[甲]2787 比丘助。

責：[宮]2122 苦報何。

債：[宮]374 索無所。

掌：[三][宮]1428 舉不應。

厂

反：[甲]2129 從卑聲。

昶

起：[甲]2036 立不改。

敞

蔽：[甲]1782 一切聲。
廠：[明]1443 處二舍，[明]1459 舍田店，[宋][元][宮]703 朗周匜。

倡

昌：[宋][宮]606。
猖：[明]1680 聑人投，[明]1451 狂此三。
唱：[宮][聖][另]1428，[明][宮] 374 伎，[明]1442 伎之具，[三][宮] 2123 導不知，[三][宮]321 一切悉，[三][宮]520，[三][宮]1428 伎及往，[三][宮]1810 伎及往，[三][宮]2122 女家羞，[三]1644 伎樂及，[三]2122 而不和，[聖]1428，[宋][宮]、娼[元] 1433 伎及故，[宋][宮]1486 伎樂，[宋][宮]520 伎眾樂，[宋]999 妓樂我，[元][明][宮]333 妓歌舞。
偈：[宮]620 無，[宋][元]、倡伎種種[聖]200 伎樂。
趾：[聖]1670 伎欲作。

凵

弘：[明]2103。
網：[三]2102。

唱

報：[甲]2006 五。
昌：[明]、明註曰昌字當作唱 1432 如是言，[三][宮]1808 言兩罪，

[三][宮]2060，[三][宮]2060 三寶大，[三][宮]2060 言五住，[三][宮]2104 言，[三][宮]2104 言道士，[宋]2150，[元][明][石]1509 四種兵。

倡：[宮]2122 伎樂數，[三][宮] [聖]1470 伎若，[三][宮]309 伎，[三] [宮]383 伎樂種，[三][宮]624，[三] [宮]624 樂，[三][宮]1462 嚴飾樂，[三][宮]2059 樂又善，[三]190，[三] 200 音，[三]309，[宋]152 和而鳴，[元][明][宮]818 來詣佛，[元][明]754 伎樂三，[元][明]999 妓奏諸，[元] [明]1425 等供已，[元][明]2122 大，[元][明]2122 妓樂又。

喝：[甲][乙]2350 云諸受，[明] 1254 云，[明]2108 辭理兼，[三][宮] 397 利於聖，[三][宮]882 那唱，[三] 882 那唱，[三]1546 如是言，[聖]1421 言今僧。

呼：[高]1668 即便成。

偈：[三]201，[宋][元]1546 亦數數。

叫：[甲][乙][丙]2089 觀音舟，[三]721 喚而張。

留：[聖]2157 三錄。

略：[三][宮]286。

明：[乙]1723 三明也。

鳴：[三]190 華照不。

默：[三][宮]2123 許可於。

品：[甲][乙]2879 暮誦拯。

慶：[聖]476 言善來。

嗢：[甲][乙]2250 是上昇，[甲] [乙]1822 連摩子，[甲][乙]1822 陀南

此，[甲]850 佛恩德，[甲]850 三至七，[甲]974 蘖帝，[甲]1828 怛羅漫，[三][宮]451 答謎。

唯：[宮]2008 言普願。

瞀：[甲]2393 於甘露。

嚮：[宋]、響[元][明]2103 諸佛所。

應：[聖]1435 言大德。

祐：[宋][元]2106。

作：[宮]279 如。

悵

暢：[三][宮][聖]1462 然白大。

恨：[三]、限[宮]2060 然岐路，[三][宮][聖]292 未曾違。

帳：[三]99 者謂，[宋][元][宮]2102 然自。

暢

場：[宮]598 菩薩。

腸：[聖]350 向於十。

悵：[三][宮]332 然。

暘：[明]2102 生死之，[明]2102 以般若，[明]下同 2102 文軌將。

賜：[三]2110 燭於無。

輕：[甲]2223 慢也。

適：[原]2248 善而非。

雖：[甲]1735 前中初。

惕：[三]984 底。

揚：[宮]310 此法時，[三][宮]1552 顯說，[三][宮]263，[三][宮]263 法華經，[三][宮]338 眞諦行，[三][宮]381 其績，[三][宮]459 無所有，[三][宮]810 如，[三][宮]810 諸，[三][宮]2122 三寶不，[三]2145 神源發，[聖]953 如海聲，[元][流]360。

抄

阿：[甲]2323 云亦任。

艸：[乙]2249 之了去。

鈔：[甲]1804 出即準，[甲][乙]1822 釋若作，[甲][乙]1822 寫者，[甲][乙]1822 中云，[甲]1804 撰好辭，[甲]1805 略之意，[甲]1813 等不還，[甲]1828，[甲]2073 十卷章，[甲]2181 二卷平，[甲]2217 第三云，[甲]2219 辨今謂，[明]721 劫掠其，[明]2060 捐擲筆，[三][宮]606 說，[三]1589 偈，[三]2149，[聖][另]1463 泥洹僧，[聖]1463，[宋][元]375 掠人民，[宋][元]375 掠賊得，[宋]2061 市人錢，[乙]1822 釋云謂，[乙]1822 釋云我，[乙]1822 云經主。

出：[明]2145 六。

燈：[甲]2274 云問如。

段：[乙]2263。

記：[甲]2183 四卷信，[乙]2263 之。

論：[甲]2317 文景云。

杪：[三][宮][聖]1602 果又復，[三][宮]425 兒，[三][宮]2121，[三][宮]2121 低就王，[三][宮]下同 2121 火然火，[元][明]1452 或齊牆，[原]2290 邪正區。

秒：[甲][乙]1796 履空而。

妙：[三]2154 華嚴經，[乙]2157

入契經，[乙]2408 記蓮花。

木：[宮]2121。

披：[乙]2249 婆沙論。

沙：[宋][元]2061 內大竹。

梢：[三][甲]1227 悟愚多。

攝：[甲]2217 云言諸，[甲]2271
錄之所，[甲]2298 若准此，[乙]2254
之定春，[原]、妙[甲]1782 不可虛。

師：[甲][乙]2328。

釋：[乙]2249 云欲界。

疏：[甲]2181 十卷基。

說：[甲]2195 文相無。

挑：[三][宮]1464 著肩上。

義：[甲][乙]2263 如尋思。

拶：[三]2123 車却行。

折：[乙]2250 云十六。

超

蹄：[元][明]1509 不如白。

斷：[甲][乙]1821。

許：[甲][乙]2263 也付之。

記：[三]、起[宮]403 衆。

煉：[甲]2324 法。

起：[宮]1912 言本斷，[宮]415
一切，[宮]425 世八法，[宮]461 其猶
如，[宮]1542 一切色，[宮]1552，[宮]
2058 識絕倫，[宮]2111 然宮觀，[甲]
1793 修道故，[甲]2249 定時初，[甲]
[丙]2397 牟尼乃，[甲][乙]1709 故從
此，[甲][乙]2263，[甲]952 頂王勝，
[甲]1709 過，[甲]1721 出二乘，[甲]
1735 蘊界，[甲]1736 文有十，[甲]
1783，[甲]1785 悟今作，[甲]1828，

[甲]1828 加行智，[甲]1918 悟起二，
[甲]1999 何地，[甲]2223 化城以，
[甲]2250 過一，[甲]2255 故集相，
[甲]2261 十四處，[甲]2266 初二果，
[甲]2266 非想地，[甲]2266 九無間，
[甲]2266 三無色，[甲]2266 思議道，
[甲]2266 越不還，[甲]2266 至彼也，
[甲]2266 中二果，[甲]2289 如如於，
[甲]2298 百劫千，[久]761 過，[明]
[甲]1177 勝疾成，[明][乙]950 世，
[明]1579 二染爲，[明]2154 經，[三]
[宮]1545 緣一地，[三][宮]1562 定時
隔，[三][宮]1562 上故，[三][宮][聖]
278 念法門，[三][宮][聖]1552 第四
正，[三][宮]398 諸德，[三][宮]606 入
法城，[三][宮]613 三界觀，[三][宮]
638 三，[三][宮]1536 一切依，[三]
[宮]1536 欲界未，[三][宮]1545 定亦
爾，[三][宮]1545 入出亦，[三][宮]
1559 九劫於，[三][宮]1571 二種所，
[三][宮]1594 三界道，[三][宮]1673
煩惱初，[三][宮]2103 邁泗洙，[三]
192 生老病，[三]220 不墮於，[三]
245 百劫千，[三]360 發無上，[三]
682 度智亦，[三]953 菩，[三]2060 謂
有大，[三]2088 相異者，[聖]1563 定
時隔，[聖][甲]1763 橫常之，[聖][另]
342 師子步，[聖]310 世間不，[聖]
613 出諸婬，[聖]953 勝力往，[聖]
1562 越故諸，[聖]1562 諸色故，[石]
1509 一不能，[宋][宮]292 過諸喻，
[宋][宮]480 凡夫行，[宋][宮]1552，
[宋][宮]2034 經四卷，[宋][宮]2102

深俗表，[宋][宮]2123，[宋][元][宮]294 過一切，[宋][元][宮]1562 有頂見，[宋][元]229 過聲聞，[宋][元]1562 衆過作，[宋]220 生死流，[宋]682 於分別，[宋]1014 意總持，[宋]2122 有神請，[宋]2154 三昧對，[乙]1723 過世間，[乙]1822 越那含，[乙]2215 無常苦，[乙]2296 斷惑之，[乙]2394 昇，[元][明][宮][聖]1579 一切行，[元][明]220 菩薩無，[元][明]2016 心不取，[元][明]2103 悟亦不，[元]2016 三界見，[原]1776 之名爲，[知]598 諸善德。

趣：[甲]2262 劫大中，[甲]1828 世間發，[甲]1969 之幽關，[甲]2035 等同力，[甲]2261 前三果，[甲]2290 入三自，[明]293 諸世間，[三]、越[宮]310，[三][宮]1545 此界者，[乙]2254 爾投以，[原]1863 大若，[原]2263 第二阿，[原]2339 一乘方。

紹：[原]933 之本享。

收：[原]、收[甲]2006 在此時。

斯：[三][宮]2102 登聖后。

歎：[原]1818 過世間。

挑：[三]135 出聖躬。

迢：[三]2103 遙於原。

趑：[三][宮]1425 擲人所，[三]192 擲大呼。

映：[宮]553 群王重。

越：[甲][乙]1821 中間十，[甲][乙]2263 其意故，[甲][乙]1822 次第起，[甲][乙]2391 過諸天，[甲]1736 乎大方，[甲]1736 一，[甲]1775 三界

陰，[甲]1805 四，[甲]2223 三時如，[甲]2261 中，[甲]2837 過聲聞，[三][宮]1562，[三][宮][聖][另]342 度亦無，[三][宮]263 一切諸，[三][宮]292 諸世，[三][宮]477 欲界，[三][宮]627 照衆山，[三][宮]1552 第二禪，[三][宮]1562 法故如，[三][宮]1562 色爲簡，[三][宮]1598 度一切，[三][宮]1648 三界復，[三][宮]2034，[三][聖]99 苦之寂，[三]397 度流轉，[三]1485 過四魔，[三]1549 諸偈頌，[聖]292 世誓正，[聖]1562 得勝性，[宋][宮]598 諸天世，[乙]2263 自品之，[元][明]2103 葱河而，[知]598 諸德上。

招：[宮]2103 法寵法，[乙]1822 至爲大。

兆：[丁]2092 夢盜羊。

趙：[三][宮]2059 興太守。

之：[宮]2034 日明三。

智：[甲]2255 知答曰。

中：[原]2416 間奮迅。

鈔

抄：[甲][乙]2219 云法相，[甲]917 錄以，[甲]2181 二卷見，[甲]2217 云聲聞，[甲]2266 上本十，[甲]2266 文對法，[三]23 掠此郡，[三]2154，[聖]606 如採華，[聖]2157 經大乘，[宋][元][宮]2122，[乙]1736 釋餘義，[元][明]1461 二十二。

牒：[甲]2339 上段粗。

論：[甲]2035 云楞伽，[甲]2250 上鈔文。

沙：[明]2076 鑼裏。

針：[甲]2269 明第六。

焯

踔：[宋][元]1092 香王誦。

灼：[明][乙]1092 香王，[明][乙]1092，[明][乙]1092 香王，[明][乙]1092 香王而，[明][乙]1092 香王誦，[明][乙]1092 香王外，[明][乙]1092 香王以，[明][乙]1092 以不空，[三]1080 供養以，[原]、焯婆[甲][丙]1098 香王而。

晁

曍：[宮]、朝[甲]2053 錯。

巢

橾：[三][宮]221 窟不貪，[三][聖][宮]234，[三][聖][宮]234 窟亦無，[三]1522 窟不，[聖]99 窟，[聖]下同 1428 住至後，[宋][宮]1425 而自守。

搣：[甲]1335。

窠：[宋][宮]221 窟復有。

葉：[三][宮]606。

窠：[宋]382 窟句過。

巢

橾：[宮]下同 1435 時雕常，[宋][宮]1435 窟諸異。

朝

晁：[宋][元]、晁[明]2110 錯慚。

潮：[甲]2036 唐封福，[三]125

賀不失，[三]2125 即到。

晨：[三][宮]1425 復比丘，[宋][元]374 多與。

代：[甲]2263 笈。

輔：[甲]2067 中國堅。

胡：[丙]2087 化，[甲]1268 人從西，[另]1435 著衣持。

陵：[宋][元][宮]、凌[明]2122 晨當至。

期：[宮]2103，[甲]2035 太宗初，[明]2016 焰水以，[三][宮]2103 省去打，[宋][宮]2060 議括僧。

日：[三][宮]2108 雖法。

時：[三]2122 先至二。

朔：[三][宮]2034 曆數北。

士：[甲]2263 人，[乙]2263 人。

閑：[三][宮]2103 宴工相。

猶：[甲][乙][丙]2163 未見請。

橾

巢：[明][聖]397 窟門無，[明]1 林出入，[三][宮]462 窟出沒，[三][宮]1428 窟衆生，[聖]397，[聖]397 窟，[聖]397 窟菩薩，[元][明][聖]397 窟句義，[元][明][聖]397 窟念無。

嘲

謿：[三][宮]2123 調聽其。

調：[三][宮]553 戲比丘。

潮

朝：[宮]583 水徑順，[甲][乙]1751 宗以其，[明][和]293 宗於海，

[明]2103 津我崇。

湖：[宮]895 浪謟曲，[甲]990 依此經，[甲]2068 堂聞講，[三][宮]2059 溝有朱，[三][宮]2121 王典主，[元]264 音。

謿

嘲：[明]2060 謔引諸，[三]190 調而王。

炒

草：[明]231。

鈔：[宋]、杪[元][明]152 少膏著。

秒：[宋][元]1227 稻穀華。

燒：[甲]952 稻穀花，[宋]1057 作。

麨

邀：[宮]1425 豆時比。

熬：[三][宮][聖]1425 粳米者。

餅：[另]1435 持出第。

抄：[宋]、炒[元][明]、趫[甲]1039 許於此。

麩：[宮]1428 中若。

漿：[三][宮]1425 法。

麭：[甲]1821 者亦。

甜：[三]203 漿酥乳。

趙：[宋]374 塗拊爲。

作：[聖][另]1435 麥麨。

車

半：[甲]893 挐羅縛。

輩：[宮][甲]1912 尚云同。

本：[甲]1724 故彼既。

草：[甲]2128 叕聲叕，[三]2110 舍儼然，[元][明]1442。

車：[宋][元][宮]、硨磲[明]1509 磲。

硨：[明]157，[三][宮]267，[三][宮]285 共合相，[三][宮]381 器則以，[三][宮]721，[三][宮]721 磲寶次，[三][宮]721 磲第六，[三][宮]721 磲之舍，[三][宮]1509，[三][宮]1522 磲，[三][聖]475 磲，[三]156，[三]190，[宋][元][宮]、硨磲[明]824 磲摩尼。

挈：[甲]954 鷗奚切。

乘：[宮]2111 之，[甲]1929 遊於四，[甲]2339，[甲]2339 菩薩之，[三][聖]211 興玉，[乙]1724 遊於四，[原]2339 即是得。

瑪：[三]620 鵺聲鬼。

存：[原]1771 爾粃葉。

東：[甲]893 邊。

衡：[三]152 上下前。

吽：[甲]974 句。

華：[甲][乙]1736 嚴偏加。

居：[三][宮]2122 至便入，[宋]540 而載往。

軍：[甲]2266 四步，[甲]2270 上有四，[甲]2304 中云然，[明]1299 器械具，[三][宮]1635 相或示，[三]120 馭者。

連：[明]190 進奉如，[三]2146 白阿難，[聖]1462 已至願。

輪：[宋][元]203 來至，[元][明]

2059 西次輒。

　　輦：[三]375 乘一萬。

　　牛：[甲]1931 等已上。

　　申：[甲]2128 封黃帝。

　　事：[甲]1717 所說是，[甲]2323。

　　是：[三][聖]125 王波斯。

　　粟：[三][宮]2102 無動安。

　　韋：[明]2122 朗。

　　我：[乙]1723 又。

　　無：[宋][元]1458 欲覆應。

　　銀：[三]125。

　　云：[甲]2128 参聲参。

　　載：[三]26 坐輦如。

　　重：[甲]2837 幽以惠。

　　專：[宋]638 乘，[元][明]2145 風舉升。

　　轉：[三][宮]1579 圓滿超。

　　卒：[甲]2084 矣。

砷

　　車：[聖]1428，[知]26。

屮

　　中：[甲]2129 作屮，[甲]2129 作屮二，[甲]2128 音丑列。

圻

　　岸：[宮]2034 競建國，[甲]1174，[三]2060 側獲一。

　　拆：[甲]2129 衣果在，[明]969 佉切耶，[明]1000，[明]1459 裂授他，[三]、折[丙]1056 開各直，[三][宮]523 目不見，[三][宮]1451 洗，[三][宮]1546 裂執破，[三][宮]1562 如三華，[三][宮]2122 斷截燒，[三]873 諫，[宋][宮]2059，[元][明]152 矣言。

　　炵：[宋][明]581 目不見。

　　剔：[三][宮][聖]1462 壞草屋。

　　替：[三][宮]1462。

　　柝：[元][明]26 非風非。

　　析：[三][宮]、折[聖][另]1459，[三][宮]2122 至宋孝。

　　炘：[三][宮]2122 爛而猶。

　　吒：[明]1032。

　　折：[甲]853 拗擇，[明]2087 裂悲諸，[三][宮]2122，[宋]、析[元][明]、柝[宮]2122 下至覆，[宋][明]、析[元][甲][乙][丙]1056 開即成。

　　磔：[三]、柝[甲]1039 手，[元][明]24 開其口。

掣

　　挈：[宋][元][宮]1435 電如。

　　繫：[三]2103 其。

　　攣：[三][宮]620 縮眼赤。

　　擎：[三][宮]2121 此人前。

　　制：[甲]850 諾，[甲]2386 開如戶，[三][宮]272 牽挽去，[三][宮]397 平聲沙，[三]873 於自心，[乙]1723 多羅彼。

　　製：[三][宮]2060 文仁是，[三][宮]2066 幽泉山，[宋][宮]721 縮或聚。

撤

　　撥：[元][明]2122 胸颯然。

　　徹：[甲]2128，[三][宮]415 於佛

而，[三][宮]2060，[三][宮]2122 清梵，[三]2060 外化所，[三]2122 耳目之，[元][明]2122，[元][明]2146 十方經。

撤：[三][宮]下同 1442 去。

轍：[宮]2112 軔金河。

徹

傲：[甲]2400 抽擲杵，[三][宮]2041 自高諸。

撤：[三]、撒[宮]2059，[三][宮][聖]1462，[三][宮]509 厨膳畫，[聖]1462 道，[聖]1462 得偸蘭。

澈：[宮]416 如淨琉，[宮]1559 淵源德，[三][聖]125 浴池云，[三]2063 道識清，[聖]1462 水無漏，[宋][元]、激[明]2149 心如注，[宋][元][宮]2060 絶群年，[元][明]1509 輕妙四，[元][明]2060 帶渠藥。

出：[明]1988 頭莫愁。

輟：[三][聖]211 不如須。

發：[三][宮]1464 醉不能。

激：[三][宮]2123 無不至。

淨：[三]212 衆穢永，[乙]2404 歟，[原]2405 也已上。

沒：[原]2339 入。

趣：[三]22 牆壁而。

撒：[甲][乙]、擲[丙]1306 算輕罪，[三]374 夫金剛。

涉：[原]2339 於解行。

雖：[三]193 柔弱漸。

微：[甲]2039 息庭之，[甲]2300 遠三諦，[三][宮]606 得覩日，[聖]425 是曰持。

檄：[甲]2068 爲期其。

濬：[元][明]2145 有期五。

轍：[甲]2281 而若遮，[明]2145 也然後，[元][明]309 菩薩摩，[元][明]2145。

徵：[宮]2112 老君使，[宋][元][宮]、微[明]2122 敏浪絶。

至：[宋][元]220。

緻：[甲]1733 名爲堅。

澈

撤：[三][宮]2121 影入目。

徹：[明][甲][乙]1225 大海生，[明]159 逾於大，[明]2060 六，[三]212 今觀其，[三][宮]1558，[三][宮]2060 因以著，[三][宮]2060 終日熙，[三][宮]2060 諸，[三][宮]2121 遠近故，[三]1340 分明非，[三]1340 過草下，[三]1340 圓滿號，[三]2145 玄映色。

琛

深：[甲]2255 字勅林。

嗔

瞋：[甲]1736 外忍違，[三][宮]1563 邪見豈，[三][聖]189 責從者，[三][聖]190 放猛火，[三][聖]190 恚叫喚，[三]26 恚憎嫉，[三]190 不忿增，[三]209 小兒。

恚：[甲][乙]1822 二隨眠。

貪：[甲]2006 亦無，[甲]2249 心等文。

心：[甲]2371 一念自。

嗔：[三][聖]190 時勿殺。

眞：[甲]2243 亦名歡，[甲]1709 癡三不，[甲]1816 精進審，[聖]26，[聖]953 恚。

瞋

嗔：[甲]1733 覆心不，[甲]2792 目怒應，[聖]1733 無癡，[乙]897 喜坐立，[乙]1736 癡舊，[元][明]375 恚心。

膽：[明]199 養至七。

悪：[博]262 恚心不，[博]262 恚愚癡，[博]262 志。

顛：[甲]1851，[明]375 心或生，[三]1336 不悟者，[聖]1539 纏，[宋]、俱[元]220 心勸諸，[宋]、意[元][明][宮]619 由外起。

復：[三][宮]2045 恚差其。

恚：[宮][聖]1646 癡生不，[宮]374 慢永斷，[甲]1782 修行逼，[三][宮]1488 從，[三][宮][聖]1421 癡，[三][宮]397 癡既，[三][宮]606 恨，[三][宮]1425 隨，[三][宮]1488，[三][宮]1521 癡生而，[三][宮]1611 癡妄想，[三][宮]2059 怒命過，[三][聖]375 癡是名，[三]375 癡一切，[聖]227 惱不邪，[聖]341 不取癡，[聖]1509 癡斷離，[宋][元]26 語言訶，[乙]1909 怒取諸。

譏：[元][明]1428 嫌沙門。

憍：[三][宮]1672 慢譬如。

皆：[三][宮]1435 呵責言。

結：[甲][乙]2254 等無爲，[甲][乙]下同 2254 恚瞋。

慢：[原]1744 又慢則。

眠：[元][明]721。

明：[聖]100 慚愧得。

其：[三][宮][聖][另]1443 言而奪。

殺：[三][宮]1442 截去頭。

身：[明]1463 心手自。

愼：[甲]1729，[聖]1462 恚莫，[宋][元]264 恚。

食：[三][宮]721 血蟲爲。

睡：[甲][乙]2219 時。

順：[甲][乙]1822 名説悲。

貪：[甲]904，[三][宮]564 恚邪見，[聖]1541 欲界繫。

息：[聖]1462 忿，[聖]1509 不。

想：[三][宮]754 懷害殺。

眼：[三][宮]657 語瞋目，[三][宮]2045，[聖]272 恚者勸，[知]1579 分故無。

意：[宮]619 恚顛倒，[宮]619 恚之惡，[聖]1509 心常觀。

有：[三]1440 恨心牽。

欲：[甲]1782 漏不盡。

怨：[明]1450 恚時彼。

願：[三]291 三昧無，[聖]1646 思念。

瞋：[宋][元][宮]2060 辯曰楊。

膽：[和]261 等怨賊。

占：[明]1 相吉凶。

眞：[甲]1238 相七寶，[甲]1733 下舉惡，[聖]1462 恚大龍。

值：[宋]1506 恚自拔。

著：[元][明]1509 處復次。

臣

承：[三][宮]1442 其事或。

城：[宮][另]1442 除一村。

等：[甲]1873。

夫：[甲]2036 或緣茲。

宮：[乙]2309 寺講因。

官：[三][宮]397 亦復，[元][明]901 邊。

監：[三]202 者今須。

巨：[宮]2121 積香木，[甲]2128 字非也，[久]1452 源，[明]2154 字未詳，[三][宮]657，[三]2103 戾，[元]2061 院令達，[元]2122 共入園，[原]1776 富婦名。

拒：[宮]2042 固不從，[三][宮]1442 其事者，[三]2087 五印度。

君：[宋][元]2112 說涅槃。

僚：[三]152 說妻本。

呂：[丁]2089 隣之軍。

民：[宮]2123 民皆大，[三][宮]392 康，[三]152 熾盛其。

目：[宋]152 從悲，[宋]167，[元]1563 伏若銅。

尼：[乙]2207 作輾輾。

秦：[聖]1670 國名沙。

人：[明]184 民見，[明]493 民令，[明]501 民，[三][宮]493 民心當，[三][宮]743 民日，[三][宮]1451 口陳說，[三]172 民恐失。

日：[聖]125 劫。

善：[甲][乙]2309 雖不足。

神：[宮]2102，[三][宮][聖]279，[三][宮]263，[三][宮]下同 2102 宣尼云。

生：[三]158。

首：[三][宮]1443 其事或。

王：[明]1451，[三]202 民夫人，[三]202 爲彼如。

延：[乙]2092 莫不稱。

已：[三][宮]2060 多過若。

呂：[甲]2095 馮延已。

姻：[甲]1782 僚或。

圓：[原]、匝[乙]1772 妙好是。

曰：[甲]2244 險反自。

者：[三]196 請啓所。

中：[三][宮]1596 由是清。

佐：[明]1450 立。

辰

宸：[三][宮]2103 宇仁叡。

晨：[宮]1998 謹施淨，[明]1191 讀誦至，[明]1284 日半出，[明]2053 體無霜，[明]2122 說深法，[三][宮]1442 爲吉，[三][宮]2034 神光照，[三][宮]2060 赴供彌，[三][宮]2060 之嘉慶，[三]2060 常設淨。

晟：[三]310 應常清。

神：[甲]1718 乞子既，[三][乙]1092 供養得。

宿：[明]1408 光明隱。

午：[甲]2039 雲門山。

戌：[聖]1428 之年有。

振：[宋]2145 識。

震：[聖]294 曜光明，[乙]2263 旦人師，[乙]下同 2218 旦流布，[原] 2410 旦築。

忱

忱：[三]2063 權傾一。

宸

神：[宮]1579 衷，[三][宮]2103 居吽而，[三][宮]2103 衷般若，[三] [宮]2108 衷道法。

震：[甲]2119 極仁被，[甲]2119 尋，[三][宮]2103 閏騰華，[宋]1585， [乙]1709 光曲照。

陳

阿：[甲]2748 練覓流。

塵：[三][宮]1596 久若，[三][宮] 2122 故不復，[聖]1463 棄藥乃。

成：[明][乙]1260 供養一，[明] 187 續飾。

呈：[三]2125 有暇時。

除：[甲]1782 食想三，[甲]2274 現量外，[甲]2748 惡非真，[三][宮] 1459 其後邊，[聖][另]1459 成語愆， [另]1458 已勝，[原]、深[乙]2263 諍論云，[原]2271。

傅：[甲]1920。

創：[甲]2348 以此事。

東：[宮]2122。

凍：[三][宮]2053 亥而挺，[三] [宮]2122 餓。

諫：[甲]1816 謝速受。

練：[甲]1182 酥中，[原]1776 心

於法。

領：[另]1721 解亦謬。

疎：[甲]2266 助現緣。

疏：[甲]1841 五分以。

說：[甲]2273 聲勤勇，[甲]2274 既各三，[三][宮]1442 誰爲稱，[三] [宮]2121 之實是，[三]152 厥所由。

隋：[三][宮]2060 南岳衡。

隨：[甲]957 供養儀。

須：[甲]2274 非是實。

宣：[三][宮]2121 上事王。

障：[甲]、陣[乙][丙]1098 鬪諍而，[甲]2296 定性爲，[另]1509 葉已墮。

陣：[宮][聖]1562 那身中，[甲] 1736 不具，[甲]1782 至勸發，[甲] 2039，[三][宮]1536，[三][宮]1536 那馬勝，[三][宮]1563 那身中，[宋][宮] 1544 那見法，[宋][元][宮]1545 那等真，[乙]2425 剋勝便，[原]2425 而先退。

衆：[三][宮][聖]285 生最第。

神：[甲]2266 那菩薩。

晨

辰：[宮]279 霞夕電，[甲]2087 不日腐，[甲]2777 天宮，[明]1451 陳設嘉，[明]2060 道俗銜，[三]1191 日出以，[三][宮]2053 皇子載，[三][宮] 2104 良日將，[三]2103 暮以往，[聖] 2157，[聖]2157 隨表進，[宋][元][宮] 1473 觀水內，[宋]1283 朝俱來，[元] [明]1451 可於某。

旦：[甲]1969 祈云同。

日：[三][宮]2053 夕增華。

辱：[聖]2157 奉。

昇：[元]、升[明]2103 裊沈鯉。

是：[甲]1736 敷影現。

早：[甲][丙]2089 朝大。

震：[甲]2311 旦傳，[元][明]2103。

拧

振：[明]2076。

悷

悟：[甲]2348 承法擇。

塵

厠：[元][明]2060。

纏：[明]1602 諸蘊。

陳：[三]2154 其本情，[元][明]2104 形六道。

塵：[宋][宮]675 口自翻。

麁：[甲][聖]1723 身化相，[甲]2339 我亦如，[三]99，[三]99 垢細沙，[三]385 惡先燋。

度：[宮]2123 流轉三，[甲]1921 愛染也，[三]425 無放逸，[三]1595 及自身。

惡：[三]375 自所行。

廢：[甲]2337 緣論實。

法：[原][甲]2196 之德依。

根：[甲]2305 等也更，[元][明]656 無我無。

機：[明]1988 遠遠機。

盡：[甲]1924 故自然。

境：[甲]2274 亦，[甲][乙]2263，[甲]2261 皆無記，[甲]2273 處彼説，[乙]2309 爲所緣。

歷：[甲]1924 器世界，[宋][聖]、瀝[元][明]190 淚滿。

廉：[宋][元][宮]2103 伏八水。

六：[元][明]、塵六[宋][宮]425 度無極。

蘆：[三]125 翳。

鹿：[宮]425 母，[宮]2122 羅，[甲]2250 細幷皆。

麋：[明]1442 共戲爲。

妙：[元][明]387 業行所。

摩：[三][宮]440 世界初。

磨：[元][明]26 不數揩。

魔：[甲][乙]2223 界，[三][宮][聖]285 勞行得，[三][宮]2102 賊於，[宋][宮]2123 名爲欲。

惱：[元][明]76 令。

念：[甲]1736 現不可。

輕：[三][宮]2108 黷。

慶：[甲]2119，[聖]2157 劫信植，[宋]2125 勞嚴施。

染：[甲]1736 而本性，[甲]2428 因業。

生：[甲]2261 麁細之。

識：[元][明]1616 爲作根。

屍：[乙]1822 相應如。

受：[丙]2396 者一切。

臺：[三][宮]2103 之嚴華。

妄：[甲]2313 境念念。

微：[聖][甲]1733 非隨四。

唯：[乙]1736 此七亦。

虛：[甲]2196 空明四，[甲]2305 寂爲空，[三]159 蜜到於，[原]1776 空無礙。

壓：[甲]1789 沙無油。

厭：[三][宮]2122 毒既久。

陰：[甲]2296。

應：[宮][甲]1912 亦得名，[甲]1846 及念熏，[三][宮]1559 復説十。

永：[三]1579 夜分所。

欲：[三][宮][石]1509 充足無。

云：[甲]1742 數界中。

蘊：[乙]2261。

遮：[三][宮]638，[乙]2223 界供養。

真：[明]2016 空無我。

座：[甲]2129 起作若。

諶

湛：[乙]2263 頓悟菩。

墋

慘：[三]、磣[宮]1591，[三]、磣[宮]1591 業好行，[元][明]1591 毒極苦。

黲：[三][宮]2103。

磣：[三][宮]1591 害猛利，[宋][元][宮]、慘[明]1591 害或復。

滓：[三][宮]、躁[聖]376 濁譬如。

磢

磢：[原]1782。

燥：[三][宮]2122 痛煩毒。

躁：[宋][宮]、慘[元][明]1674 毒經諸。

趁

赴：[另]1451。

起：[甲]1007 逐爲。

亂

亃：[三]2154 有。

齒：[甲]2425 色珠貫。

亂：[宋][元]2061 之歲思。

龡：[三][宮]2102 不得謂。

儭

嚫：[元][明]2088，[元][明]2154 絹三十。

櫬：[丙]、儭[丙]2120 茶表一，[宋]、襯[元][明]375 身。

襯：[丙][丁]866 其，[明]、親[宮]1488 體或受，[明]26 體被兩，[三][宮]1425，[三][甲]951 衣結印，[元][明]374 身，[元][明]2152 絹三十。

親：[乙]2394 施。

嚫

儭：[宮]2060 施，[甲][乙]850 施，[三]2125 者訛也，[宋]、嚫[元][明]2125 物或作，[宋]、親[元][明]2106 奉相送，[宋][宮]、[元][明]2122 以，[宋][石]、嚫[元][明]2125 隨力所。

嚫：[宮]2053 施隆重，[明]2123 施緣，[元][明]2123 施緣第。

襯：[宮]2123 訖下食，[宋][宮]2040 五部衆，[宋][宮]2123 既訖復，[宋]2121。

親：[宮]1472 竟乃授，[宮]2034 水神呪，[宋][宮]1435 那婆多。

呪：[三]99 五部，[三]99 願已復。

咒：[三]212 願今所。

襯

儭：[宮]1428 身衣次。

唅：[三][宮]2122 之具。

襯

儭：[三][宮][聖][另]1458 坐臥無，[三][宮]2122 身單敷，[三]99 跋求毗，[三]2125 身，[三]2125 身二十，[宋]、嚫[宮]1435 身，[宋][元][宮]、[另]1428 體衣燈，[宋][元][宮]1428 身衣得，[宋][元]2125 身二十。

嚫：[三][宮]1428 體，[三][宮]2121 犁牛并，[宋][元][宮]、儭[另]1463 身著僧。

櫬：[宋]、[宮]1435 身。

觀：[聖][另]1442 替臥具。

親：[聖]1421 身衣何，[聖]1421 身衣披，[聖]1421 身著。

浴：[三][宮]1442 衣遣隨。

憒：[醍]26 體被兩。

讖

懺：[宮]下同 2059 爲其弟，[三][宮]2059 或云曇，[聖]2034 涼言法，[宋][宮]下同 2059 法師博。

蘭：[明]2154 譯單本。

謙：[宮]2034 所出二，[三]2145

時侍者，[乙]2157。

識：[宮]2008 汝足，[宮]2040 比丘，[甲]1717 能詮融，[甲]2036 毀釋迦，[明]2154 出四卷，[明]2154 等出者，[三][宮]2059。

謂：[元][明]、－[宋][宮]2122。

藏：[宋]2145。

纖：[甲]2266 團皮膚。

泟

趾：[甲]2255。

倔

儞：[甲]2035 序其文。

撑

揚：[元][明]2121 大山推。

稱

絣：[三][乙][丙]、[甲]903 虛空中。

唱：[乙]2207 阿。

承：[乙]1909 佛恩力。

秤：[丙][丁]2092，[宮]1998 鎚被蟲，[甲]1780 爲無明，[甲]2068 人意吾，[甲]1780 和合即，[甲]1780 假有寧，[甲]2006 提三，[甲]2196 也，[甲]2299 嘆波若，[甲]下同 1780 爲聖位，[甲]下同 1780 門凡有，[甲]下同 1780 諸大乘，[三]、種[宮]1482 低起故，[三]1534 用施與，[三]1646 少增而，[三][宮]1558 若賣或，[三][宮][聖][另]790 有友如，[三][宮]693 此福不，[三][宮]745，[三][宮]749 及拘

執，[三][宮]1425 小斗欺，[三][宮]1428，[三][宮]1458 量，[三][宮]1487 侵人二，[三][宮]1509 欲以，[三][宮]1548 欺財物，[三][宮]1579 量等住，[三][宮]1606 兩頭低，[三][宮]2042 看王像，[三][宮]2121 牛身斤，[三][宮]2122 尺之形，[三][宮]2122 火燒申，[三][宮]2123 兩頭低，[三][宮]2123 量而賣，[三]1 稱之侍，[三]186 之用哀，[三]201 均平處，[三]205 兩頭，[三]212 平等無，[三]606 令稱，[三]607 一上一，[三]2044 二斤金，[三]2137 尺等知，[聖]341 之，[另]1721 今言譬，[另]1721 歉，[石]1509 欲上定，[宋][元][宮]721 小，[宋][元][宮]1644 量料數，[宋][元][宮]2122 小斗因，[宋][元][宮]下同1421，[乙]2194 因緣者，[乙]2194 曰予一，[元][明]225 乍低乍，[元][明]309 若有增，[元][明]349 知斤兩，[元][明]624 四十二，[元][明]1341 有五富。

籌：[甲][乙]2263 量觀察。

初：[甲]2266 首故依。

辭：[另]1721 大火也。

大：[宮]1451 病我自。

儋：[宮]476 山林等。

當：[三][宮]419。

德：[三][宮]657 今現在。

福：[乙]2408 智名也。

改：[三][宮]2034 太初元，[三]2034 永嘉元。

搆：[甲][乙]2286 密教而，[甲]1763 起，[乙]2194 世尊。

構：[三]2154。

故：[甲]1736 真故無，[乙]1736 言。

號：[三][宮]2103 大道祭。

穢：[原]2369。

或：[甲]1736 果皆言。

積：[三][宮]440 丹積佛，[聖]310 希有天，[宋]2154 亦曰勝，[乙]1909 佛。

間：[聖]211 健。

講：[甲][乙]1929 説利物，[甲]2068 矣同，[甲]2120 讚寧表，[三][宮]263，[三][宮]263 者爾乃，[三][宮]2122 元嘉將，[另]1509，[石][高]1668 聲伫教，[元][明]2122 集什既。

解：[三][宮]813 其。

忼：[宋]、抗[元][明]186 一辭至。

利：[三]201，[三]201 悉爲血。

彌：[甲]1782 帝麗或，[原]2270 順於宗。

禰：[原]2001 家風夢。

祕：[甲]2266 彰顯有。

名：[甲][乙]、[原]2263 廣故，[甲][乙]2263 也見生，[甲]2263 由來有，[乙]1736 三，[乙]2263 也如迴。

你：[宋][元]、禰[宮]374 瞿曇姓。

耨：[聖]1509 事。

譬：[甲][乙]1709 如調，[三]、譽[宮]1581 三。

坪：[乙]2391 法。

評：[甲]1780 菩提菩。

詮：[乙]1830 正理名。

日：[三][宮]2053 玄奘遠。

稍：[丁]2244 多耳欲，[宮]1451 念復賴，[甲]2053 道然呂，[甲]2261 異初依，[三][宮]2103 道然呂，[原]2249 難知。

攝：[甲]2219 伏自在，[甲]2219 具明中，[甲]2219 一切有，[甲][乙]1709 爲與將，[甲][乙]1822 受者隨，[甲]2219 五智十，[甲]2223 之爲是，[甲]2255，[甲]2255 入內善，[甲]2255 有無況，[甲]2296 大大小，[甲]2400 法，[甲]2400 護賜以，[甲]2400 眞實，[三][宮]748 四威儀，[乙]2192 也能示，[原]1818 歡菩薩。

神：[三]1 彼。

聲：[三][宮]588 知義亦，[三][宮]2045 變怪。

勝：[甲]923 吉祥王，[三][宮]2043 數乃至，[三][宮]501 數佛説，[三][宮]811 願爲，[三]196 道教授，[三]210，[三]1548 出世尊，[元][明][宮]下同 461 白文殊。

謚：[三][宮]2034 太皇帝。

釋：[元]、－[明]2016 眞法界。

數：[三][宮]223 不可。

説：[宋]196 父字又。

思：[宮]2123 離於憂。

誦：[明][乙]1225 亦復七，[明][乙]1225 諸天所，[乙]1816 之爲。

雖：[甲]1816 言説亦。

隨：[聖]200 彼。

所：[元][明]212 讖如此。

爲：[甲]2748 第一佛，[三]2087 國夫亦，[另]1721 不怖。

味：[三]190。

謂：[原]、謂[甲][乙]、證[甲]1796 法。

祥：[甲]2195 王舍大，[原]1744 曰無邊。

忻：[原]2232 悦悕意。

續：[三][宮]1605 假立相。

言：[三][宮]、稱道[聖]1425 導大家。

猶：[元][宮]2122 清。

譽：[元][明][宮]374 利養不。

曰：[明]2103 竊以凡。

讚：[三][宮]403 嘆意存，[另]1721，[元][明]1509 歡如阿，[原]2220 嘆解界。

旆：[聖]1440。

振：[乙]2376 動須彌。

指：[甲]2305 説。

種：[宮]1559 後此因，[甲]2263 無作行，[明]440 幢佛南，[三][宮]1469 無化無，[三][聖]1433 遠離行，[三]1018 一切智，[聖]、稱[聖]1733 重，[聖]200 王願，[聖]1509 説三阿，[聖]1595 無量，[宋][宮]821，[原]1776 成立。

訾：[三]、訾[聖]211 計海神。

自：[中]440 自在聲。

最：[三]2059 奇乃徐。

撐

棠：[宋][宮]、振[元][明]1421 出

不淨。

撐

振：[三]、棠[宮]1421 以致破。

稱

稱：[三][宮]1464 善時大。

扡

打：[甲]2128 罪人也，[原]1212 空中應，[原]1212 殺人欲。

成

安：[三][宮]676 立不可。

拔：[宋][元]17 其戒行。

別：[元]1579 恒相續，[原]2271 者文。

裁：[三][宮]1442 者。

藏：[聖]285 覺意定。

禪：[明]887 就明教。

常：[甲]2262 猶如虛，[三][宮]2104 誦並流。

超：[原]1849 慈氏而。

稱：[明]1276 鉤召。

城：[博]262 四，[宮]455，[宮]672，[宮]1648 住二十，[宮]2104 弘，[甲]2036 下里人，[甲]2053 都諸德，[甲]2081 都府，[甲]2250 起文寶，[甲]2299，[明][宮]619 中有花，[明]294 七寶散，[明]721，[明]2041 郭園池，[明]2103，[明]2105 侯劉善，[明]2145 縣胡人，[明]2153 十二因，[三][宮][聖]440 如意通，[三][宮]402 慧頭面，[三][宮]481，[三][宮]1464 棄

捐不，[三][宮]2034 人因藉，[三][宮]2034 有野火，[三][宮]2060 吳土心，[三]184 最勝法，[三]190 爲王住，[三]198，[三]198 新不造，[三]311 七日中，[三]1301 意如斯，[三]1982 臺上，[三]2063 都長樂，[三]2122 結隅九，[三]2149 十二，[三]2149 十二因，[聖]272 阿耨多，[宋][宮]2059 都，[宋][宮]2060 都人少，[宋][元]2103 都之飛，[元][明][宮]374 一切戲，[元][明][宮]670 道譬如。

乘：[甲]1736 八千四，[三][宮]223 於三乘，[元][明]2059 納衣既。

誠：[甲]1735 證非一，[甲][乙]1822 證至，[甲]1733 證非一，[甲]1830 文執我，[甲]1965 證非，[甲]2270 宗故云，[甲]2837，[明]186 八功，[明]202 實常好，[明]318 無上正，[明]322 之想，[明]459 大道世，[明]481 如是像，[三][宮][聖]292 求本末，[三][宮][另]281 興於世，[三][宮]281 無所有，[三][宮]285 正眞不，[三][宮]309 辦，[三][宮]318 人中尊，[三][宮]398 如來常，[三][宮]398 之，[三][宮]425 佛愍傷，[三][宮]1503 行阿蘭，[三][宮]2102 證不，[三][宮]2108 教出家，[三][宮]2108 文拜伏，[三][宮]2111 文有異，[三]1 實此爲，[三]99 實說，[三]212 信，[三]1336 實章句，[三]2103 己慈之，[三]2103 教，[三]2103 無用若，[三]2103 言略標，[三]2125 文即其，[三]2145 實論十，[三]2151 實論一，[聖]1788，[聖]

1788 初文有，[另]1721 述成，[乙]
2192 法華經，[元][明]1262 願佛哀，
[元][明]2103 教彌隆，[元][明]2123
諦，[原]1858 言以爲，[原]1869，[原]
2196 文餘七，[知]1785 其上體。

充：[元][明]278 滿。

出：[甲][乙]2254 沒也染。

答：[乙]2263 申。

大：[乙]1736 二嚴故。

道：[三][宮]1428 沙門涅。

得：[甲][乙]867 悉地，[甲]1789，
[甲]2195 菩提，[明]414 菩提道，[明]
125 阿羅漢，[明]670 阿耨多，[三]
[宮][另]1458 近圓衆，[三][宮]657 無
學我，[三][宮]1428 四沙門，[三][宮]
2121 道，[三]157 阿耨多，[三]158 阿
耨多，[原]、一[甲]2339 果應是，[原]
2271 正。

地：[甲]2229 諸佛聚。

定：[甲][乙]2296 因言表，[甲]
1781 前說明，[甲]1841 過者恐，[甲]
2271 等過也。

法：[三][宮]1521 利菩薩。

佛：[甲]1735 有始應。

復：[三][宮]657 如故汝。

感：[宮]2060，[甲]2266 異熟故，
[甲][乙]2397 佛菩，[甲]1698 應出
說，[甲]1733 喻此五，[甲]2087 口
實美，[甲]2195 熟何，[三][宮]2060
寺釋道，[三][宮]2103 慧性，[三][宮]
2122 寺誦通，[三]2060 寺誦通，[三]
2149 報，[乙]2263 變易生。

故：[三][宮]1596。

廣：[原]1749 如別章。

果：[甲]1733 位名爲。

許：[甲]1828。

化：[聖]279 衆寶玉。

或：[宮]1464 五陰病，[宮]598
其證天，[宮]1545 念住乃，[宮]1562
大過失，[宮]1563，[宮]1595 無分別，
[甲]1806 未成金，[甲]1835 轉變者，
[甲][丙]1209 月或日，[甲][乙]1709
有處說，[甲]893 依先成，[甲]1512
前生，[甲]1728 王三昧，[甲]1731 前
意此，[甲]1736 有或無，[甲]1805 下
示離，[甲]1828 先爲利，[甲]1911 證
發如，[甲]1912 見此，[甲]2006，[甲]
2081 分爲十，[甲]2081 五十三，[甲]
2223 等正覺，[甲]2227 入修羅，[甲]
2262 云睡眠，[甲]2266，[甲]2299 病
非，[甲]2299 通簡，[甲]2339 三世
千，[甲]2409 說五壺，[明]627，[明]
727 妄，[明]1513 制底塔，[三][宮]
1563 色相同，[三][宮][聖]1552 一地
問，[三][宮]317 時諸散，[三][宮]443
王如來，[三][宮]749 就初中，[三]
[宮]1428 驅出除，[三][宮]1458 解非
法，[三][宮]1506 有止處，[三][宮]
1579 宿食，[三][宮]1579 有般，[三]
[宮]2060 以後至，[三][宮]2103 明行
而，[三][宮]2122 病復以，[三]2060，
[三]2154 編入論，[三]2154 十三，
[聖][三][甲][乙]953 地動，[聖][另]
342 得法忍，[聖][另]1543 見彼此，
[聖]347 熟如是，[聖]1509 其，[聖]
1562 因果俱，[宋]1509 佛道帝，[乙]

957，[乙]1821 一體即，[元]220 就如是，[元]2016 得於本，[元][明]1562 立由斯，[元][明]1602 故不應，[元][明]2016 現量假，[元][明][宮]443 如來南，[元][明]202 熟不，[元][明]310 鉤鎖體，[元][明]2016，[元][明]2016 習願行，[元]1543 就覺意，[原]、一[宮]2060 遵統化。

衣：[聖]1509 佛神力。

依：[甲]2087 茲福力。

意：[乙]2394 珠標其。

義：[丙]2286 翻譯三，[聖]1509 佛意。

引：[三]2145，[三]2145 入百練。

永：[三][宮]2059 變方來，[三]2145 明中三，[三]2149 和五年，[聖]376 王，[另]1721 足安祥。

緣：[戊]2221 釋者此。

烝：[三]156 為利師。

蒸：[三]、丞[宮]2122 則生熱。

丞：[原]2001 當不下。

置：[甲]2219 心當以。

城

安：[三][宮]、城西[石]1509 門上住。

比：[甲]2255 喻經也。

財：[三][宮][石]1509 妻子供，[三]212 妻子僕。

殘：[中]440。

藏：[元][明][聖]278 悉滅一。

臣：[明]1451 奏曰我。

成：[丙]2120 之齊致，[宮][甲]

2053 次東二，[宮][聖][聖][另]310 屋舍宅，[甲]1735 益身四，[甲][乙]1201，[甲]2777 侯與義，[久]1486，[明]213，[明]2060 西南八，[明]2122 觀一切，[三][宮][甲]2053 之造欣，[三][宮]271 出婆羅，[三][宮]610 非無行，[三]192 郭邑，[聖]99 留利釋，[聖]125 知，[宋]、誠[元][明]185 最勝法，[宋][宮]440 光勝佛，[宋][元][宮]1484，[宋]643 銅狗張，[元][明]2060 都裝潢，[元][明]2151 十二因，[元]2121 又云，[知]384，[中]440 佛南無。

誠：[甲]1735 名為法，[明]414 便下是，[三][宮]2104 道勝嗟，[三]205 乃爾皆。

池：[明]165 中有。

從：[三][宮]2053 南有故。

地：[宮]310 內一切，[宮]2112 居國號，[三][宮]721 此第五，[三][宮]425 威其佛，[三][宮]1546 義是道，[三][宮]2045，[三]6 中四衢，[三]1644 門邊象。

殿：[另]1428 諸比。

都：[三][宮]397 邑聚落。

而：[宮]2122 守固敢。

伐：[聖]2157 山山外。

房：[三][宮]2122。

故：[三][宮][聖]376 於如來。

郭：[三]643 內上有。

國：[宮]502 祇樹給，[宮]1425 阿耆羅，[甲]2053 無不預，[三][宮]1435 有諸比，[三][宮][聖]1421 因誰

起，[三]99 乞食次，[三]125 祇，[三]
202 大薩薄，[三]374 聞，[三]982，
[三]1354 祇樹給，[三]1435。

懷：[甲]2053 爲滅。

及：[原]2196 六大。

減：[元]2034 三千里。

界：[三][宮]2121 脫衣。

郡：[三]、郊[宮]2122 郭修整。

林：[明]100 中。

陵：[明]2076 人也姓。

門：[三]196，[宋][元]2061 鬻棗
於。

滅：[宮]263，[宮]310 曾作某，
[三]193 時得髮，[宋]2122 而限命。

切：[明]269 之惡地。

如：[三]、成[宮]285 是爲五。

塔：[明]2088 東三里。

王：[三][宮]2122 北門自。

位：[三][宮]279 已著智。

小：[三]6 爲褊陋。

械：[明]1546 上如餘。

域：[宮]310 快見四，[宮]398 大
邦，[甲][乙]1775 妄想所，[甲][乙]
2194 摩，[甲]1731 學道六，[甲]
1733，[甲]1778 國土之，[甲]1781 曰
方至，[甲]2219 入火不，[甲]2223 也
福德，[甲]2266 西北阿，[甲]2266 中
唐譯，[甲]2381 人剛惡，[明]、殿[宮]
1428 四面及，[明]2103 南縊之，[三]
[宮]263 獲無，[三][宮]318，[三][宮]
324 河海須，[三][宮]627 斯，[三][宮]
813 大邦見，[三][宮]1593 邊際不，
[三][宮]2103 中有一，[三][宮]2122

西百六，[三][宮]2122 尋而追，[三]
[乙]2087 廣崎街，[三]193，[三]291
便化沒，[三]2103，[三]2103 白壁朱，
[三]2123 尋而追，[三]2149，[三]2149
城曰大，[聖]425 不貪四，[石][高]
1668 誕生，[宋][元]125 迦蘭陀，[宋]
[元]2060 從此構，[宋]374 經中除，
[乙]1709 也四海，[乙]2296，[乙]2812
造起信，[原]、域[乙]1796 皆已預，
[原]1780 外請問，[原]2270 諸公之，
[原]2409 隨意所。

云：[甲]2068 是梓州。

賊：[明]310 墮諸見。

中：[三]、城中[宮]2121 足滿千。

乘

更：[三]1585 果故。

教：[甲]1851 顯實。

行：[聖]1851 法分別。

戌

盛：[甲][乙]901 水而著，[明]
[甲][乙]901 十盤四，[三][甲][乙]、
究[宮]901 竟於像，[三][甲][乙]901
七寶光，[三][甲]901，[三][甲]901 香
水泥，[元][明][甲][乙]901 金鉢。

乘

寶：[宮]2122 壞正法。

陂：[宮]1670。

悲：[宮]397。

秉：[甲]2035 水行偃，[宋][元]
2061。

並：[三][宮]2059 當時令。

藏：[乙]2396 如正法。

禪：[甲]2075 性乃遣。

車：[博]262，[甲]2053 半滿之，[甲]2304 如來所，[甲]2339 義舉此，[聖][另]1435 步進，[聖][另]1721 爲大始，[另]1721，[原]2339 正。

成：[甲]2304 唯是無，[明]299 大象此，[元][明]375 白象降。

承：[甲][乙]1736，[甲]1723 爲對可，[甲]1728 機利益，[三]、參[宮]606 於是頌，[三]222 佛聖旨。

誠：[三]、垂[宮]1442 被欺輕。

持：[三][宮]597。

垂：[丙]1076 空而去，[丙]1184 師子王，[丁]2244 髻於夜，[宮]486 時之淨，[甲]996 見，[甲]1828 按摩等，[甲]2036 化或因，[甲]2087 瞋毒作，[甲]2087 餘善爲，[甲]2087 茲福力，[甲]2391 我生已，[甲]2392，[三][宮]292 教，[三][宮]263 至非戲，[三][宮]720 腹隨欲，[三][宮]2034 應教被，[三][宮]2041 機敷化，[三][宮]2060 福祐於，[三][宮]2060 清範位，[三][宮]2060 數百年，[三][宮]2103 軒意何，[三][宮]2122 無限之，[三][宮]2122 香範於，[三][宮]2123 機，[三]953 空吉祥，[三]992 雲如來，[三]1982 虛接引，[三]2088 大山嶺，[三]2103 和履福，[三]2110 法身而，[聖]1723 故知，[聖][甲]1733 因還從，[聖]278 時如是，[元][明]991 上雲如，[原]2339 下即在，[原]2369 涅。

麁：[甲]2266 等之麁。

大：[甲]2266 乘瑜伽。

道：[甲][乙]1866 求緣覺。

等：[甲]1816 厭背，[甲]2339 故。

定：[甲]1863 小即無，[乙]2263 説，[乙]2263 性雖通。

爾：[甲]2367 者不可。

法：[甲]2195 令結逆，[甲]1722 也此二，[原]1812。

分：[甲]2337 各殊小，[甲]2396 隨機不。

奉：[甲]1805 持守心。

伏：[元][明]100 慚愧爲。

佛：[甲]2337 欲攝末，[原]、一佛[甲]、小佛[甲]2339。

覆：[三][宮]2103 舟之痛。

乖：[甲]2266 刊定等，[甲]1728 御不能，[甲]2274 法有二，[明][甲]2131 僻繁重，[三][宮]1563 違聖道，[三][宮]1656 緣生非，[三]2154 至理故。

果：[宮]410 堪任爲，[宮]649，[宮]671 是我自，[宮]1521，[甲]1863 應第四，[甲]2339 斷除惑，[三][宮]1551，[三]1525 三者求，[乙]2397 觀行是，[原]1818，[原]2339 何者欲。

即：[原]1776 於一切。

集：[甲]1929 方等則，[甲]1929 具用四，[甲]1929 詮，[甲]2266 至廣説，[三]152 其上飛，[乙]1736 等經，[乙]2263 部經也，[原]2220 經等所。

家：[甲]1718 馳走之。

教：[乙]2263 此亦可，[原]2416 也，[原]2339 唯露地。

界：[乙]2396 六道皆。

經：[三][宮]2121 出度脱。

淨：[甲]1268 時即現。

據：[乙]1821 言便故。

覺：[乙]1723。

康：[聖]2157 録入藏。

來：[聖]1763 三處明。

量：[三]203 車各載。

馬：[乙]1796 行大直。

末：[甲]1887 法頭脚。

奈：[甲]1816 菩薩慧。

牛：[宮]1423 人説法，[聖]211 奴。

騎：[三][宮]895 白牛或。

棄：[三][宮]606 諸象馬，[元]2059 象立在。

求：[三]2103 粗則無。

入：[聖]125 講堂由。

若：[甲]1805 盜乘上，[三]375 諸行船。

桑：[甲]1059 汁，[甲]1983 門徒衆，[三][宮]731 居都一。

上：[甲]、棄[丙]2249 恩心阿。

生：[甲]2195 出生攝。

昇：[甲]2196 進後位，[三]168 車尋路。

繩：[三][宮]671 於乘。

剩：[原]1697 論還述。

剩：[甲]1828 世音字，[三]2122 此三十。

實：[甲]1721 實非究，[甲]2339，[原]2339 回昔三。

世：[聖]1721 答身子。

説：[原]1744 問若爾。

索：[乙]1125 令證不。

同：[甲]1763 國虛弱。

味：[乙]2261 同分異。

我：[甲]1315 此法疾，[甲][乙]2219 如小機，[甲][乙]2394 菩薩衆，[甲]952 衆寶，[甲]1039，[甲]1821 知第八，[原]1825 之俗耳，[原][甲]1878 俱絶三。

香：[宮]1425 香來至，[甲][丙]1141 白象王。

小：[另]1721 化之不，[原]1841 盡理爲。

形：[甲]2261 宗云唯。

性：[甲][乙]2263 教爲至，[甲]2312 眞實事。

學：[乙]2812 位通無。

尋：[三]99 聲問言。

藥：[明]153 更無過。

葉：[甲]1816 中眞諦，[甲]1929。

業：[宮]279，[宮]399 以斯之，[甲]2262 滅定，[甲][乙]1822 同動身，[甲][乙]1822 同即此，[甲]1775 大乘之，[甲]1816 通義經，[甲]1816 之人燰，[甲]1822 無學不，[甲]1861 若，[甲]2196 行亦應，[甲]2204 即成所，[甲]2217 之幻即，[甲]2396 於薩婆，[甲]2434，[甲]2434 俱常住，[三][宮]410 及四無，[宋][宮]1509 等諸善，[乙]1821 説若據，[原]2340 中二乘，[原]1851 諸。

亦：[甲]2259 人聲聞，[甲][乙]2391 空空亦，[甲]2281 破之何。

意：[甲][乙]1929 亦明別。

義：[甲]1963 俄與大。

英：[三][宮][聖][另]285。

又：[甲]1828 有一苦。

於：[明]1509 若。

樂：[甲]2337 地名中，[三][宮]263 神通於，[三][宮]286 令解脫，[三]865 金剛劍，[知]266 佛聖無。

載：[甲]2412 大空三。

再：[甲]2255 往二人。

則：[三]、成[宮]2122 便令斷。

章：[原]1749 此應具。

者：[乙]、乘[乙]1744 有。

證：[甲]2192 安穩法。

知：[三]2104 時故迹。

種：[宮]1611 地，[三][宮]1509 人聲聞，[宋][元]1603 大乘由。

重：[三][宮]1521 搥杖鉤。

衆：[甲]2192 因，[甲]2255 乃，[三]1340 及祭火，[聖]1733 生住何，[乙]1864 會能現，[原]、[乙]1744 謂沙，[原]2339 故二會。

住：[原]1744 爲小住。

宗：[甲]2217 雖談事，[甲][乙][丙]2381 初，[甲][乙]1822 明思俱，[甲]1722 者是亦，[甲]1816 諸，[甲]2195，[甲]2195 皆同之，[甲]2195 立自破，[甲]2195 章九部，[甲]2266 具如疏，[甲]2299 以爲宗，[甲]2339 不同也，[乙]2263 也小，[乙]2263 以丈六，[乙]2309 謂相離，[乙]2397 極位竝，[原]2208 且，[原]2339，[原]2339 通言大。

卒：[甲]1851 異故名。

尊：[乙]2391 坐蓮華。

振

根：[宮]1646 是故有，[宮]1646 則聲發，[宋][宮]397 觸出，[宋][宮]397 觸出五，[宋][元][宮]613 觸至。

棠：[宮]414 觸出微，[聖]190 觸而有，[宋][宮][知]384，[宋][元]、手棠[明]201 觸以是，[宋]384 皆出自。

橦：[聖]643 觸聲。

張：[三][宮]1466 男根入。

振：[三][宮]379 吼聚落。

裎

程：[聖]2157 良又宣。

棖

振：[三]203 頭光明，[元][明]310 觸出如，[元][明]2122 又如失。

捉：[宋][元]、[宮]1505 生想此。

索：[聖]200 者今此。

棠：[宮][另]1428 應以草，[宋]、樑[元]、[明]200 頭密在，[宋]、樑[元]、[明]200 心生隨，[宋][宮]2122 頭發願，[宋][元][宮]、[明]2122 頭發願。

帳：[三][甲]1080 量高一。

之：[聖]200 發願。

程

呈：[宮]1507 如女所，[三][宮]2060 異迹，[三][宮]2103 諸未覩，[三]2122，[三]2149 諸後經，[元][明]

2060 達應乃。

將：[宮]2053 桃捧將。

理：[乙]2296 趣其爲。

利：[三][宮]2060 捷時以。

捏：[甲]2128 也。

體：[原]2416 機還一。

祥：[甲]2266 大聚爲。

種：[原]2264 立，[原]2208 名同生，[原]2208 爲屬何，[原]2264 望。

誠

斌：[原]2262 師意。

藏：[甲]2299 云釋迦。

懺：[三]2110 捨惡歸。

成：[博]262 如所言，[宮]310 所，[宮]606 法修行，[甲]1980 此事，[甲][己]1958 第二釋，[甲][乙]1709 文如當，[甲][乙]1866，[甲]912 心而供，[甲]1122 請故便，[甲]1728 可笑，[甲]1736 如所，[甲]1863 説故法，[甲]1921 心，[甲]2044 感天爲，[甲]2053 信比，[甲]2073 律師薄，[甲]2263 道理所，[甲]2412 明，[明]210 道見是，[明]2103 端思仰，[三][宮]411，[三][宮][甲]2053 院焉，[三][宮]338 佛道所，[三][宮]585 次第美，[三][宮]606 道無諸，[三][宮]895 亦當自，[三][宮]1509 品第三，[三][宮]1592 患，[三][宮]2045，[三][宮]2058 眞諦能，[三][宮]2103 非子通，[三][宮]2103 文者婆，[三]291 無所有，[三]1340 無，[三]1582 實而，[三]2125 允當或，[聖]125 入我意，[聖]

200 懺悔即，[聖]210 信，[聖]416 實言當，[聖]1552，[宋][元][宮][別]397 實誓在，[乙]1736 易信耳，[乙]2223 實言亦，[原]2211 此法會，[原]2270 故者作，[知]598 奉。

承：[三]2125 極旨自。

城：[甲]1782 贊曰二。

乘：[三][宮]2122 部，[宋][元][宮]2122 部大。

誡：[明][聖][乙][丁]1199 印，[宋]2102 弘哉事。

非：[甲]2035 可以爲。

感：[甲]1965 豈由同。

懷：[三][宮][甲]2053 謹上法。

將：[三]1442 無。

戒：[明]2102 而無，[三][宮]310 事，[三][宮]313 度無極，[三][宮]585，[三][宮]790 乎字曰，[三][宮]1472 之不得，[三][宮]2102 曰含氣，[三][聖]99 已歡喜，[三]1 云何爲，[三]193 世間滅，[宋][宮]1581 有菩薩，[元][明][宮]、識[聖]225 功德開。

界：[三][宮][聖]285 定若。

誠：[丙]2286 文者謗，[甲]1805 絕非用，[甲]1896 心念佛，[甲]2291 爲先隨，[甲][乙]1796 若不先，[甲]1736 請祷遂，[甲]1778 旨二受，[甲]1912 教云聲，[甲]2036 守正功，[甲]2068 曰大教，[明]738 信反用，[三][宮]322 如其所，[三][宮]2102 冀履霜，[三][宮]2102 直言朴，[三][宮]2104 矣深可，[宋][元][宮]760 勇念善。

進：[三]152 仰慕。

滅：[甲]2266 説文演。

請：[三][宮]2123 遵其教。

設：[聖]627 如所云。

神：[三]159 助國王。

生：[乙]2207 之懇。

識：[宮]1451 供養即，[宮]2102，[甲]1999 德經武，[甲]2290 由妄也，[甲]2087 所感其，[甲]2261 證，[甲]2266 説二，[甲]2266 文不説，[甲]2290 雖爾廣，[甲]2299 空觀也，[甲]2299 註或十，[三][宮]2122 信堅正，[三]682 諦言善，[聖]190 智慧莊，[聖]291 諦斯則，[聖]425 信篤佛，[宋][宮]2053 爲可惑，[乙]2261 文隨義，[乙]2397 文已如，[元][明]1531 如汝所，[原]2208。

試：[宮]425，[甲]2362 末學輒，[甲][乙]2259 案論上，[甲][乙][丙][丁]2092 之，[甲][乙]2259 驗問答，[甲]2195 文守聖，[甲]2266 之曰我，[三]6 之三月，[三]186 勝能爲，[三]2034 尋此説，[乙]2376。

説：[三][宮]221 莊事求，[三][宮]1428。

咸：[甲]2787 過量誠，[三]、成[知]418 可畏見。

誠：[宋]2061 感神果。

顯：[三]2106 化道之。

形：[三][宮]2122。

修：[三]210 不眞履。

以：[原]1859。

義：[宮]374 如聖教。

議：[宮]2122 既至而，[宮]2122 欺詐於。

語：[三][宮]1425 亦復不，[三][宮]2102 可息神，[聖]425，[宋][宮]703 諦不虛。

諸：[宮]414 能爲此。

澂

澄：[宮][甲][乙][丁][戊]、證[己]1958 清若人，[三][宮]2122 明氣和，[三][宮]2122 天愧淨，[三][宮]2122 汁使清。

澄

呈：[甲][乙]1736。

澂：[甲]1852 汰五部，[明]2087 鏡城中。

登：[甲]2792 心一境，[明]2106 所造年，[三][宮]2060 神俊朗，[元]2123 業累省。

蹬：[三][宮]2059 皆取梵，[乙][丁]2244。

隥：[聖]1788 湛離染。

瞪：[三]192 靜端目。

定：[原]1249 迦羅耶。

亙：[甲]2293 池面懸。

際：[三]、漈[宮]2103 幾忘映。

起：[甲]1736 浪識相。

清：[明]997 淨具足。

沈：[甲]2003 亙。

微：[聖]1723 皎名鮮。

修：[甲]2176 珍。

徵：[原][甲]1980 煇。

證：[甲]1839 無常義，[甲]2434 淨名法，[甲][乙]2254 云今論，[甲]1709 淨爲性，[甲]1783 清巨海，[甲]2167 撰，[甲]2223 寂喻如，[甲]2313 境，[甲]2313 亦明鏡，[明]2016 觀和尚，[明]2151 明器宇，[三][宮]1536 心淨，[三][宮]1545 淨，[三][宮]1562 淨邪見，[三][甲]1173 如來金，[三]2149 一文義，[聖]1788 淨非轉，[聖]2157，[聖]2157 源早觀，[宋][元]2110 神隔凡，[原]2720 菩提山。

濁：[甲]2214 無垢濁。

橙

鐙：[宋][元][宮]、隥[明]1579 臺。

隥：[甲][丙]2381 若不昇，[甲]2250 已能昇，[明]1525 依，[三][宮]271 底布金，[三][宮]664 從地得，[三][宮]2066 爲欲，[三]374 是故汝，[三]375 亦是一，[三]785 錫杖經，[宋][明]397 次第節，[元][明]227，[元][明]374 亦是一，[元][明]387，[元][明]720 令大，[元][明]1425 此是四，[元][明]1545 已能升，[元][明]2154 錫杖經，[元][明]下同 397 若言不。

凳：[三][宮]1536 墮地依。

懲

弊：[三]99 暴貪恡。

成：[甲]2036 千。

徵：[明]2154 降事既，[三][宮]376 罰令犯，[三][宮]2045，[三][宮]2060 降事，[三][宮]2103 勁於何，[三][宮]2104 任彼黃，[三][宮]2122，[三][宮]2122 誠至布，[宋][宮]2103 觀其勸，[宋][元][宮]2060 罰蓋，[宋][元][宮]2103 惡則。

逞

騁：[三][宮]1558 兇狂，[三][宮]2103 超超。

逴：[明]2122 夢見黑。

騁

聘：[宋][元]2110 已有千。

秤

禪：[甲]2135 捦覩攦。

稱：[宮]397 量之神，[宮]2123 小，[甲]2044 之龍王，[甲]2300 中，[明]721 不平言，[三]375，[三]671 上，[三]1440 今必以，[三][宮]310，[三][宮]310 謂敵彼，[三][宮][聖]397 動須彌，[三][宮][聖]1462 大斗如，[三][宮]341 槃乃與，[三][宮]374 即是一，[三][宮]660 而行欺，[三][宮]1442 量度交，[三][宮]1521 欺誑，[三][宮]1579，[三][宮]1579 兩頭低，[三][宮]1585 兩頭，[三][宮]1605 兩頭低，[三][宮]2121 二像，[三][宮]2122 尺攉折，[三][宮]2122 乃正平，[三][宮]2122 悉爲血，[三][宮]2122 小斗與，[三]99，[三]152 量，[三]201 量身肉，[三]374 如地如，[三]375 勿令外，[三]375 小斗欺，[三]1005 小

斗者，[聖]1579 等所受，[聖]1585 兩
頭低，[宋][宮]341，[宋][元][宮][聖]
1425 大小香，[宋][元][宮]1484 小，
[宋]201 上時諸，[原]2271 正因答。

稱：[博][敦][燉]262 欺誑人，[明]
229 名菩薩，[明]729 小斗短，[聖]99
以欺人。

耕：[乙]2385 宮月耀。

科：[敦]1957 重者先，[甲]1733
是身妄。

料：[三][宮]1443 量度交。

䳌

根：[宋][宮]、[元][明]397 柱猶
如。

吃

懺：[甲]2401。

喫：[明]190 亦不軟，[明]1459
及初犯，[明]1459 無過及，[明]2123
口臭腥。

仡：[乙]1171 哩二合。

紇：[甲][乙]981 哩二合，[甲]
[乙]2391 哩字變。

乞：[明][宮]1988 嘹舌頭，[乙]
2391 叉二合，[乙]2394 懺二合，[原]
1862 食。

訖：[三]865 哩，[石]1509 重語
無。

屹：[明][乙]、紇[甲]1174 哩二
合，[乙]850 哩二合。

咜：[三]1335 帝咜咜。

蚩

嗤：[明]310，[明][宮]387 笑故
若，[三]1336 笑，[三]2110 妍異矣，
[三][宮]2103，[三]212 言喪滅，[元]
[明]310 責云何，[元][明]633 笑。

媸：[三]、[宮]2103，[三][宮]2060
斯由相，[三][宮]2103 盈減之，[三]
2103 斯由相。

眵

眼：[三][宮]2122。

笿

苦：[知]741 五。

喫

嚙：[三]2060 殺小者。

齧：[三][宮]553 食其半。

契：[甲]1075 酪飯飲，[甲]2128
食法許。

擎：[三][宮]754 一椀王。

食：[聖]190 可得以。

嗅：[三][宮]2123 道士。

摘

擒：[宋][宮]2103 章文功。

舒：[甲]2270 叡質。

摘：[宋][宮]2060。

嗤

蚩：[宋][元][宮]374 笑汝等，
[宋][元][宮]2122 弄同學。

媸：[三]2103 妍異矣。

螭：[甲]2128 笑也從。

形：[元]227 笑菩薩。

絺

奢：[三][宮]1521。

維：[聖]223 羅摩訶。

郗：[宮][聖]1423 那，[三][宮]1462 那衣得，[三][宮]1421 那。

祉：[三][宮][聖][知]1579 那衣護。

鴟

鴞：[三][宮]2122 梟含毒，[三][宮]1428 鳥抄撮，[三][宮]2122 鴟狼各，[三][宮]2122 鷲耶所，[三][宮]2122 吻，[三][宮]2122 梟鴟鷲，[宋][元]747。

項：[宮]1506 妙色終。

鵄

鴟：[明]721 雕，[三]375 鷲耶所，[三][宮]1458 鵰，[三][宮]2102 梟食母，[三]374 同共一，[三]593 梟鵄鷲，[元][明]212 儔或事，[原]1212 梟。

鵄：[乙]1822 二鼻二。

梟：[三][宮][聖]376 鳥其性。

鵋：[三]、鵄[宮]607 巢有聲。

鶹：[宋][宮]、鴟[元][明]1509 群如蛇。

致：[三]1336 鵄鵄鵄。

魑

魅：[三][宮]720 魅魍魎。

螭：[三][宮]2060 解虎虎，[宋]

[元][宮]2060 魅千群。

鬼：[三][宮]2053 魅之患，[三]211 魅魍魎。

魑：[三][宮]754 魅魍魎。

癡

愛：[宮]263，[宮]279 網。

礙：[宮][聖]272，[宮]618 智慧性，[甲]1836 而非董，[明]310 事，[三][宮][聖]278 善根一，[三][宮]278 法界智，[三][宮]649 無，[三][宮]1421 無復諸，[三][宮]1551 人生悔，[三]157 功德。

闇：[三][宮]1428 身所覆，[三][宮]1451 不能了，[聖]1421 無知不。

變：[甲]1830 者要先，[知]741 本是謂，[知]741 著。

病：[甲]2261 行者。

怖：[宮]1425 知得不，[三][宮]1425 得不得，[三][宮]1425 爲利故，[聖]1425 何以故。

嗔：[甲]1736。

瞋：[明]99 栴陀復。

塵：[三][宮]598 冥照以。

痴：[明]186 不懷自。

等：[明]299。

妬：[三]22 於王意。

度：[宋][宮]541 入我心。

鈍：[聖][另]765 者隨喜。

廢：[宮]659 一，[宮]2034 夫人經，[宮]2060 慢斯業，[三][宮]1505 二相，[三][宮]1563 情。

癈：[聖]1442 無識沈，[乙]2296

玄釋應。

故：[聖]663 造作諸。

護：[宋]125 使也是。

恚：[甲]2266 愚癡是，[明]310 行普能。

疾：[甲]1782 贊曰此，[三][宮]2103 有。

瘕：[宋]1559 闇是寂。

離：[元][明][宮]671 有無因。

明：[甲]1828 迷集中。

冥：[三][宮]585 故斯經。

魔：[三]1579 見網彼，[三]186 羅網從。

癖：[三]99 命無利。

人：[宋]374 有智之。

駿：[三][宮]1546 不猛利。

貪：[甲]1830 疑。

痛：[三][宮]1506 若爾者。

厭：[三][宮][聖]224 之釋。

疑：[宮]310 見決定，[甲]1781 初句敬，[甲]1736 亂疏智，[甲]1851 三睡眠，[甲]1929 解脫是，[明]202 土安家，[明]2076 團若栲，[三][宮]414 惑，[三][宮]656 度無極，[三][宮]678 網度大，[三][宮]814 若知於，[三][宮]1521 不善，[三][宮]294 惑佛子，[三][宮]653 網無名，[三][宮]732 故行道，[三][宮]1508 從痛痒，[三][宮]1541 云，[三][宮]1546 悔説亦，[三][宮]1546 猶豫所，[三][宮]1552 是戚，[三][宮]1557 是名爲，[三][宮]1808 作，[三][宮]下同 721 之所破，[三][聖]210 結何不，[三][聖]

278 惑，[三]118 想懷害，[三]189 箭所射，[三]193 狂走，[三]201 愛瞋恚，[聖][另]1548 煩惱使，[聖]285 結，[宋][宮]292 蔽益甚，[宋][元][宮][聖]1542 五觸云，[宋][元][宮]1581 睡眠悔，[乙]2263 通。

矣：[宮]810 諸佛世。

陰：[三][宮]1548 因風因。

瘡：[明]220 如瘂如。

應：[三][宮]221 者而爲。

愚：[聖]211 即承佛。

欲：[甲]1912 爲本今。

緣：[三][宮]1548 不善。

賊：[三][宮]1425 諸得。

者：[甲]1828 此中但。

知：[原]2264 分，[原]2264 中。

衆：[元][明]2146 夫人經。

諸：[明]489 暗瞑故，[三]292 邪徑。

齠

飼：[三][宮]2123 食佛愍。

攤

離：[三]1336。

黐

檕：[宮]620 膠處處，[聖]190 膠。

糩：[宋][元][宮]1486 膠屋。

豺：[宋]、摛[聖]375 膠置之。

池

波：[三][宮]2121 水中央。

馳：[三][宮]606 安得道。

處：[三][宮]721 共天女。

大：[原]、大[乙]1744 河阿含。

地：[宮][甲]2053 而非遠，[宮]382 專意正，[宮]674 廣大無，[宮]721 多有無，[宮]2058 水自滲，[甲][乙]2393 苑，[甲]859 大河流，[甲]952 畫，[甲]2196，[甲]2266 之中善，[明][宮]1558 中間各，[明][甲]1101 下畫地，[明]278，[明]321 開或被，[明]1545 莖生自，[明]2087 龍，[三][宮]721 處，[三][宮]1579 派衆流，[三][宮][甲]2053 而分鏡，[三][宮][另]790 鑿之不，[三][宮][知]384 七，[三][宮]278 能與衆，[三][宮]385 化以七，[三][宮]402 七阿哆，[三][宮]477 河水至，[三][宮]1421 中及上，[三][宮]1462，[三][宮]1509，[三][宮]1509 則樂，[三][宮]1545 隨彼諸，[三][宮]1577，[三][宮]1646 喻經説，[三][宮]2053 種花，[三][宮]2060 分四水，[三][宮]2103 之昔路，[三][聖]125，[三][乙]2087，[三]125，[三]190 出，[三]190 湧出共，[三]193 塹杜塞，[三]205 廣三百，[三]1335 遮佉池，[三]2103 池禁苑，[聖][另]310 注雨充，[聖]190 來去無，[聖]1425，[宋]1579 隨欲變，[乙][丙]2092 平衍。

法：[聖][甲]1763，[乙]2157 也。

果：[三][宮]721 河流泉。

海：[三]1521 尚不覺，[元][明]1545 之所出。

河：[三][宮]657 皆爲二，[三]

[宮]1435 處，[三][宮]2121 中鼈便，[三]187 岸於彼，[乙]1797 出金此。

化：[甲]1816 守護佛。

流：[宋][宮]410 及，[宋]23 紅蓮華，[宋]374。

內：[宮]721 其一一。

其：[明]721 中其池，[乙]1978 中色味。

渠：[宮][聖][另]1435 人作是，[宮]下同 1435 水第，[三][宮]276，[三][宮]1435 中洗爾。

泉：[三][宮]1435 何有此。

澀：[甲]2128 天典反。

水：[聖]200 皆亦枯。

他：[宮]415 岸復有，[甲]2250 南有一，[三][宮]285 清淨若，[三][宮]310 所求水，[三]721 側未經，[宋]387，[元]1442 中出以。

陀：[宮]721 林，[宮]2121 現金翅，[明]310 師迦花，[聖][另]1548 分，[元][明]、地[宮]397 天女五，[元][明][宮]397 阿修羅。

泄：[元][宮]2085 水邊有。

也：[甲]2128 謂十寶，[甲]2129。

油：[宮]2058 中而復。

沼：[元][明][乙]1092 皆大。

弛

絶：[聖]279 菩薩儀。

施：[三]、他[宮]2103 心切，[三][宮]1421 當從下，[三][宮]2103 存信之，[宋][宮]2108 禮樂之，[宋][元]、絶[明][宮]2112 紐究其，[宋][元][宮]

2103 豈委三。

持

拔：[宮]435 所念其。

把：[甲]2409 獨股杵。

彼：[乙]2263 經。

別：[元][明][宮]345 執手同。

餅：[元][明]、－[聖]1435 閣。

持：[三][宮]2045 村聚劍。

馳：[原]、馳[甲]2006 書不到。

跚：[聖]397。

傳：[甲]1705。

此：[明]310，[元][明]1037 即得解。

村：[甲][乙]2263 等現名。

存：[甲]2217 鏡人等。

忖：[三][聖]211 折心却。

打：[三][宮][聖]1435。

待：[宮]656 諸法本，[宮]2105 痒，[宮]2122 論頓發，[甲]、指[乙]2385 令火風，[甲]1796 遂有堅，[甲]2266 如前已，[甲]2290 初心退，[甲][乙]1822，[甲]1512 經因緣，[甲]1721 色心故，[甲]1805 教理明，[甲]1816 而説細，[甲]1816 經福勝，[甲]2128 考工記，[甲]2128 咒女名，[甲]2262 後説故，[甲]2266 文脛非，[明]、侍[宮]534，[明]606 時，[明]816 於衆中，[明]1451 貨興易，[三][宮]385 或有衆，[三][宮][聖]425 無忘，[三][宮]397，[三][宮]606 須留衆，[三][宮]1442 我喚男，[三][宮]1546 意分別，[三]156 不與客，[三]213 善觀於，

[聖][甲]1733 也前，[聖]953 童子形，[聖]1763，[宋][元]125 喜樂遊，[宋]885 明大士，[乙]1909 幸各明，[乙]2795 三人食，[元]1425 尸鈎與，[原]1780。

擔：[三][宮]1435 過偷，[三][宮]2121 七寶頭。

擣：[三]2123 華爲末。

得：[宮]397 禁戒二，[甲]、修[乙]1260 眞言者，[甲][丙]2381，[明][宮]1545 等或有，[三][知]418 思惟分，[三]125 喜安遊，[聖][甲]953，[聖]211，[乙]2381 能正受，[元][明]170 善覺意，[元][明]475 華鬘示。

德：[乙]1909 佛南。

地：[甲][乙]2219 令得生，[甲]2053 由乎釋，[聖]643 戒慧尸，[原]1851 不相應。

等：[宮][甲]、持一作等持細註[甲]2008，[甲]1782 至智力，[宋][明]、特[元]1585 種亦已。

獨：[丙]2231 受法。

對：[甲]2263 種雖純。

扶：[元]1451 重擔彼。

苻：[聖]223 若。

符：[乙]2092 臺。

縛：[甲]2232 有情令。

根：[三][宮]278 滅十不。

固：[乙]876 諸佛智。

護：[甲][乙]2390 自身之，[甲]1088，[甲]1225，[三][甲][乙]950 與伴而，[乙]2228 此三十。

歡：[聖]125 喜安遊。

几：[明]2154 燒香禮。

將：[丙]2120 李琮，[宮]344 繖蓋，[宮]397 魔王波，[甲]1826 此證有，[甲][乙]867 阿闍梨，[甲]1717 去在於，[甲]1733 迴向成，[甲]1958 師子乳，[甲]2087 所生，[甲]2089 閣四，[甲]2195 己德名，[甲]2223 如來智，[三]26 護羅，[三][宮]1428 去諸小，[三][宮]1463，[三][宮][甲]2053 諸寶錢，[三][宮]225 懈怠若，[三][宮]285，[三][宮]381 御正誼，[三][宮]397 欲演說，[三][宮]477 濟，[三][宮]539 生哀愍，[三][宮]606 御數息，[三][宮]1425 而去若，[三][宮]1428 奉上，[三][宮]1428 去可從，[三][宮]1434 受戒人，[三][宮]1435 材木去，[三][宮]1592 識前，[三][宮]2121 我所飲，[三]125 三世相，[三]187 眾寶蓋，[三]194 諸無數，[三]202 死屍而，[三]225 無起一，[三]361 何等語，[三]2034 炎或云，[三]2109，[三]2125 施物供，[三]2145 如天竺，[聖]225 是所致，[聖]1425，[聖]1428 去若被，[聖]1453 所在則，[宋]、時[元][明]418 有四事，[元][明]2040 童女與。

戒：[原]2248 已來云，[原]2359 偈著座。

界：[乙]2396 所不攝，[元][明][宮]614 亦復如。

經：[元][明]、持安著幢頭經止[聖]397 安著幢。

精：[甲]2128。

淨：[石]1509 戒多聞。

拘：[三][宮]482 毘陀羅。

據：[甲]1828 實當時。

滿：[甲][乙]2228 一千萬。

捼：[聖][甲]1733 摩觸是。

捻：[乙]2394 地第二。

弄：[三]188 孫亦獨。

捧：[甲]909 戟赤黑，[乙]2391 三角爐。

其：[聖]211 訓誨佛。

洽：[甲]893 若。

前：[乙]2157 秦曇。

人：[燉]262 若自書。

任：[三][宮][聖]1579 不者謂。

若：[三]1424 至戒壇，[元][明]416 是經者。

掃：[原]2871 坊舍以。

捨：[三][宮]1537 無二無，[三][聖]1440 衣不離，[元][明]190 此摩。

攝：[甲][乙]2390 大儀軌，[甲]1733 中二先，[甲]1816 攝持心，[宋][元]99 以刀劍，[乙]2263，[乙]2263 一切。

身：[甲]1039 所求大，[聖]1509。

時：[宮][聖]1579 故常，[宮]225 來是為，[宮]225 忠正法，[宮]313 是德，[宮]673 一切，[宮]1435 與阿蘭，[宮]1458 七日往，[宮]1545 伽羅造，[宮]1547 我言善，[宮]2060 勝法鑽，[甲]1805，[甲]1829 起勤，[甲][丙][丁]1141 執持作，[甲][乙][丁]2244 皆成小，[甲][乙]894 觀本尊，[甲]1724 故也，[甲]1729 三諦圓，[甲]1736 有

多時，[甲]1782 菩提爲，[甲]1816 即此不，[甲]1816 心，[甲]2196 者是住，[甲]2219 轉第八，[甲]2266，[甲]2266 便能對，[甲]2266 故者此，[甲]2266 能持不，[明]24 器仗乘，[明]278 正法修，[明]1470 舍後履，[明]316 彼菩薩，[明]1096 呪，[明]1153 即有子，[明]1428 五百枚，[明]1450 此法所，[三][宮][聖][石]1509 毘梨，[三][宮]309 便求方，[三][宮]890，[三][宮]1458 中飮若，[三][宮]1459 夜分過，[三][宮]1598 定應有，[三][甲][乙]1092 眞言者，[三][聖]170，[三][聖]190 未久之，[三]26 九月十，[三]87 心如眞，[三]155 五百寶，[三]221 時魔波，[三]1202 根本呪，[三]1341 皆能悉，[聖][甲]1733 業習，[聖]200 一金錢，[聖]2157 房云見，[另]1442 鉢滿六，[宋]、持戒[宮]2122 香塗佛，[宋]、特[元][明][宮]397 牛之神，[宋]985 皆蒙除，[宋]1027 眞言者，[宋]1092 眞，[宋]1428 此物，[元]1496 所謂，[元]2016 戒誑故，[元][明][宮]837 令生廣，[元][明]1566 者是也，[元][乙]1092 地六，[元]418 是功德，[元]1054 六，[原]、原本冠註曰疏持作得 853 也三摩，[原]2248 亦有十，[原][甲]1851 宜審記，[原]2270 敵論未。

識：[三]、－[另]1543 三行香。

似：[甲]1778 破者即。

事：[甲]1805 用善惡。

侍：[宮]1604 者若汝，[甲]1781 者名曰，[甲]1781 者受持，[甲]2748 者護持，[明]694 幢幡，[三]、待[甲][乙]2087 食跪而，[三]1340 詣如來，[三][宮]345 菩薩如，[三][宮]585 佛道故，[三][宮]2122 或現乳，[三]155 送世尊，[三]263，[三]2154 逾久逾，[聖][另]310 而行，[聖]538 藏，[聖]1425 出入尿，[宋][聖][另]310 行七步，[宋][元]190 住立於，[宋]1332，[乙]2394，[乙]2795 貴勢，[元][明]2145 慧常傳，[原]1764 下總結，[知]598。

是：[明]2122 五戒何，[元][明][聖]223 般若波。

恃：[宮]397 正法救，[宮]445 如來下，[宮]1519 小乘戒，[甲]1735 伽羅雖，[甲]1805 齊，[甲]1813 己言辨，[甲]1813 起慢三，[甲]1813 威滅法，[甲]1828 命也二，[甲]2266 境非一，[明]261 戒而生，[三][宮]310 色力於，[三][宮]588 亦無所，[三][宮]656 三，[三][宮]768 作樂三，[三][宮]838 彼生憍，[三][宮]1548 離禪不，[三][宮]1548 若手足，[三][宮]1549 迦羅那，[三][宮]1650 汝由來，[三][聖]1 耶勿造，[三][聖]311 是比丘，[三]125 者唯福，[三]618 命根故，[三]1301 便說若，[另]1443 己鉢來，[宋]1562 退不命，[元][明]1 阿難自，[元]2122。

收：[三][宮]、教[聖]224 無所見。

受：[宮][聖][中]223 恭敬尊，[甲]2311 戒尚不，[三][宮][聖][石]1509

恭敬尊，[三]26 所以者。

授：[宮]221 是般若，[宮]1810 刀授與，[明]1615 禁戒二，[聖][另] 1428 飯施如，[宋][宮]、記[元][明] 2043 故我上。

抒：[宋][元]2121 去。

誦：[三]1331 此經者，[原]1079 此呪時。

損：[宮][聖]425 戒忍精。

搯：[宋][宮]、[元][明][甲]901 珠誦。

特：[宮]659 我今云，[宮]721 天所作，[宮][甲]1911 是行人，[宮]225 異床我，[宮]266，[宮]313 諸菩薩，[宮]345 清，[宮]635 願菩薩，[宮]721 牛風殺，[宮]816 力不可，[宮]1428 律比丘，[宮]1545 息念無，[宮]1548 微攝所，[宮]1593 訶及能，[宮]2040 地王有，[宮]2122 有所上，[宮]2123 釋師子，[甲]1805 委示對，[甲]2266 苦劣蘊，[甲]2337 違至教，[甲][乙] 1796 憎法界，[甲][乙]1929 勝通明，[甲][乙]2390 莽二合，[甲]936 迦底十，[甲]952 以，[甲]954 望二合，[甲]1708 三説護，[甲]1723 譽父，[甲]1782 摩黃色，[甲]1784 會同金，[甲]1784 因靜發，[甲]1805 點之文，[甲]1805 點之遠，[甲]1805 簡之使，[甲]1805 誡之百，[甲]1805 釋之顯，[甲]2035 令此經，[甲]2036 佛名號，[甲]2037 巴西人，[甲]2053 訛，[甲] 2087 照時經，[甲]2128 置此，[甲] 2193 義簡，[甲]2299 散佛，[甲]2339

言，[甲]2397 嚩二合，[甲]2792 乖道式，[明]9 佛梵行，[明][宮]397 羊之神，[明][甲][乙]901，[明]199 布施，[明]209 一把豆，[明]816 若諷誦，[明]1125，[明]1301，[明]1545 無忘失，[明]1562 故亦名，[明]2145 此福祐，[明]2153 地經一，[三]26 復次尊，[三]760 用四意，[三][宮]817 焰如來，[三][宮]2121 林今還，[三][宮][聖]224 尊當隨，[三][宮][聖]271 迦彼佛，[三][宮][聖]292 就度脫，[三][宮][聖]481 也不轉，[三][宮][聖]626 有好故，[三][宮]338 一切難，[三][宮]378 炤明三，[三][宮]624 嚴欲好，[三][宮]816 者如來，[三][宮]831 債反句，[三][宮]883 嚩二合，[三][宮]1428 異貴好，[三][宮]1458 迦四酌，[三][宮]1539 伽羅是，[三][宮]1545 令度彼，[三][宮]2034 陀羅尼，[三][宮]2060 奉明人，[三][宮]2102，[三][宮]2102 達而判，[三][甲][乙]1069 縫二合，[三][乙]1092 勿露結，[三][乙]1200 嚩二合，[三]190 為，[三]190 於，[三]212 乞人後，[三]362 留是經，[三]631 想視佛，[三]738 宜順行，[三]889 嚩二合，[三]999 伽羅相，[三]1092，[三]1341 叉尸羅，[三]1579 伽羅何，[三]2145 善遂令，[三]2146 譯，[三]2149 為己任，[三]2154 亦云般，[聖]1563 稱進止，[聖]1579 是名易，[聖]1425 律知羯，[聖]2157 節，[聖]2157 亦云般，[石]1509 戶，[宋]、時[元][明]211 乞食，[宋][宮]

266 信即從，[宋][宮]309 亦復如，[宋][宮]635 願菩薩，[宋][明]224 用恭敬，[宋][元][宮]313 佛語，[宋][元]2121 此功德，[宋]125 如此之，[宋]125 是福祐，[宋]224 異，[宋]349 與病者，[宋]992 汝，[宋]1080 勿，[宋]1152 誦一百，[乙]2795 此家食，[乙]912 尾二合，[乙]1171，[乙]1239 此呪者，[乙]1723 故寺三，[乙]2157 深禪法，[乙]2391 鑁，[元]187 諸妙花，[元][明]、待[宮]532 過無數，[元][明][宮]374 或言利，[元][明][宮]626 尊故用，[元][明]211 隨後而，[元][明]656 出金剛，[元]459 悉爲示，[元]1092 沈水香，[元]1168 恭敬供，[元]2034 心經六，[原]、持[甲]1781 著故至，[原]922，[原]2723 之善共。

提：[丙]1076 蓮花者，[三][宮]1421 蘆釋，[三][宮]1435 衣鉢自，[三][宮]1462 我先提，[三]196 之，[聖]1509 讀誦是，[元][明]1339 羅王名。

投：[甲]2087 所得衣，[三][宮]2122 弄惱苦。

屯：[聖]1451 兵往。

挽：[三]156 死尸而。

聞：[聖]1509 乃至正。

我：[三][宮]622 無成念。

無：[三][宮]640。

物：[聖]613 火大觀，[聖]1562 爲自性。

相：[甲][乙]2390 勾掌中。

校：[三]25。

心：[丙]897 誦眞言。

信：[聖]419 亦。

行：[宮]761 淨戒則，[甲]957 資糧故，[明][甲]964 各還本，[明]293，[明]397 時舍利，[三][宮][聖][另]1431 於戒，[三][宮]405 阿難，[三][宮]683 佛告阿，[三][宮]704 頂禮而，[三]1331 八禁長，[三]1396，[元][明]1256，[元][明]385 法，[元]221 何。

徐：[三][宮]1470 待人。

熏：[甲]1736 種故展。

依：[聖]200 此施。

移：[乙]1076 珠念誦。

以：[三][宮]425 諸法滅，[三][宮]1646 空三昧，[三][聖]157 諸寶物，[聖]224 天華名，[聖]1425 此藥。

擁：[原]1098 護災厄。

用：[甲]2219 身如是，[三]1044 之日不。

有：[宮]1471 鉢有幾。

於：[博]262 是經者，[宮][聖]310 清淨妙，[宮]310 戒無缺，[宮]425 是三昧，[甲][乙][丙]2394 通門之，[久]1452 欲淨不，[明][宮]1545 此四爲，[三][宮]626 珍寶龍，[三][宮]1607 心令不，[三][宮][石]1509 戒能護，[三][宮]435 經卷者，[三][宮]459 精進住，[三][宮]585 禁戒而，[三][宮]630 清淨最，[三][宮]1537 心彼，[三][宮]1559 此護乃，[三][宮]1562 此不相，[三]51 優婆塞，[三]945 此呪心，[三]1374 此微妙，[聖]125 此法，[聖]224 時學時，

[聖]224 是般若，[宋]1185 一華果，[乙]850 眞言行，[元][明][甲]901 香爐，[元][明]418 薩芸若，[原]895。

緣：[乙]2263 種子若。

緣：[乙]2263 種子。

擇：[宮]1559 護或得。

杖：[甲][乙]1822 者名緣。

振：[甲][乙]2385 鈴杵。

之：[甲]1969 土沙覆。

知：[宮]816，[三][聖]26 經持律，[三][聖]99 身，[聖][另]1442。

執：[宮]694 白拂其，[甲][丙]973 嚩，[甲][乙]966 鈴契半，[甲][乙]2223 金，[明][乙]1092 蓮華一，[明][乙]1092 索，[明]996 金剛鈴，[明]1257 針線身，[元]1092 索一頭。

指：[甲]1724 所餘説，[甲]2266 節等若，[乙]2218，[乙][丙]1263 獲大利，[原]1863 云我於，[原]2362 一佛。

至：[甲][乙]1822 謂，[乙]1822 與愛相。

治：[宮]2121 齋後，[甲][乙]1821 彼得令，[甲][乙]901 一室以，[甲]893 罰取部，[甲]1782 國南，[甲]1811 地三修，[甲]2879 十善一，[明]1582 所居屋，[三][宮][石]1509 心故若，[三][宮]425 總持觀，[三][宮]585 地，[三][宮]701 地功成，[三][甲]951 灑，[三][聖]375 淨戒我，[三]152 之明矣，[聖]190 自餘當，[宋]374 淨戒我，[宋]374 尋以妙，[宋]1351，[原]1098 道場四。

跱：[三][宮]263 於山林。

住：[三][宮]2060 不倒扶。

轉：[甲]1771 在虛空，[甲]1782 施佛佛，[甲]1839 彼此方，[甲]1839 因聲依，[甲]2386 之身，[甲]2394 金剛或，[乙]2391 者倒印。

狀：[元][明][乙]1092 大梵天。

捉：[宮][聖]1425 刀人説，[甲]2255 瓦器悉，[三][宮]1471 手巾三，[聖]643 擬地下，[聖]1427 弓箭人，[乙][丙]2092 刀植象。

資：[甲]1717 於慧命。

總：[宮]425 德。

蚳

舐：[三][宮]2123。

舐：[三][宮]2123。

馳

便：[三][聖]178 還白父。

池：[三]212，[元][明]212 流難可，[知]384 非一端。

持：[宮]1509 散念名，[甲]1736，[宋]901 散，[乙]2157 名以弘。

遲：[三]196 散所懷。

地：[元][明]213。

狐：[三]152 還曰小。

記：[乙]2263 筆之間。

駱：[三][宮]2121 驛而至。

離：[三][宮]581 傷命而。

駈：[甲]2128 也廣雅。

驅：[宮]263 使棄愛，[三][宮]1425 逐渴乏，[三][宮]1435 行跳躑，[三][宮]2058 馳整勒，[三][宮]2121

還主亦，[三][宮]2122，[三][宮]2123
令役使，[三]1 迫罪人，[三]721，[三]
1331 逐衆魔，[宋][宮]2060 未及其，
[元][明]2121 跡令。

騷：[三]155 動惶懅。

駛：[三][宮]660 流故何。

他：[甲]1795 覓佛此。

馱：[甲]904 走不能。

駄：[三]1058 九十三。

駄：[甲][乙][丙]1098 二，[原]
965 也二吽。

駝：[宮]1799 驢牛馬，[明]894
也鉢囉，[宋]620，[元]722 速若風，
[元]2060 於駕駟，[元]2122 啓聞勅，
[元]2122 走忽爾。

心：[三][宮]2087 競灑掃。

驗：[三][宮]2122。

蚰：[三]245 無明。

轉：[明]99 無不。

赽

好：[三][宮]553 作方便。

趨：[明]68 走當爾，[明]148 欲
鬬當，[三][宮]292 走給使，[三][宮]
374 走給侍。

趣：[三][宮]2060 二百餘，[元]、
趨[明]148 欲。

越：[宋]、趣[元][明][聖]200 向
相去。

棍

提：[甲]1805 懺非也，[甲]2130
梨吒龍。

墀

璃：[三][宮]2123。

踟

知：[三]1336 富那離。

遲

避：[原]1771 言無有。

持：[三][宮]416 疑其於。

逮：[三][宮]741 得長大。

多：[三][宮]1562 誰速又。

近：[乙]1822 墮速時。

進：[甲]2300 訥故三。

逆：[宮]1571，[三][宮]2122 天
行以，[元][明]309。

速：[宮]1648 修行，[宮]1490
欲。

特：[三][宮]2122 四人言。

慰：[三]2059 迺致書。

犀：[甲]2129 二百四，[甲]2129
緩上直。

尺

步：[元][明][宮]2103 匪乘千。

長：[明]2060 財無勞。

蚇：[元][明]2016 蠖尋條。

赤：[宮]826 寸，[明]2122，[三]
[宮]310 其路端，[三][宮]2122 投常，
[宋][宮]834 耶，[宋][元][宮]1472 二
者視，[宋][元]1228 攬水誦。

寸：[三][甲]901 或作丈。

分：[甲][乙]2394 及作界。

及：[元][明]984 跋他那。

人：[三]190 富數波，[元]2087 無憂王。

尸：[甲]2128 從乙乙，[甲]2128 反盾聲，[明]2131 或伽那。

釋：[甲]1804 四尺廣，[甲]1805 量增一，[甲]2181 疏第五。

天：[宮]1463 餘是名，[宮]2122 外塴三。

亦：[甲]2036 用赤金。

又：[宮][甲]1805 有尼多。

丈：[宮]2085 許以盛，[甲]1834 爲能量，[甲]2067 許并爲，[三]2121 南城，[三]2122 餘卷可，[三][宮]2059 許於上，[三][宮]2103 又下石，[三][宮]2121 坑還持。

之：[三][宮]2122 到於甘。

擲：[明][乙]1254 并呪七。

足：[宋][元]2053 八寸廣。

佟

哆：[三]2121 言語塞。

移：[三]2060 將欲結。

耻

耶：[明][宮]665 盧迦畢。

恥

懯：[三][宮][另]1442 便行乞。

地：[宋]970 帝慕。

漸：[三][宮][石]1509。

取：[宮]、耳[知]384 我乃。

體：[明][乙]994。

聽：[聖][另]1458 那衣往。

邪：[聖]1425 其所聞，[宋][元][宮]1451 愧低頭。

羞：[三][宮]1464 答言爲。

耶：[宮]397，[甲][乙]1037 二合，[甲]970 帝，[甲]1733 有不知，[三]2122 居内不，[宋][元]1092。

蚇

尺：[明]1545 蠖縁草。

豉

豉：[甲]1804 胡麻大，[甲]2035 酒治病，[明]2131 迦此云。

頭：[甲]1335 收羅。

致：[三]984 切訶羅，[三]984。

齒

柏：[乙]1200 木即得。

出：[宮]656 難。

度：[乙]1239 即醬。

斷：[三][宮]721 既燒齒。

極：[三][聖]200 老耄。

魯：[元][明]212 情喪心。

嚙：[三][宮]1486 剝其面，[宋][元][宮]、齧[明]1536，[元][明]190 毒蛇。

嚙：[三][宮]1435 木三種，[宋][宮]1435 木枝法。

棄：[宋][宮][西]1496。

舌：[三][甲]1123 二俱合。

斷：[三][宮]721 既燒齒。

幽：[甲][乙]2207 之倫後。

園：[三][宮]1521 佛。

止：[宮]2122 彼當遣。

質：[甲]2132 里。

褫

拆：[甲]1736 落五十。

持：[明]2076 取筒不。

厮：[三][宮]378 國勤苦。

陀：[明][宮]2060 落周匝，[三]、擴[聖]643 落裸形，[三][宮][聖]613 落自見。

慨：[宋]1644 皮布地。

阤：[元][明][宮]、墮[博]262 落覆苦。

叱

比：[聖]1443 或令衆。

熾：[元][明]2034 槃立改。

咄：[三]201 汝等方，[宋][宮]2102 咤則十。

摩：[三]1168 賀引囉。

吐：[宮]2123 咄之聲，[甲]2128 怒也經，[三][宮]2104 寇臣審。

叶：[聖][另]1442 即便默。

吒：[甲]、叱[甲]1782 天授，[明][乙]1209，[明]627 無所，[三]1335 掘彌，[元][明]1096 于智藏，[元]2061 石羊之。

咤：[三]1691 囉迦俱。

斥

岸：[元]220 止。

并：[甲]1936 予觀心。

尺：[三][宮]1579 鸚鳥者。

多：[甲]2083 善便自。

斤：[甲]2035 退之所。

近：[甲]1851 取小分。

片：[甲][乙]1821 其短就，[甲][乙]1822 論又，[甲][乙]1822 彼，[甲][乙]1822 救正理，[甲][乙]1822 略而不，[甲]1805 言增減，[三]2145 言，[宋]、行[元][明]835 法演說，[宋]2125 焉然南，[乙]2194 取其不。

升：[甲]1805 謬眞諦，[甲]1830。

示：[甲]1717 次判中。

託：[宮]659 度日。

下：[甲]1736 彈異說。

行：[甲]2035，[甲]2035 賣欲重，[甲]2299 其非義，[甲]2299 無常病，[聖]2157 名字號。

序：[甲]2261，[甲]2362 一大事，[聖]1721 彼事斷，[乙]1821 其短。

叙：[宋][宮]、扠[元][明]769 不得教。

污：[宮]2102 之誠，[宮]2122 見宮。

總：[乙]1821。

赤

般：[甲]897 黃地作。

赫：[三]25 光烟烟，[三]190 狀如猛，[聖]613 端嚴三。

黃：[宋]99 眼。

火：[原]973 光中畫。

吉：[宮]1451。

口：[原]1238 舌人精。

歷：[甲]2036 畫。

青：[宮]901 色而無，[甲]901 色其左，[三][宮]2122。

人：[甲]2882 口。

示：[乙]2394 如無憂。

未：[宋]2122 語規曰。

玄：[三][宮]384 黃快樂。

亦：[丙]1184 得而用，[宮]2122 弓丹矢，[甲]1201 土色衣，[甲]2250 黃更帶，[甲]2261 衣也四，[明][乙]1225 增長同，[三][宮]612 如坑覆，[聖]190 粳米或，[另]1458 體披禮，[宋]986，[元][明]1549 無有色，[元][明]2122 吹罪物。

越：[三][宮]2103 章殺鬼。

志：[宋]5 心慈愛。

麦

赫：[甲]2036 學佛氏。

勅

出：[明]2150 圖之於。

初：[宮]2034 建元寺，[宮]2040 令與太，[宋]1336 諸鬼。

答：[三][宮]2102 臣下審。

代：[宋][元]2153 佛授記。

動：[原]899 所。

惡：[宋][元]2041 鬼作鐵。

功：[宮]2060 放既所。

劾：[明]2151 遣總知。

棘：[甲]2128 知反廣。

教：[三][宮]1435 已即向，[三][宮]2121 施行於，[三]184 行詣本。

誡：[三][聖]1426 亦不愛。

精：[三]25 備具。

救：[甲]2035 於其地，[甲]2039 乃解因。

朗：[甲][丙]2120 教授後。

勒：[甲]1799 汝執爲，[三][聖]190 馭者迴，[三]397 早與，[宋][元]、勤[明]156 比丘云，[宋][元][宮]、勤[明]2103 知其眞，[元][明][聖]190 迴車而。

列：[三]153 所作隨。

勸：[三][宮]541 勵尚於，[三][宮]2122 施獲大，[三]157 閻浮提，[宋][元]、明註曰勅南藏作勤1509 菩薩應。

飾：[三]210 身內與，[三]2060 遊之者。

授：[三][宮]1808 作非威。

束：[元][明]1507 家內曰。

所：[三]、劫[聖]125 奪爲賊。

聞：[三]2122 勅令省。

曰：[乙]2092 付司即。

整：[甲]2084 服而進，[三]211 身承，[聖]1462 心已令。

制：[宮]2060 需，[聖]613 諸比丘。

翅

翅：[甲]2017 弱高飛。

翹：[甲]2193 足垂迹，[甲]2266 足超九。

施：[聖]125 審梵志。

難：[三][宮]453 頭東西。

翔：[甲]2052 神覺道。

迅：[三][宮]1648 爲覺遊。

翊：[甲]1248 贊聖。

啻

翅：[宮]607 但爲上，[三][宮]下同 603 教誡令，[三]下同 603 令足發。

帝：[宋]、諦[元][明]1982。

翅

翅：[明]2131 王名曰，[三]2145 象師子。

傺

僚：[丙]2211 尋五百。

憏

懷：[甲]2255。

翼

翼：[甲]2129 説文也。

熾

藏：[聖]157 尊音王。

燈：[三][宮]656 法門菩。

風：[甲][乙][丁]2092 已扇鳥。

火：[聖]663 盛。

猛：[三]192 盛。

然：[宮]721 如是下，[三]721 惡蟲覆。

上：[元][明]445 上首世。

焼：[三][宮]416 然故如，[宋][元][宮]1605 然。

燒：[三]99 然不以，[三]193，[聖]643 一切熱。

盛：[宮]263 但樂經，[三]193 火之熾，[三]1394 百子千。

識：[聖]157 攝取歡，[聖]1537 然當苦，[宋][元][宮]2122 盛父不，[知]384 盛還失。

示：[甲]2410 等三摩。

鐵：[明]1673 焰從口。

焰：[三][宮]721 光如日。

增：[三][宮]1425 盛便作。

照：[聖]663 然。

幟：[甲]2214 也此是，[乙]2394 炎中三。

冲

沖：[宮]1593 明志託，[宮]2103 妙夫道，[甲]1712 漠隔於，[甲]1718 默玄，[甲]1969，[甲]1969 默，[甲]1969 虛外仁，[甲]1969 虛至德，[三]2110，[三]2112 天御辯，[三][宮]2060 深包總，[三][宮][聖]1579 如法曉，[三][宮]2034 而不改，[三][宮]2060 奥有欲，[三][宮]2060 邃淹歷，[三][宮]2060 幼戲則，[三][宮]2102 邈理，[三][宮]2102 用因感，[三][宮]2108 虛之軌，[三]2110 規四，[三]2110 和子曰，[三]2110 邃五百，[三]2110 一之旨，[宋][元][宮]2102 邃非名，[宋][元][宮]2103 用資，[宋][元]901 玄匪思，[宋][元]2103 念若夫，[乙]1736 深未審，[乙]1736 深下二，[乙]2120 和識洞，[元][宮]2108 撝靜思，[元][明][宮]2112 天躡紫。

虫：[三][宮]816 怛薩阿。

決：[宮]2060 天之舉。

仁：[三]2059 讓。

中：[三]2145 源以殊，[聖]2157
真風永，[元][明][宮]2103 法門。

忠：[三][宮]638 未甞慢。

仲：[甲]、中[乙]2087 玄義資，
[甲]2068 粹姑即，[三]2145 時在南。

充

遍：[三]1096 滿其中。

側：[宋][宮]、[元][明]397 塞遍
滿。

臭：[宮]明註曰充南藏作臭 1509
外淨何。

該：[甲]2195 法緣慈。

光：[宮]2060 繼其，[甲]1227 以
心密，[元][明]2060 諸慧日。

宏：[宋][宮]2060 充戒難。

交：[明]1299 好往還，[三]618 四
體。

克：[明]172 足，[明]721 飽實
語，[明]1545 悦故名，[乙][丙]2092
溢堂。

滿：[乙][丙]2092 數兆乃。

棄：[宋][明][宮]2122 斥東都。

色：[另]1721 清淨無。

死：[宮][乙][丁]、竟[甲]1958 一
位是，[甲]1333 氣力其，[宋][宮]329
易可損。

通：[乙]2391 繫鬘不。

宛：[宮]1562 大身，[甲]、六兀
[乙]2173 長講，[甲][乙]930，[甲]

1723 實十八，[甲]1783 澤故大，[甲]
2173，[聖]2157 諸禁中，[原]1781 身
則復。

先：[宮]2122 一使時，[聖]953
盛。

衣：[三][宮]2103 膿血之。

允：[甲]1861 苦由段，[三][宮]
2059 當法主。

沖

沖：[三]2110 曠名義，[三]2122。

仲：[三][宮]2122 爲江州。

忡

矜：[三][宮]2122。

舂

捲：[聖]1462 而食者。

舂：[宮]1462 取汁澄，[明]154，
[元]1459 處等。

惷

蠢：[明]2103 耳推此。

戀：[三][宮]2102 僉言登。

衝

冲：[甲]2006 天氣，[甲]2006 天
意氣。

衞：[甲]2128。

衝：[宮]2123 於心乃，[三][宮]
2060，[三][宮]2103 風菌邂。

鐘：[三][聖]99 佛爾時。

憧

幢：[甲]1721 表其大，[甲]904，

[甲]2191 佛南，[明]1119 真言曰，[明]2131 法主依，[明]2131 金剛藏，[明]2131 婆羅門，[明]2131 呪五拘，[三]、幡[聖]190 復於樹，[三][宮]310 當建正，[三][宮]672 相，[三][宮]1521 在家，[三]187 崩倒日，[三]190 持一掬，[三]643 節節相，[三]1043 六字章，[三]1195 非一亦，[三]1330 八座燃，[元][明][甲]893 莎悉底。

幡：[甲]2130 幢。

瞳：[元][明]190 汝等汝。

虫

蠶：[三][宮]1546 以繭自。

虫：[明]1546 想羹作，[明]1547 還以養，[元][明]1546 人號之。

蟲：[宮]354 蚊，[宮]1464 所食乞，[宮]1646 從中出，[甲]951 聲，[甲]951 勿赤勿，[甲]1216 噉食因，[明]2040 尚不害，[明]2042 尊者匏，[明][宮]1646，[明]1277 皮或於，[明]1451 蟻損傷，[明]1451 在中下，[明]1545 蛆想乃，[明]1545 作，[明]1646 糞，[明]1646 若凍死，[明]2042 滿中忽，[明]2058 蛆欲出，[明]2058 血雜出，[明]2110 三百六，[明]2149 經，[明]下同 1646 等皆以，[三][宮][聖]1462 蟻落中，[三][宮]1454 水二食，[三][宮]1464，[三][宮]1464 蠹鼠嚙，[三][宮]1464 多其一，[三][宮]1464 食諸長，[三][宮]1464 證言殺，[三][宮]1545 而法爾，[三][宮]2040 答使者，[三][宮]2040 凶暴勇，[三]1341 生舌根，[聖]下同 1441 水隨飲，[元][明]1503 獸來欲，[元][明]1509，[元][明]1509 慈徹，[元][明]1509 噉埋著，[元][明]1509 日未出，[元][明]1509 水中即，[元][明]下同 1495 蟻。

垂：[甲]952 淨美清。

蟲：[明]1336 出微妙，[三][宮]731 人居此，[三]1331 魅鬼不，[元][明]1327。

虵：[三][宮]1581。

融：[甲]2412 迷。

舌：[三][宮]703。

蛇：[三]152 螫其士，[另]1721 之屬下。

生：[三]721 復啄食。

獸：[三]、蟲[宮]325，[三]211 愚癡得。

頭：[三][宮]2121 之類隨。

由：[甲]2128 執聲。

中：[甲]2128 音毀也。

仲：[甲]2035 再也。

衆：[三]2154 經或云。

亜

中：[宋][宮]2123 住於牙。

崇

策：[三][宮]1537 聚爲蘊，[三][宮]2059 踵山門。

察：[丙]2120 在顏桑。

常：[另]1721 仰。

從：[甲]1973 向念佛。

高：[聖]2157 筆受安。

嶶：[三]、微[宮]2053 往劫道。

敬：[三][宮]2060 彌至瞋。

豈：[宋]2102 深莫窺。

嵩：[三][宮]2059，[三][宮]2122 華滔滔，[三][宮]2122 山高栖。

聳：[三]、嵩[聖]211 高至。

宋：[三]、宗[宮]2104 武王誅。

祟：[甲]1973 密互邪，[甲]1775 法招，[甲]1973 喝罵三，[甲]1973 或爲慳，[三]1093 者一切，[三]2102 檢，[宋][元]2061 則知心，[宋][元]2061 禍所以。

太：[元]2122 皇寺刹。

殷：[三][宮]2122 重五。

重：[甲]2017 三寶利。

宗：[宮]2053 敬佛法，[宮]2060 商客通，[甲]、崇重宗[乙]2261 重由此，[甲][乙]2309 事天神，[甲][乙]2376 護國師，[甲]1736 先祖也，[甲]2087 敬外，[甲]2087 三寶從，[甲]2870 所造何，[明]2076 慧大師，[三][宮]2034 極頗涉，[三][宮]2060 業駕於，[三][宮]2122 敬至心，[三]2063 敬焉勝，[聖]1721 侍如林，[聖]2157 福寺塔，[乙]912 敬唯願，[乙]2296 故與隔，[元][明][宮]2053 四運流，[元]2104 奉誡約。

渁

疾：[三]206 雷雹霹。

蟲

蠱：[三]1440 壞作敷。

虫：[宮][聖]1509 等衆生，[宮]1509 者是愛，[宮]2122 也，[甲]1715 下有三，[甲]982 山王，[甲]1718，[甲]1718 蟲也入，[甲]1718 獸，[三][宮]2042 獸觸者，[宋]1342 在所生，[宋][宮][聖][另]下同 1509 飢渴世，[宋][宮][另]1509 所住有，[宋][宮]1428 水中若，[宋][元][宮]1428 草著脚，[宋][元][宮]1428 亦以障，[宋][元][宮]1430 自用澆，[宋][元][宮]1451 不過者，[宋][元][宮]1451 如何得，[宋][元][宮]1451 水時自，[宋][元][宮]1462 者隨，[宋][元][宮]1482 著波兜，[宋][元][宮]1483 噉身痛，[宋][元][宮]2040 交橫道，[宋][元][宮]2040 鳥隨啄，[宋][元][宮]2040 有八千，[宋][元][宮]2058 瘡耶宜，[宋][元][宮]2058 水悉能，[宋][元][宮]2060 蟲即肉，[宋][元][宮]2103 食樹吐，[宋][元][宮]2103 獸之文，[宋][元][宮]2121，[宋][元][宮]2121 膿血流，[宋][元][宮]2121 云何，[宋][元][宮]2121 中積五，[宋][元][宮]下同 1809 見蟲蟲，[宋][元]747 朝生暮，[宋][元]1347 藥等毒，[宋][元]1355 蟻羯拏，[宋][元]1462 觸是，[宋][元]1462 亦生，[宋][元]1810 見蟲蟲，[宋][元]2042 鹿，[宋][元]2110 蟲木或，[宋][元]2110 三百六，[宋][元]2110 尚不知，[宋][元]2122 轉看見，[宋]387 等緣於，[宋]812 蟻，[宋]1237 獸，[宋]1451 水隨路，[宋]1451 隨意當，[宋]1568 復行苦。

出：[宮]2122 行於陰。

惡：[宮]720 爛壞惡。

蠱：[宮]2103 道咒幻，[甲]1304
毒，[甲]1912 色白身，[甲]2128 今錄
文，[明]451 水呪一，[三][宮]337 狐
遮迦，[三][宮]585 狐鳴見，[三][宮]
1431 自用澆，[三][宮]2034 狐鳥經，
[三][宮]2042 毒水火，[三][宮]2122
獨樂丘，[三]945 滅報盡，[三]2154
齒一直，[聖]397 等，[另]1442 洗足
就，[宋]1264，[乙]966 鼠污，[乙]
2157 齒一名，[原]1064 毒所害。

類：[三][宮][聖]514 皆貪生。

舌：[三][宮]1462 觸男根。

蛇：[甲]1715 之屬以，[三]643
身。

生：[甲]2250 水。

狩：[聖]1435 怖師子。

象：[聖][另]1459 爲百目。

野：[三][宮]2121 狐鳥經。

由：[宮][聖][另]1463 鼠囓處。

中：[甲]897 食，[三][宮]286 羅
剎所。

寵

寄：[甲]2095 盧山隱。

龍：[元]2108 望伏惟，[原]1819
夕惶斧。

聖：[丙]2120 慈許令。

揰

拄：[原]1311 天百事。

撞：[甲]2128 刺也。

抽

搊：[三]865 擲杵等。

打：[明]2076 過抽。

拘：[明]2060 撒泉貝。

捻：[原]1112 印頂及。

押：[甲]2400 側也安。

紬

紐：[三]984 夜叉住。

細：[甲][乙]1709 數亦多。

搊

抽：[甲]874 擲杵，[宋][元]243
擲本初，[乙][丙]873 擲杵。

挣：[明][乙]、挱[甲]1225 擲請
改。

瘳

聊：[甲]1718 念佛三。

療：[三][宮]下同 292 除明解，
[宋][宮]292 除眾會。

瘦：[聖]2157 損無復。

仇

讎：[明]323 怨想婦。

讐：[三]、友[宮]322 非我友，
[三][宮]416 彼讎惡，[三]361 轉，[聖]
[另]790 者不當。

鳩：[宋][元]203。

裘：[三]2063 名文姜。

述：[明]2131 作此關。

休：[宋]1237 仇仇留。

仉：[丙]2164 驃騎。

惆

調：[聖]200 悵問諸。

周：[宮]721 惆行曠。

酬

酹：[甲]2036 辭吐精。

訓：[宮]1476 我志佛，[三][宮]397 護衆。

讐：[元][明]1579 隙爲欲。

讎：[明]1450 者，[宋][宮]、酷[元][明]754 不經苦，[元][明][乙]1092 難能，[元][明][乙]1092 害，[元][明]1092 惡相病。

翻：[乙]1866 因。

𩚯：[原]、訓[甲]1744 因不同。

就：[原]1764 惡果善。

求：[明]2103 報國恩。

訊：[三]279 對斷其。

酌：[甲]1816 先問。

稠

礙：[三][宮]1611 及無障。

綢：[三]577。

籌：[宮]2122 湯如此，[聖]99 林中住，[宋][元]1336 者用作。

調：[和]293 林菩薩。

愁

悲：[宮]374 啼哭是，[宮]1646 憂名爲，[三][宮][敦]450 苦，[三]156 如此，[三]374 苦惱逮，[石]1509 啼哭，[元][明]380 不樂恐。

和：[三][宮]280 樓提等。

悔：[宋][明]374 不息不。

恐：[三]148 王夢者，[三]156 畏其不。

苦：[聖][石]1509 惱法著。

惱：[德][聖]26 慼憂悲。

秋：[元][明]2103 蟬唒。

懸：[甲]、愁[甲]1799 所不能，[三]945 所不能。

疑：[三][宮][石]1509 言此人。

憶：[三]212 苦恐汝。

憂：[三][宮]1425，[三][宮]1425 苦乃至，[三][宮]1425 惱畏墮，[三][宮]2121 憂王問，[三][宮]2121 曰我財，[三]310，[三]374 及以無，[聖]663 惱衆苦，[元][明]227 毒三。

怨：[三][宮][聖]1579 歎故，[宋][元]220 歎苦憂。

訓

酬：[宮]2103 於往善，[甲]1512 往因故，[三][宮]2053，[三][宮]2059 抗後遇，[三]310 對不讓，[另]1721 身子之。

儔：[元][明]125 匹但所。

讎：[三][宮]2060 遂連三。

識：[甲]、詡[乙]2174。

誦：[宮]2102。

消：[三][宮]2122。

訓：[甲]1721 請之言，[甲]1763 其請意。

以：[明]1586。

壽：[明]1425 孫，[三][宮]、訓[聖]1425 亦復如，[三][宮]1425 者佛般。

綢

稠：[三][宮]2060 人廣眾。

儔

詶：[宋]212 匹彼有。

疇：[宮]263 疋出入，[宮]820 匹爲世，[甲][乙]2087，[甲]2087 命侶十，[明]310 昔所發，[三][宮]263 類從何，[三][宮]635 無等無，[三][宮]1562 一切，[三][聖]310 匹超越，[三]212 匹猶如，[聖]291 倫功德，[聖]292 匹逮大，[聖]下同 292 匹消伏，[宋][宮][聖]627 悉來供，[宋][宮]263，[宋][宮]263 乃復授，[宋][宮]292 匹一切，[宋][宮]342 匹威德，[宋][宮]403 匹假，[宋][宮]403 匹是爲，[宋][宮]495 類，[宋][宮]813 匹佛，[宋][聖]627 迭相謂，[宋][元][宮]263 類精進，[宋]202 類八萬，[宋]202 類今乃，[乙]2194 即如來。

籌：[甲]1723 時漸亦，[三][宮]2102 神明常。

其：[三][宮]2122 匹篤性。

壽：[乙]1723 三周聞。

疇

儔：[甲]2186 以下，[明]475 爲如來，[明]2087 咸被，[三][宮]586 匹是勤，[三][宮]263 類佛所，[三][宮]263 類諸大，[三][宮]285 匹聲聞，[三][宮]309 匹故如，[三][宮]318 匹，[三][宮]381 匹譬，[三][宮]460 心行所，[三][宮]585 類乃修，[三][宮]585 則爲，[三][宮]627 類迎逆，[三][宮]638 匹爲無，[三][宮]656 匹應正，[三][宮]813 匹無像，[三][宮]2102 盈，[三][宮]2122 可謂能，[三]1 匹稽首，[三]99 匹，[三]152 神依四，[三]152 也化爲，[三]152 矣替，[三]152 者復其，[三]192 侶契緄，[三]194 匹當作，[三]2087 附黨漁，[三]2087 遂不開，[元][明]、時[宮]433 疋如來，[元][明][知]567 勸發道，[元][明]202 偶何緣，[元][明]263，[元][明]263 皆是我，[元][明]291 數而，[元][明]474 爲如來，[元][明]567 轉無上，[元][明]627，[元][明]2103 相與期。

籌：[三][宮]1462 量而取，[元][明][宮]1462 量取其。

擣：[三][宮]1464 匹今與。

籌

策：[聖]211 有一小。

稠：[宮]309 量菩。

儔：[三][宮]2121。

疇：[甲][乙]913 量自力，[甲]1733 度此明，[聖]1435 量若施，[聖]1462 竟法師，[聖]1462 量令禁，[宋][宮][另]1435 量，[宋][宮]1509 量我今。

調：[聖]125 量睡眠。

法：[宮]1421 量應量。

七：[甲]1805 種如差。

是：[三][宮]1435 擯比丘。

壽：[宮]1522 量語善，[甲]1830 度惠性，[明]2131 量遠近，[宋]937 命或但。

算：[甲]2304 數不可，[三][宮]2122 良由吾。

醻

酬：[甲]1775。

躊

蹋：[宋][宮][聖]292 躇。

讐

仇：[宋][宮]334 寃。

酬：[甲]1094，[甲]1736 亦無加，[宋][元][甲]1080 等難不，[宋]1092。

僧：[聖]380 何以故。

諸：[三][宮][聖]272 難而説。

讎

仇：[三][宮]585 等心加。

酬：[宮]1545，[三][宮][丙][乙]866，[三][宮]2060 誓斷根，[三]2154 校其新，[宋]1092 讐亦皆，[乙]2157 校其新。

訓：[三][宮]1484 乃至六，[三]2154 校源流。

雔：[甲]2128 匹也，[宋][元]2061 耳衆輕。

難：[元][明]190 作是語。

怨：[三]、親[宮]2060 有功必。

丑

魗：[三][甲]951 價反下。

刀：[甲]2039 夫人出。

刃：[甲]2244 吏撰也。

刄：[甲]2128 緣反經。

田：[甲]2128。

五：[宋][元]2147 龍悔過。

尹：[甲]2128 一。

杻

持：[三]99。

那：[明][宮]2103 陽。

醜

鄙：[甲][乙]1821 陋是人，[三]196。

丑：[乙]2092 多以償。

臭：[三][宮]2045 處好食，[元][明][聖]125 弊致不。

惡：[宮]1425 腹大腹，[三][宮]263。

廣：[乙]2309 目。

好：[三][宮]1509 不求自。

魂：[宋]2122 章弁視。

配：[甲]1848 謂髮毛，[聖]643 陋。

澁：[三]125。

酸：[宮]606 變筋脈。

頑：[三]2106 陋衣弊。

相：[宋]329 貌故多。

臭

卑：[三]154 草飲以。

鼻：[三]945 與聞俱，[宋][宮]1670 香不能。

瞋：[三]、眞[宮]2122 穢從是。

見：[三][宮]345 死于地。

具：[甲]2128 聲臭音，[甲]2129 如蕪名。

貌：[三][宮]2121 也作倡。

氣：[三]1453 佛言應。

屍：[乙]2397。

屎：[三]186 而來何。

是：[三]212 惡不。

烏：[明]618 悶不淨。

息：[甲]1721 器，[三]2145 味也恨。

嗅：[宮]1486 穢常處，[甲]1007 氣或出，[三][宮]2122 風令身，[三]1656 由洟流，[宋][元][宮]1810 三有恐，[元]901 香。

齅：[三]125 香舌知。

憂：[甲]1921 如田家。

出

本：[甲]2195 生菩提，[明]2154 妙法蓮。

步：[甲]2270 高勝也，[三][宮][聖]292 十方，[三][宮][聖]1549 三昧想，[三][宮]445 如來北，[三][宮]2059 山東時，[三][宮]2059 自流沙，[三]2145 經一卷，[三]2145 雷音菩，[醍]26。

長：[三]2150 阿含見。

抄：[明]2145 生經。

超：[甲]1969 三界一。

稱：[三]202 一切唯。

成：[乙]1821 定已。

虫：[宮]244 已依寶。

辭：[三][宮]2108 家。

此：[宮]1432，[宋][元]1 要。

存：[三]2145。

大：[宮]288 而歸無。

代：[甲]2035 以武。

得：[乙]2263 故也如。

德：[元][明]425 四曰察。

等：[甲][乙]1822 違經過。

爾：[乙]1821 二無。

二：[宮]2121 樓，[甲][乙]2286 世人不，[三][宮][聖]1509 聲故名。

發：[乙]1821 好聲有，[乙]2249 電。

法：[宮]2121 曜經云，[甲]1735 道故通，[三]721 世法寂。

放：[三]187 煙焰象，[三]196 光五色。

非：[甲]2217 舉法說。

分：[甲]1202 一，[乙]2397 祕法此。

佛：[三]384 眞性法。

隔：[甲]2006 塵，[原]1987 塵埃無。

共：[三][宮]2121 迎辭說。

故：[三][宮][聖]1435 巷中行，[三]2122 埃塵當。

火：[三]2088 羅也之，[聖]2157 生經。

既：[乙]、乙本冠註曰既乖等二句諸本脫誤今依明曠疏補正 2376 乖。

頰：[三][宮]2122 大人相。

見：[甲]2263，[三]2149 三藏記，

[聖]2157 或無經。

燋：[元][明]2121。

皆：[甲][乙]2309 無。

解：[明]2149 增一。

舉：[甲]2263 四智故，[乙]2263 有部本。

卷：[三]2149 泥洹大。

空：[原]1780 有二慧。

來：[三]196 佛告迦。

離：[甲]1929。

立：[甲]1928，[甲]2230 如文爾。

列：[乙]2263。

令：[三][宮]2121 就坐又。

六：[甲]2400 云。

滅：[明]1435 去滅去，[三][宮]341。

名：[甲]1828 真見道。

明：[甲]1924 衆名者，[乙]1822。

普：[三][宮]2121 耀經第。

其：[宋]、唄[元][明][宮]2121 聲而自，[乙]1816 離。

起：[三][宮]1470 當先正，[原]2425 此一珠。

傾：[三][聖]211 沒皆。

屈：[三][宮]768 人，[乙]2376 近世有，[元][明]630 意爲人。

去：[宮]221 二地上，[宮]1433 應作羯，[明]、是趣不過何以故不來不去中趣非趣不可得故須菩提一切法趣不入不出三十字[明][聖]223 不合不，[明]1428 戶外波，[明]1450 四天，[明]2076 恐頭角，[三][宮]1515 及般若，[三][宮]1425 佛言汝，[三]

[宮]1428 彼持死，[三][宮]1428 告諸比，[三][宮]1435 還坐本，[三][宮]1435 者自，[三][宮]1451 時彼苾，[三][宮]1521 三世不，[三]153 次至母，[聖]1509 無量故，[另]1428 其夫亦，[另]1435 界外説。

却：[甲]2006。

仁：[聖]199 哀世間。

如：[宮]397。

入：[甲][乙]1822 聖道還，[甲]2035 涅，[三][宮]1425，[三][宮]2034 江取以，[三]1548 息已是，[聖]1579 息。

若：[甲]2402 出畫壇。

色：[聖]1548。

山：[宮][聖][另][石]1509 相是人，[甲]1804 坐禪今，[甲][乙]1072 四跳四，[甲]1736 空有之，[三]2154 譯者同，[三][宮]1470 五者遠，[三][宮]1648 宮殿令，[三][宮]2121 在摩竭，[三]23 山相搏，[三]2088 西印度，[聖]2157 者同本，[宋][元][宮]2060 世而雲，[宋]279，[乙]2408 家門徒，[元][明]157 王如來。

善：[宮]1521 心道言。

上：[三][宮]1536 著衣內，[三]956 火光即，[三]2122 三，[乙]2261 愛體性，[原]、上[甲]2006 誰能更。

捨：[甲]2296 俗遂爲，[三][宮]397 家能施。

涉：[三][宮]2122 沙上夷。

生：[宮]397 不滅不，[宮]721 惡業，[己]1958 土其伊，[甲]2259 其妨意，[甲][乙]1751 諸果如，[甲][乙]2223 即說密，[甲][乙]2328 等云云，[甲]1700 也謂，[甲]1718 天鼓自，[甲]1733 定是理，[甲]1733 十令入，[甲]1733 行法六，[甲]1828 受增上，[甲]1922 時，[甲]1929 無佛世，[甲]2068 市大雲，[甲]2250，[別]397，[明]1450 麁，[明]2121 草華之，[三]、世[宮]2103 勝劣明，[三]186 火火無，[三][宮]669 得佛成，[三][宮][聖]1548 捨是名，[三][宮]317 虫虫不，[三][宮]354 蓮花葉，[三][宮]357 如是風，[三][宮]397 滅雖復，[三][宮]409，[三][宮]649 中無有，[三][宮]848 諸法法，[三][宮]1428 雲翳，[三][宮]1509 譬如陰，[三][宮]2026 儀似山，[三][宮]2049 閻浮提，[三][宮]2103 妙塔乎，[三][宮]2104 天竺梵，[三][宮]2121 處世，[三]24，[三]171 泉水枯，[三]211 思正乃，[三]374 乳酪，[三]375 世善男，[三]643，[三]643 寶蓮華，[三]1568，[聖]271 生餘銅，[聖]643 五百，[聖]1509 是時閻，[宋][元][聖]310，[乙]2223 現希，[乙]912 枝乳木，[乙]1821，[元][明]310 猶如新，[原]975 無邊奇，[原]2248 忉利一，[原]2339 界等善。

失：[甲]1841 過者此，[甲]2261 此法不，[三][宮]1425 者僧伽。

土：[宮]620 諸藹吉，[元][明]99。

示：[宮][聖]1509 現於世。

世：[宮]414 法又得，[甲]1805

術故開，[甲]2036 之經爲，[明]、一[宮]1593 出世善，[明][宮]672 想云何，[明]498 家修持，[三]202 難值經，[聖]1548 界何等，[聖]2157，[宋][元]2034，[宋]2122 家佛告，[乙]2261 世道迴，[乙]2263 若無，[乙]2393 無有窮，[元]675 世間智，[元][明]26，[元]2149 雜。

是：[三][宮]2034 第一譯。

釋：[另]1721 自傷之。

受：[三][宮]2121 胎經云。

書：[甲]2271 爲軸流。

述：[乙]2263 俊法師。

水：[宋]186 王見此。

說：[宮]1521 他過四，[元][明][知]598 不，[原]2271 不定過。

天：[元]125。

土：[宮]671，[甲]2337 鎔融相，[甲]2396 重重互，[乙]2157 哀戀經。

吐：[乙]2296 二智能。

脫：[三][宮]721 如是苦，[乙][丙]2092。

挽：[聖]1427 已波。

味：[甲]2035 法華者。

悟：[元]413 於中漂。

悉：[聖]278 生寶蓮。

先：[三][宮]2122 入來去。

小：[宮]2122 更前進，[三]2149 異。

心：[乙]2249 必有多。

行：[明]1808 道三多。

言：[三]2145 曰必無，[宋]186 宮殿一。

咽：[三][宮]2058 設非其。

也：[甲]2035 簡也漢，[甲]2075 於是二。

一：[宋][元]1465 功德。

已：[三][宮]657 復入沸。

以：[甲]1724，[乙]2263 第二阿。

義：[甲]2299 故四。

譯：[明]2149，[三]2149，[三][宮]2034 與晋世，[三]2149，[三]2149 與先，[三]2153 出僧祐，[三]2153 與吳世，[三]2154 攝論同，[三]2154 新編入，[聖]2157，[元][明]2153，[元][明]2154 者共法。

因：[甲]1736 前窮源。

飲：[宮]721 或復皺。

涌：[明]101。

用：[甲][乙]2394 之也又。

由：[甲]1828 受差別，[甲]2017 得成所，[明]223 生，[乙]2263 七十二，[乙]2263 三界，[原]、由[甲]1782 見臥具。

有：[甲]、－[丙]1075，[甲]2262 我所而，[明]1669 四種水，[三][宮]278 無量清，[三]125 耳我今。

右：[宮]2122 冥報拾。

於：[甲]1821 解，[甲]2249，[甲]2249 憂根明，[甲][乙]1822 他心非，[甲][乙]2254 下地雖，[甲][乙]2263 五，[甲][乙]2328 世功德，[甲]1828 車今此，[甲]1828 見故名，[甲]1828 未出家，[甲]2195 華現山，[甲]2195 授，[甲]2195 玄贊釋，[甲]2204 寶，[甲]2217 三，[甲]2223 世實，[甲]2249，[甲]2263 牽引生，[甲]2271 如彼，[甲]2281 有體闕，[甲]2300 現於世，[乙]2249 無想天，[乙]2254 曾見決，[乙]2263 彼第八，[乙]2263 迷謬類，[乙]2396 佛，[乙]2396 三十七，[原][乙]868 我身如，[原]2208 不，[原]2409，[原]2416 本所通。

語：[甲]2299。

欲：[三][宮]1462 樂。

遠：[三]1579 離。

云：[甲]2415 不同如，[甲]2266 世聖智，[甲]1731 用義由，[甲]2183，[甲]2250 番禹以，[甲]2266 觸無，[甲]2266 離對法，[甲]2266 離正智，[甲]2266 世，[甲]2266 文十二，[甲]2266 於第八，[甲]2266 之根體，[明]1988 衆云昨，[三]2154 見長房，[三][宮]2040 大愛道，[三][宮]2121 白普首，[聖]2157 持人菩，[乙]2219 過語言，[乙]2249 極遠乃。

在：[宮]1425 家不，[甲][乙]2263 世得支，[三]190 山林中，[三][宮]2103 於此廣，[三]2153，[聖]790 於上作，[元][明][聖][石]1509 家。

戰：[甲]1722 爲義運。

彰：[三][宮]2034 雜。

者：[明]721 世法用。

正：[三]193 路。

之：[甲][乙]、－[丙]2396。

知：[甲][乙][丙]2778 也二就，[三]2154 其名三。

直：[甲]2339 生兜率。

止：[三]193 火，[三][知]418 於

諸佛，[三]13 意解意。

至：[甲][乙]2263 第三時，[乙]2261 於世依。

智：[甲]1736 現即起。

中：[三][宮]1435 則闇夜，[元][明]1441 家共賊。

眾：[原]、蒙[甲]1781 益凡有。

諸：[三]1644 家外道。

主：[和]261 俟時而。

拙：[三]618 設。

灼：[乙]2296 在經論。

自：[宋][宮]2121 乞兒發。

尊：[甲]2087 述聖導。

作：[宮]1435 爲如法，[三]277 如是言，[三]1441 阿浮呵。

坐：[宮]760 行道見，[三][宮]629，[三][宮]1435 者鹿子，[三][宮]2121 慘然怖，[元]1301 時人自。

初

安：[三]2034 元徙都。

被：[甲][乙][丙]1833 三大乘，[聖]1549 火自。

補：[甲]2196 處故與。

猜：[宋][元]264 離切帝。

禪：[三][宮]1546 禪中間，[聖]1462 淨有幾，[聖]1549 第二第。

抄：[三]2154 譯。

勅：[甲]1781 而聲聞，[三]873 句，[元][明]2103 斷佛道。

剱：[三]1 摩衣迦，[三]26 摩衣錦，[元][明]26 摩衣錦，[元][明]100 摩細。

蒭：[元]、剱[明]26 摩衣或。

詞：[原]1822 者取明。

此：[甲]1751 法下問，[乙]1723 經家叙。

次：[宮]1458 有三頌，[甲]1735 二句執，[甲]1763 四法分，[乙]1723 中有二，[原]、別[原]、一[原]、二[原]2339 門具陳。

麁：[甲]1848 現。

地：[甲]1733 釋名者。

的：[明]513。

弟：[乙]2309 子如是。

第：[甲][乙]2309 四異云，[甲]1700 一時中，[甲]1736 二，[甲]1816 六行欲，[甲]2217 二劫顯，[明]2154 四品，[乙]2157 四品異，[乙]2309，[乙]2309 一法。

動：[乙]2396 首之義。

而：[三]1301 雨墮三。

二：[甲]1735 三可知，[甲]2782 問也。

發：[宮]425 發道意。

法：[宮][聖]294 乾闥婆，[聖]410 輪若今。

方：[甲]1911 入道場。

福：[甲]1816 解見智。

功：[甲]2266 德處二，[三][宮]1442 德然而，[三]2154 辛巳甲。

故：[甲][乙]2249 盡智位，[三]2122 吳縣朱。

觀：[甲]1921 心遠。

和：[甲]2266 地十住，[三]2151 二。

後：[甲]1828 解四蘊，[甲]2218，[聖][甲]1733 仰推智，[原]1764 未到。

忽：[三]1 不復現。

禍：[聖]983。

即：[甲]2250 標契經，[甲]1782 文復四，[甲]2250 二解脫，[甲]2266 是下品，[甲]2266 隨説因，[甲]2266 爲十一。

記：[宋]2149。

交：[三]201 無所遺。

劫：[甲]1828 千佛亦，[甲]1733，[甲]1881 步果以，[甲]2266 時同已，[明]1644 起時勝，[三][宮]397 時調伏，[三]2110 記等云，[聖]190 第一譬，[聖]1509 劫，[原]2339 見禮敬。

驚：[三][宮]721 不安是。

境：[甲]、又[知]1785 又二初。

久：[甲]1816 學行未。

就：[原]1818 位。

論：[甲]2195 釋迦牟，[甲]2195 意彼聞。

祕：[甲]1781 密法故。

明：[甲][乙]1929 入位亦。

乃：[三][宮]263 值遇則。

七：[甲]1705 地已上。

祈：[宮]583 成佛道。

前：[甲]1705 中有二，[甲]1722 分明一，[甲]1736 二意以，[甲]1821 後説，[甲]1828 四句中，[甲]1828 問云昇，[甲]2296 後四句，[三][宮]2060，[乙]1736 三非器。

且：[乙]1736。

切：[宮]671 地至十，[甲]2270，[三][宮][聖]421 菩薩功，[三][宮]896 應歸命，[乙]2194 可容，[原]、切[甲]1782 唯知雖。

勤：[甲]1735 令策勤。

祛：[三]1364 觀反那。

取：[明]1520。

去：[宮]901 數反，[三][宮][甲]901 沙反下。

勸：[甲]1512 地中得，[甲]1782 離彼分，[聖]1788 歎經深，[原]、[甲]1744 受持有。

如：[甲]2227 五淨各，[甲]2270 勝論立。

上：[甲]1735 二是福，[三][宮][聖]376 語亦善，[宋]21 夜後夜。

身：[甲]2231 心行者。

勝：[甲]1816 發生四，[甲]2168 金輪佛。

師：[甲]2394 在中持。

十：[甲]1918 住即。

食：[宮]1646 不調若。

始：[甲]2401 即金剛，[甲]2196 生始習，[甲]2301 分共爲，[甲]2396 起而衆，[明]1546 入，[三][宮]397 出母胎，[聖]1721 不悟稱，[乙]2263 二句。

釋：[甲]1816 中有三。

首：[甲]2219 亦有言。

説：[甲]1816 解。

四：[甲]1735 併舉九。

所：[甲]1721，[甲]1724 釋何以，

[甲]1816 攝住處，[明]994 引生攝，
[元][明]1428 法應捨，[原]2339。

他：[原]2196 人故得。

體：[原]2196 中本有。

未：[三][宮]1547 得無壞。

武：[聖]2157 帝永初。

物：[宮]660 靜慮又，[甲]1709
一故傳，[甲]1805 上異想，[甲]1816
發心有，[甲]2775 解爲法，[明]1299
王者嚴，[三][宮]397 出三者，[三]
[宮]1425 三十事，[三][宮]2060 善經
身，[三][宮]2060 議居其，[宋][元]
[宮]2104 六諦之，[乙]2157 故爲婦，
[乙]2408 也故，[原]、[甲]1744 爲生
死。

西：[甲]2300 都張。

細：[甲]1816 觀故舉。

先：[甲]1736 正釋可，[甲][乙]
1909 發眼根，[甲]1717 約位判，[甲]
1736。

相：[甲]1782 贊曰此，[甲]2217
大乘句，[甲]2266，[乙]1709 轉。

向：[甲]2885 聞佛説。

邪：[甲]2261 法，[甲]2261 法生
天。

心：[甲]1911 又如來。

新：[甲]1781 發意菩，[三]2150
自教流。

性：[甲]1863 體用未。

興：[元][明]2108 中太。

言：[甲]1846 入正定。

仰：[甲]2249 案立此。

也：[乙]1723 見佛問。

一：[甲]1721 繫寶珠，[甲][知]
1785 從是身，[甲]1705 略開二，[甲]
1721 嘆所，[甲]1735，[甲]1811 半
行明，[甲]2196 告命二，[明]672，
[明]721，[明]2103，[三][宮]2122 年
也其，[聖]1595。

應：[甲]2262 聞此教。

又：[三][宮]2053 法師。

幼：[甲]2039 主眞骨，[三][宮]
2122 誦觀音。

於：[甲]1719 中初一，[三][宮]
1545 住上預，[元][明]310 生時彼。

餘：[明]1458 之四戒。

元：[三]2149 寺沙門。

約：[甲]1821 欲，[甲][乙]1821
離欲染，[甲][乙]1822 遠離得，[甲]
1736 即經深，[甲]1816 分齊得，[甲]
2270 行相別，[甲]2339 住自分，[甲]
2366 位釋者，[乙]2249 一地中，[原]、
原本註曰壽云約字准義燈二本當作
却 2339 談未成，[原]2262 此不然，
[原]2333 果依首。

載：[宮]2034 出見聶。

正：[甲]1863 因前後。

之：[甲]、云[乙]2263 釋深可，
[甲]2230 門。

知：[甲]2266 初二説，[甲]2269
也。

中：[元][明]2154 沙門法。

終：[元][明]1509。

諸：[宮][甲]1912 教展轉，[甲]
1828 行，[甲]2215 方中東，[甲]2219

菩薩者，[甲][乙]1822 百年，[甲]1729 名下依，[甲]2219 住地之，[甲]2262 淨妙，[甲]2266 獲，[明]1000 序品光，[聖][另][甲]1733 地之，[乙]1821 受生此，[乙]2426 法明。

住：[甲]1816 處後結。

自：[三][宮]2109 開闢迄。

總：[甲]1813 結同制，[三][宮]2066 會遇慈。

尊：[甲]2337 說三乘。

嘚

芻：[三]10865 囉。

樗

撍：[宋]157 滿十三。

榻：[聖][另]1428。

除

阿：[另]1442 時。

報：[三][宮]1428 怨怨。

陳：[甲]1782 正理二，[原]1782 最。

持：[和]293，[甲]904 內外所，[明]267 其方便，[明]1428 去應取，[元][明]2016 五。

滁：[宋]2061 州華山。

得：[三][宮]683 愈又可。

牒：[甲]2266 於誰既。

毒：[甲]2174 毒療病。

斷：[宮]374 一切諸，[甲][乙]1866 心等四，[甲]1710 衆生輕，[甲]2217 也，[甲]2312，[三]99 苦以慧，[三][宮]1550 除煩惱，[三]125 心五結。

墮：[三][宮]2042 落王聞，[另]1442 捺洛迦。

惡：[三]1331。

畫：[聖]1435 作女像。

浣：[甲]2269 破戒垢。

穢：[三]1 無人瞻。

祭：[宮]671 亦無縛。

際：[宮]278 諸虛，[宮]397 攝取受，[宮]421，[宮]1604 無知故，[甲]1120 復想供，[甲]2299 者多分，[甲][乙]1822 佛所餘，[甲][乙]1866 即是菩，[甲][乙]2309 四月從，[甲]1735 故法爾，[甲]1828 老死唯，[甲]1828 生已，[甲]2219，[甲]2837，[甲]2901，[三]99 故名爲，[三]1031 一切有，[聖]285 盡衆惡，[聖]291 勞塵病，[聖]292 者宜當，[聖]1509 五衆則，[宋][宮]1509 生滅相，[宋][明]921 地過患，[宋][元]220 疑惑猶，[宋]246 前所有，[乙]2261 故入二，[乙]2261 故字身，[元][明][宮]1552 去皮血，[元]1565 無二際，[原]、際[甲]1781 畔稱實，[原]1856 之而無，[知]1579 一切彼，[知]1579。

濟：[元]639 比丘毒。

夅：[明]316 諸魔怨。

降：[宮]263 棄若使，[宮]310 我其義，[宮]636 三千中，[宮]1507 差又使，[甲][乙]2174 伏惡怨，[甲][乙]2223 遣故云，[甲]864 魔金剛，[明]991 滅一切，[三]201 爾時彼，[三][宮][聖]397 諸怨於，[三][宮]414 怨國界，[三][宮]606 外諸憂，[三][宮]625 衆魔阿，[三][宮]627 棄一切，[三][宮]890 諸衆生，[三][宮]1607 煩惱障，[三][宮]1650 煩惱善，[三][聖]125 外敵來，[三][聖]1440 滅惡心，[三][乙]953 一切毒，[三]197 凶愚調，[三]212，[聖]158 五蓋謂，[宋]6 欲怒癡，[乙]867 令失命，[乙]1796 故，[乙]1816 滅煩惱，[乙]1978 佛莫能，[乙]2397 金剛利，[元][明]200 愈，[原]、降[甲]1744 生死果，[原]2196。

結：[甲]2392 及印身。

解：[甲]1924 而不知。

淨：[甲]斷[乙]2263 生滅患，[原]2416 豈非圓。

俱：[三][宮]310 箭在。

懻：[三]186 猶如劫。

決：[三][宮]、質[聖]754 我疑并。

恐：[乙]1796 彼無明。

離：[元][明]418 憍慢不。

隸：[甲]2400。

療：[三][宮]1530 一切煩。

落：[三][宮]2034 紹繼釋。

迷：[甲]1828 苦果由。

滅：[甲]973 所求如，[甲]1041 三昧現，[甲]2408 無量交，[三][宮][聖]586 一切惡，[三][聖]643 隨其所，[三]1154 即得生，[石]1509 如難。

破：[明]997 有情諸。

遣：[三][宮]1458 若有病。

求：[宮]2104 渴乏。

去：[明][聖]663 一切憂。

染：[丁]2244 妻子卒，[宮]1558 前相，[甲]1816 行不能，[甲]2261 淨差別，[甲]2305 因，[原]、染[甲]1782 故立以。

如：[明]1459 懈怠斷，[明]1571 邪願。

捨：[三][宮]649 憍慢常，[原]1840 佛比量。

深：[甲]1828 是自性，[甲]2434 意而，[甲]1816 住無想，[甲]2299 重罪理，[乙]2249，[原][甲]1851 信清淨，[原]1851 隱故名。

生：[和]293 厭怖安，[三][宮]1545 老死應。

勝：[甲]2262 自然生。

殊：[甲]2328 即是其。

雖：[甲][乙]1816。

隨：[甲][乙]2254 心王故，[甲]1823 心王上，[甲]2266 所欲入，[明][宮]1550 色界欲，[明]222 鬚髮而，[三][宮]1542 滅道智，[三][宮]2122 其厄。

他：[明]1636 世間利。

殄：[三][宮][甲]2053 應生欣。

頭：[三]190。

徒：[三]1336 奇反稽。

途：[甲]、永[乙]1909 斷所悔，[三]2103 有。

涂：[甲]2128 聲也。

塗：[三][宮]1509 瘡若其，[三][聖]1 臭處。

脫：[元][明]489 一切煩。

謂：[乙]1821 阿羅漢。

無：[明][甲]997 諸病苦，[三]157 聲聞。

悟：[宮]847。

隙：[元][明]610 無知彼。

下：[宮][甲]1805 所引不，[三][宮]1435 風氣五。

險：[宮]1425，[三]2122 不令入。

想：[三][宮]1435 滅欲熱。

消：[甲][乙]1258 滅蟲狼，[甲]1736 滅如見，[明]1153 滅，[三][宮]606 之。

修：[甲]1929 二，[元][明]、際[宮]598 志大乘。

徐：[甲]1998 顯謨稚，[甲]2400 審記從，[甲]2792 行僧若，[明]1172，[三]2154 併殯衣，[宋][宮]、陰[明]2060 入便自。

陰：[宮]2122 前乃至，[宮]309 塵穢照，[宮]309 永去心，[宮]353 一切苦，[宮]1546 眼根諸，[甲]2299 之以是，[別]397 病者藥，[明]293 靡不誠，[三][宮][聖]1541 餘受，[三][宮]397 罪反言，[三][宮]606 冥，[三][宮]1543 盡聖諦，[三][宮]1546 一，[三][宮]2034 持入或，[三][聖]125 不牢，[三]1 無放逸，[三]26 欲捨離，[聖][另]1543 五見諸，[聖]1463 病一切，[另]1543 苦根瞋，[另]1543 入八一，[另]1548 正語正，[宋][元][宮][另]1548 色入餘，[宋]602 罪諸來，[元]1546 去色想，[原]、[甲]1744 一切苦。

余：[甲]2266 善。

於：[甲]2263 此三千，[三][宮]、一[聖]627，[宋]374 煩惱，[元][明]1509 亂求定。

餘：[宮][甲]1804 人罪者，[宮]328 無所藏，[宮]1509 無相，[宮]1542 通行所，[宮]1545 二法智，[宮]1545 現在觀，[宮]1546 定初剎，[宮]1810 伴二三，[甲]、預[甲]1816 棄天親，[甲]1805 三十一，[甲]1828 五分，[甲]2204 所以故，[甲]2250 法又須，[甲][乙]1822 等流無，[甲][乙]1822 二果修，[甲][乙]1822 法，[甲][乙]1822 聲述生，[甲][乙]2259 問且除，[甲]1239 或四十，[甲]1816 如次前，[甲]1828 三緣故，[甲]1924 染故染，[甲]1929，[甲]2266 皆所等，[甲]2266 散心至，[明]、陰[聖][另]1435 入比，[明]1458 出罪餘，[明]1541 心隨轉，[明]1562 世俗加，[明][乙]1092 差若摩，[明]266 貪恚癡，[明]374 二端不，[明]397 義，[明]670 習煩惱，[明]1299 一六除，[明]1648 泥洹四，[三][宮]1541 色無色，[三][宮]1545 煩，[三][宮]1648，[三][宮][聖]1425 黃門者，[三][宮]313 毒藥其，[三][宮]670 自心妄，[三][宮]1462 答問不，[三][宮]1509 結都盡，[三][宮]1525 貪，[三][宮]1545 憂信，[三][宮]1546，[三][宮]1546 喜覺，[三][宮]1551 報，[三][宮]1558 彼覺便，[三][宮]1563 彼覺仍，[三]1545 欲界，[三]1579，[三]1579 聲云何，[聖]1585 障而證，[聖][另]1548 名，

[聖][另]1548 名未知，[聖]125 淨居天，[聖]397 尼毘伽，[聖]1581 斷而數，[宋][宮]1509 結使是，[宋][元][宮]1562 相應餘，[宋][元][宮]2103 毀狀但，[乙]1796 四大弟，[乙]2782 本生宣，[元][明]2125 破戒之，[元]1458 夢中者，[原]、[甲]1744，[原]、餘[甲][乙]1821 味等一，[原]1829 蓋總斷，[原]1821，[原]2003 蹤迹於，[原]2339 三異門。

與：[三]125 屎。

浴：[三]1331 身體著。

愈：[三][宮][聖]383 又於世，[乙]1246。

障：[丙]2231 亦名摧，[甲]2410 名障，[甲]1830 兼餘煩，[甲]2217 三昧見，[三]1104 是一切，[乙]1816 一向不。

遮：[甲][乙]2263 此理別。

之：[乙]1909 恐脫有。

治：[甲]1718 惡無漏，[丁]1831 彼說無，[三][宮]1597 此疑說，[三][宮]2053 地設壇。

誅：[三][宮]2123 滅因太。

諸：[明]945 度相迴，[明]1340 疑網，[三][宮]374 煩惱世。

住：[明]220。

罪：[三]865 諸罪最。

芻

苾：[宮]1435，[宮]1435 摩國爾，[宋][元]30 河悉皆。

芻：[甲][乙][丙]1098 僧寶敬，

[三]152 兒即爲。

艻：[宮][聖][另]1435 麻，[聖]1425 摩衣拘。

脾：[明]1336 摩脾蛇。

芡：[宮]397 叉。

樞：[甲][乙]1069。

蜀：[明]901 上音。

無：[元]1442 問言具。

養：[三][宮]2122 馬。

厨

幬：[宮]1425 後比丘，[明][宮]1428 佛言聽。

顧：[甲]2168 經一卷。

芻

菩：[明]261 讖摩耶。

瑟：[乙]2394 沙摩等。

樞：[三][甲]901 沙摩跋。

幮

厨：[聖]1421 敷經行。

鋤

褐：[甲]1700 爲最大。

斅：[乙]2087 殄滅毀。

蹹

跙：[三][宮]2122 躝未及。

跬：[元][明]152 步，[元][明]152 步之間，[元][明]708 步少。

蝪

蛛：[甲]2778 結網亦。

雛

鄒：[三][宮]2122 山頭髣，[三]2103 孟劇談。

躕

踷：[明]2131 於小逕，[三][宮]2053 必覺異。

杵

持：[甲][乙]2390 地但無。

衦：[明][宮]1451 石須聽，[三][宮]1451 石便詣。

剛：[甲]2219 及心持。

格：[三]1227 立壇置。

海：[三]、沒[宮]2123 今者王。

挺：[乙][丁]2244 萬代。

相：[明]1598 或説如。

朽：[明][宮][聖]1462 魔朽陀。

印：[三]873。

仗：[宋][宮]、杖[元][明]673 槌弩斧。

杖：[三]1331 碎頭作。

種：[三][宮]1509 常給疊。

柱：[原]973 長。

作：[甲]909。

楮

褚：[三][宮]2122 木作像，[三]2151 善信等。

楚

梵：[甲]2132 書曰胡，[三][宮]813 十七此，[聖][甲]1733 云斫迦，[聖][另]765 毒垂終，[元]2103 服固同。

禁：[聖]1579 謂依棘。

荊：[三]2145。

苦：[明]1442 毒。

惱：[三][宮]451。

撻：[乙]1909 捶縛有。

越：[三]、一[宮]2103 膽未足。

褚

補：[宮]2059 伯玉爲。

猪：[乙]2207 六反即。

儲

雠：[三][宮]309 亦如地，[三][宮]309 遭苦惱，[三][宮]309 二親等，[三][宮]309 平等視。

除：[明]17 耗盡。

擬：[甲]2307 報謝而。

其：[三]100 有亦復。

設：[乙]2218 釋合，[乙]2218 教非。

謂：[甲]2068 乎世尊。

諸：[三][宮]2060 畜率命，[聖][另]1451 君太，[元]2103 酬答蔡。

貯：[聖]1428 積衆，[宋]1014 積。

礎

跌：[宋]1045 邊下作。

閣：[三][宮]721 是。

尋：[知]741。

礙：[三][宮]2122 甚爲妨。

怵

休：[聖]211 惕懼。

詆：[元][明]、林[甲]2087 邪。

俶

倜：[三]2110 儻春秋。

畜

傍：[三][宮]1602 生終不。

殘：[宮]1431 藥。

僃：[宮]1421。

搐：[明]1330 搦腹内。

滀：[聖]1440 積既多。

當：[三][宮]741 給驅使，[宋][宮]、共[元][明]1430 同止宿。

佛：[三][宮]2123。

近：[三][宮]397 妻婦不。

看：[三][宮]1425 此。

留：[元][明]1435 水器又。

生：[甲][丙]2381 生不見。

獸：[三]375 尊卑差。

貪：[宮]2028 弟子不。

土：[宋]1562 命餘所。

蓄：[甲][乙]2393 如比丘，[三][宮]263 無量寶，[三][宮]1536 應速斷，[三][宮]1579 積珍財，[三][宮]2053 發願造，[三][宮]2102 積，[三]2063 意志，[元][明]46 遺餘道。

積：[三][宮]263 無量，[三][宮]310 行身肉。

玄：[甲]2207 也禮記。

言：[宮]1425 生。

以：[三][宮]1425 杖絡囊，[元][明]2122 四毒蛇。

衆：[宮]901 生所有，[甲]974 生罪苦，[明]125 生之類，[明]264 生若狗，[宋][宮]1509 生得百。

囑：[三][宮]、屬[聖][另]1442 已隨意。

著：[三][宮]1428 爾時佛。

作：[元][明]1428 覆瘡衣。

處

愛：[宮]638 譬如飛，[甲][乙]1822 即謂受，[甲]1733 者一理，[三][聖]210，[另]1543 有想無。

礙：[三][宮]303 六不退，[三][宮]721 獨無餘。

輩：[三]25 有。

彼：[宋][元][宮]1428。

便：[明]312 無邊聲，[三][宮]2103 聽。

變：[元][明]2103 弗可與。

塵：[甲]1736 有四。

成：[甲]2312，[明]1441 取衣不。

出：[明]658 母胎多。

麁：[甲]2266 無別故。

帶：[三][宮]2060 伽藍不。

道：[三][聖]311，[聖]1579 所。

地：[甲]2227，[甲][乙]2263 故此即，[三][宮]721 彼以聞，[三][宮]721 即以聞，[三][宮]1428 大小便，[元][明]664 無所乏。

等：[甲]2217，[聖]586 空閑聚。

定：[甲][乙]2390 也無有，[三]、一[聖]223 八背捨，[元][明][宮]614 念無，[原]2248 四禪脫。

毒：[三][宮]811 罪滅蓋。

度：[宮]309 便能成，[甲]2339 攝展轉，[三][宮]381 一切行，[乙]2390 隨事誓。

對：[甲]1839 至義成。

惡：[三][宮]1484 悉。

法：[三][宮]1581 安置善，[三][宮]1599 所所行。

分：[明]1452 同前有。

佛：[三][宮]310 及，[乙]2391 加。

覆：[甲]904 所乃，[三]1648 不著如。

各：[三]202 異國隨。

根：[甲][乙]1822 畢竟斷。

更：[甲][乙]1822 得戒羊，[甲][乙]1822 互爲因，[甲][乙]1822 決，[甲][乙]1822 生而於，[甲]1733 無退捨，[甲]2259 善巧安，[乙][丙]1074 皆然。

宮：[三]2053 不知得。

廣：[甲]1709 彼文具。

何：[三][宮]2043 處説聽，[三][宮]2121 處求。

後：[三][聖]157 人壽三，[宋][元]1458。

護：[宮]278 晝夜常。

惠：[乙]2249 等文。

會：[三][宮]278 若在危。

慧：[三]26 正定及。

急：[宮]1435 者。

疾：[明]221 愈薩陀。

集：[聖]2157。

跡：[三]152 一蓮。

家：[丁]2244，[宮]310 詐宣王，[宮]657，[甲]、室[乙]1250 結壇及，[甲][乙]2397 之用故，[甲]1709，[甲]1828 自，[甲]2270 舂穀簸，[明][和]261 慣習不，[三][宮]397 自用如，[三][宮]434 乃至，[三][宮]1425 不名爲，[三][宮]1435 都無所，[三][宮]2034 居，[三][宮]2108 殊，[三][宮]2122 空乏何，[三][宮]2123 舍宅當，[三]125，[三]125 恒以平，[三]186，[三]192，[三]397 還已乃，[三]1426 除衣時，[三]1452 時有老，[聖]225 本寂者，[聖]1509 於諸佛，[另]1442 無，[宋][元][宮]1425 問時不，[乙]1269 印法并，[乙]2244 不能爲，[乙]2249 或二天，[乙]2427 纔見曼，[元][明][宮]403 皆度生。

見：[乙]2263 諸尋伺。

教：[三][宮]221。

解：[甲]2337 悉。

界：[甲][乙]1822 見種種，[三]220 空虛非，[三]154 皆空無，[三]154 罪蓋，[乙]1821 者由此。

經：[敦]1960 即置具，[甲]1828 後次第。

敬：[元][明]2149 經三卷。

居：[宮]2112 其，[三][宮]2104 其薄處，[三][聖]125 雖，[乙]2207 若居舍。

慮：[甲]2266 説如。

劇：[三][宮][聖]224 難法師，[三][宮]1474 賊心念，[三][宮]1545 苦佛不，[宋][宮]811 則不爲。

據：[和]293 金輪上，[甲]、處
[甲]1781 疾不，[甲][乙]2254 可尋之，
[甲]1828 自相故，[甲]2266 今觀八，
[甲]2266 實合亦，[三][宮]2029 設乖
謬，[聖][甲]1763 體相作。

遽：[甲][乙]2218，[三][宮]607
常老，[乙]2218 於。

卷：[甲][乙]2263，[甲][乙]2263
本疏。

空：[甲]1828 處處亦。

類：[三][宮]606。

理：[乙]1832 無明，[原]2212 不。

靈：[甲]1851 融名爲。

六：[明][宮]1461 憐愍此。

漏：[元]1435 待男子。

盧：[聖]1425 告言汝。

露：[元][明][宮]552。

慮：[甲]1873 中，[明]220 無所
從，[明]1562 誰，[明]1544 十六，[明]
1544 無遍處，[乙]1821 思惟得。

麼：[宮]1998 懺悔雲。

尼：[宋][元]1558 生立非。

凝：[元][明]291 普於佛。

其：[明]293 在經行。

起：[宮]632 人與非，[明]681 如
空宅，[明]1562 流轉衝，[三][宮]637
化爲作。

虔：[宮]2078 州法藏，[甲][乙]
966 恭長跪，[明]983 頂上散，[三]
2154 世承和，[宋][元]2061 心禮。

慶：[宋]2154 國賓王，[宋][宮]
754 常以筋。

娶：[三][宮]1425 今用來。

去：[三][宮]1459 牽出。

趣：[甲]1960 豈有轉，[甲]2217
悉如是，[明][宮]279 或名調，[明]626
所以者，[明]682 見之謂，[明]1538
床座，[明]1674 天人畜，[三][宮]649
彼等求，[三][宮]2123 得，[元][明]
1579 無餘依，[元][明]212 何處時。

權：[甲]1719 一事任。

然：[甲]1816。

如：[甲]1828。

入：[三][宮]223 十八界，[三]
[宮]283 虛空六，[三]1485 觸受愛，
[聖]1509 十八界，[石]1509 十八界。

若：[元][明]1425 不善者。

三：[甲]954 處頂舌。

色：[甲]1823 中色處，[甲]2266
空無邊，[乙]、處[乙]1822 有形若。

山：[甲][乙]2309 緣此識。

上：[三][宮][甲]901 莫放穀。

身：[原]1250 變相令。

生：[宮]848 眞言曰，[甲][乙]
2250 文舊論，[三][宮]397 處應受。

聲：[三][宮]721 共天女。

盛：[三][宮]1543 中中便。

失：[甲]1731 也，[元][明]1579 煩
惱能。

食：[三][聖]189 食訖須。

時：[宮]1589 等義成，[三][宮]
1458 皆誦伽，[三][宮]1442 偷船事，
[三]101 坐已一，[三]210 自受大。

實：[甲]1828 得緣下。

識：[甲]2266 非餘五。

士：[甲]1731 共論本。

事：[三][宮]1545 作苦集，[聖]1425 是男子。

是：[明]1541 天是名。

視：[甲]1781 資爲弟。

受：[甲]、愛[乙]957 隨順勝，[甲][乙]1822 中戒，[甲]1709 生說依，[甲]1821，[三][宮]1461，[三][宮]1549，[三]2122 胎六年，[聖]1458 不應安，[乙]2263 云云既。

疏：[甲]2263。

屬：[元][明]657。

恕：[三][宮]403 之心在，[元]403 當心所。

數：[三][宮]1547 如樂痛，[原]2339 忘失如。

說：[宋][明][宮]1509 五者遠，[宋][元]1646 處經中。

宿：[乙]2244 皆令生。

所：[丙]2381 三界火，[甲][乙]1822 攝證我，[甲][乙]1821 故果謂，[甲][乙]1822 幾時，[甲][乙]1822 得而所，[甲][乙]1822 明孤地，[甲][乙]2254 學之處，[甲]1709，[甲]1728 胎說法，[甲]1813 呵責是，[甲]1813 經云盜，[甲]1813 行是菩，[甲]1816 此中有，[甲]1816 已下乃，[甲]1828 喻無學，[甲]1828 作曾所，[甲]2218 證理，[甲]2263，[甲]2266 現土而，[甲]2339 未陳述，[三][宮]1458 以惱於，[三][甲]901 却住一，[三]1 施，[乙]、處位[甲][乙]2263 後所有，[乙]1772 即於本，[乙]1821 此一支，[乙]1821 又云復，[乙]2263，[乙]2263 明盛四，

[乙]2263 生豈非，[乙]2263 説集論，[原]2425 有處天。

天：[甲]2266 中須迴。

突：[聖]1462 作十畫。

土：[甲]1724 有文答。

王：[三][宮]2121 告吏臣。

威：[宮]262 百千萬。

爲：[宮]385 三有，[三][宮]1554 聖，[知]384 下座彼。

文：[甲][乙]2263 依中間，[甲]1828，[原]2208 又無約，[原]2410 合掌。

聞：[三][宮]2122 來於是。

問：[另]1442 皆悉白。

臥：[元]1421 是歡。

勿：[宋][元][宮]2060 道人不。

物：[乙]1736 不相容。

相：[甲]2309 已，[另]1509 自行檀。

想：[元][明]1549 所或作。

心：[三][宮]223 十五者，[三]1559 後入阿。

行：[三][宮]232 非不。

虛：[宮]310 空於意，[宮]1589 一切，[甲][乙][宮]1799 妄本非，[甲]1839 空云何，[甲]2255 空可知，[甲]2270 構，[甲]2299 空爲地，[明]2131 空定，[三][宮]1425，[三][宮]385 空作十，[三][宮]585 空相，[三][聖]190 覓阿羅，[三]192 順而心，[三]1569 空中有，[聖][知]1581 謂虛空，[石]1509 應當沒，[宋][宮]810 亦如虛，[宋]395 三塗之，[乙]1736 謬是曰，

[元][明][宮]310 不可議，[原]、虛[甲]2006 處靈，[原]2001 擡脚易，[原]2248 構成緣。

熏：[乙]2263 四大也。

嚴：[三][宮]1592 滅故念。

要：[甲]2397 自在普。

也：[甲]1775。

業：[明]721 常貧常。

已：[三][宮]1462 心。

意：[甲][乙]1822 起一加，[甲]2409 耶師云。

義：[甲]2266，[明]201 不覺死，[宋][元][宮]1506 因答，[乙]2263 不，[原]、[甲]1744 涅槃者，[原]2263 皆順，[原]2281 欲。

隱：[宮]309，[三][宮]1547。

應：[宮]1552 所緣，[甲]1042 當觀察，[明]1546 作四句，[三][宮]1443 先。

餘：[乙]2263 處中四。

獄：[三]721 甚熱亦。

緣：[三]1545，[聖]1579 我若於，[乙]1821，[元][明]1558 事剎那。

約：[甲]1828 生對有。

樂：[三][宮]1548 在林藪，[聖]190 清淨諸。

雲：[聖]1451 諸有所。

哉：[宮]1464。

在：[甲]1736 人而，[三][宮][聖]292 後宮，[三]152 禽，[三]186 十八教。

障：[聖]1425 若講堂。

者：[甲]2087 也其南，[三][宮]544 而誹謗，[聖][宮]1425 成就十，[聖]1509 當學般。

之：[甲]2300 疑問世，[三][宮]2122 故。

支：[甲][丙][丁]1141 即成法，[甲]2263，[甲]2305 有種種，[甲]2775 國初將。

知：[甲]1782 且隨世，[甲]1828 諸法從。

至：[丙]1823 也又論。

中：[甲]1736 乃至。

種：[三][宮]223 一切法，[三][宮]1462 七日復。

衆：[甲]1792 與某處，[甲]2217 一字矣，[三][宮]397 一切三，[三]136，[三]635 其限不。

諸：[三][宮]1545 法中非。

住：[甲][乙][丙]2396 四神，[甲][乙]2317 中者謂，[甲]1735 故初四，[三][宮][聖]586 寂滅性，[三][宮]403 無爲以，[三][宮]672 於義成，[聖]99 云何不，[元][明]1545 時若依。

准：[乙]2249 寧無等。

字：[宮]659 菩薩不，[乙]1796 門。

足：[三][宮]286。

坐：[三][宮]1425 屏處坐。

絀

黜：[元][明]2108 以爵山。

傗

畜：[聖]350 堅住不。

閦

側：[宋]190 塞。

閣：[宮]1546 花子次，[甲]2401 云云注，[明]2034 佛刹諸。

斷：[宮]1912 佛。

門：[宮]647 塞周遍，[明]2154 佛國經。

闕：[甲]1512。

聞：[宮]891。

闍：[甲][乙]894 囀囊娑。

闕：[甲][乙]2408 伽器之。

黗

紬：[另]790 遠雖有。

點：[宮]2060，[宋]2087 諸異學。

非：[明]2087 所聞敢。

默：[甲]2087 陟幽明，[明]1421，[三]1 汝，[聖]1433 者而罰，[宋][元]2122 三張之。

觸

卑：[甲]2792 等至心。

鼻：[宮]721 若見色，[聖]1552 入如是，[另]1548 非苦非。

撥：[三]、癈[宮]1476 殺毘陀。

朝：[甲]1863 妙高拔。

稱：[宮]660 時及供，[乙]1821 名爲量。

持：[三][宮]1435。

處：[甲]2266 觸。

淳：[宋][元]1441 餘女人。

得：[甲][乙]1822 唯許緣。

等：[宮]657 即，[宮][聖]675 無貪欲。

觝：[三]203 婢婢緣，[元][明]383 蹈之其。

獨：[甲][乙]1822 言性餘，[甲]894 洗左手，[甲]895 洗左手，[甲]2261 害，[甲]2266，[三]2122 緣之境，[三][宮]2103 即諸律，[三]649 證於諸，[聖]26 生身心，[宋]1537 證故名，[宋]1579 祇奉成，[元][明]837 上菩提。

髑：[三][宮]611 髏相連。

罰：[甲]1805 彼因若。

佛：[三]1428 如來但。

干：[甲]2006。

故：[三][宮]1646 引經非。

觀：[三][宮]1462 處住至。

即：[甲][乙]1821 五根及。

角：[宮]721 四名割，[聖]1462 不分別。

解：[宮]1451 尊顏唯，[宮]1548 六入名，[甲]、觸[甲]1796 受之義，[甲][乙]957 瑜伽珠，[甲]1828 云若生，[甲]2266 支中叙，[甲]2392 印，[三][宮]647 一切覺，[三]1646 故，[三]2145 章叙常，[聖]1537 以六處，[聖]1579 意，[另]1548 苦受名，[宋][元]1581 風日衆，[宋]2103 事無爲，[元]2016 如來光。

脛：[聖]1441 骨偸羅。

躅：[三]1563 無間罪，[聖]1539 受思想，[原]1870 少分遠。

離：[甲][乙]1822 故亦成。

能：[甲]2250 文光，[甲]2266 引

等者。

溺：[乙]1821 等又許。

起：[三][宮]2123。

融：[乙]2408 普賢得。

色：[三][宮]1547 入所攝。

攝：[三]485。

身：[三][宮]603 法是爲，[元][明]220 界乃至。

識：[明]1539 所生，[三][宮][聖]223 因緣生，[三][宮][聖]1509 因緣生，[三][宮]223 因緣生，[聖]1509 因緣生，[宋][明][宮][聖]223 因緣生。

疏：[甲]2281 上下文。

束：[甲]2075 非無遍。

誦：[甲][乙]2391 之作塗。

通：[宋][元]603 所更六。

蝎：[三][宮]374 螫雖有。

續：[甲]2249 但。

議：[宋][明][宮]223 因緣生。

勇：[原]2196。

猶：[宋][明]271 如天衣。

緣：[甲]1821 所生諸，[乙]2391 地契。

約：[甲]1733 實修治。

燭：[明]312 各各於，[明]312 乃至如，[宋][明]220 四，[宋][明]220 作諸事。

酌：[乙]2249 情作耳。

濁：[甲]2129 其尾考，[三][宮][石]1509 念觸，[三][宮]1546 所以令，[三][宮]2103 斯乃。

足：[乙]1821 故至惱。

矗

直：[乙]2192 路能。

欻

熾：[三]720 然慧炬。

愴：[元][明]2059 然歎曰。

忽：[三][宮]2121 起邪想，[三][宮]2121 一日發，[三][宮]2123 然還活。

剡：[元]2122 覺起坐。

欻：[明]1563 然總滅，[明]1563 復生疑，[明]2102 而生，[明]2123，[宋]、忽[元][明]2122 然驚喜。

欲：[三]212 生此念，[三][宮]2060 然滿佛，[元]1579 然生起。

鳩：[三][宮]2122 然。

揣

搏：[宮]376 食唯諸，[宮]376 食增其，[甲]2186 食者爲，[明]212 食，[三][宮]1646 食者若，[三][宮]325 之食或，[三][宮]345 食隨時，[三][宮]374 食識食，[三]125 食二者，[三]210 食，[三]212 食，[三]311 食受尼，[三]374 食有如，[聖]、搏[宮][聖]397 修此難，[宋]、搏[元][明]157 食等以。

傳：[元][明]658 食。

榑：[宋]、搏[元][明]374 此大。

擩：[甲][乙]859 土時亦。

瑞：[甲]2128 度也説。

啑：[三][宮]2121 食涅槃。

湍：[三][宮]379 聚有眼。

搏：[宮]272 食觀受，[久]1488

麨命不，[三][宮]302 食施於，[三]
[宮]354 食天，[三][宮]354 食於彼，
[三][宮]1421 別著一，[三][宮]1421
飯遙擲，[三][宮]1546 土須彌，[三]
[宮]1547 食謂，[三][宮]1547 食婬愛，
[三][宮]2121 食樓炭，[三][宮]2121
與狗一，[三][宮]下同 354 而食之，
[三][宮]下同 2121 飯分狗，[三]125
要當歸，[三]201 食過患，[宋]、搏
[元][明]212 食善樂，[宋][元]、搏[明]
212 食善樂。

團：[三][宮]、槫[石]1509。

摭

揥：[甲]1821 此。

啜

歠：[宮]1537 如上諸。
吮：[三][聖]1579 飲等名。

踹

喘：[宋]2061 而不敢。
腨：[三]、[聖]190 脛猶如，[三]
[宮]721 非我身，[三][宮]721 者復
有，[三][宮]1526 髀，[三]190 如鹿
王，[三]2125 及足並，[三]2125 亦
得此。

川

村：[宋][元]1536 大火焰。
國：[三]2059 時符。
河：[甲][乙]2228 大，[甲]2217
點云，[甲]2371 等皆成。

流：[乙]1723。
山：[甲]2128 拙反下。
水：[甲]1848 澄舉隨，[甲]2270
中陽焰。
順：[宮]2060 陸之顯。
圍：[三][宮]2122。
州：[甲]2035 東西千，[明]2087
城行三，[三][聖]2034 沙門釋，[三]
2060 秦陵故，[乙]2263 傳。

巛

坤：[三][宮]2121 之仁普，[三]76
其。

穿

罕：[甲][乙]957 能量具。
寄：[甲]1921 珠忽遇。
穽：[甲]1813 罥網，[甲]2129 也
考聲。
空：[甲]2261 鑒見知，[宋]2123
納縷則。
窂：[甲]1705 七鐵鼓。
冥：[三]607 慧者如。
牽：[明]2122 鼻牽行。
窮：[三][宮]606 漏不斷。
窾：[元][明]421 如是所。
取：[三]1534 常新華。

舡

般：[宋]、船[元][明]1053 筏破
壞。
舶：[明]1450 取種種。
船：[甲]1969 上，[甲]2000 不恁

麼，[甲]2036 觀音菩，[甲]2017 又如今，[甲]2036 達岸域，[甲]2036 尾可乎，[甲]2036 之難者，[明]1187 筏真實，[明][和]261 載功德，[明]1450 而來從，[明]1450 破并諸，[明]1450 入海到，[明]1636 筏，[明]1636 筏往來，[明]1636 舫處大，[明]1636 主令涉，[三]220 同行一，[三]220 已方牽，[三][宮]1646 喻故知，[三][宮]2102 守株固，[三][宮][聖]223 彼學我，[三][宮][聖]1464 爾乃，[三][宮][聖][另]1428 亦如是，[三][宮][聖]1421 遊行或，[三][宮][聖]下同 1443 林樹皆，[三][宮]386 欲沈法，[三][宮]401 亦，[三][宮]639 所謂速，[三][宮]720 度於結，[三][宮]1428 上不，[三][宮]1435 若上，[三][宮]1435 載諸比，[三][宮]1435 至薩，[三][宮]1443 在彼岸，[三][宮]1464 若大節，[三][宮]1646 得正見，[三][宮]1648 者除漏，[三][宮]2060 往造建，[三][宮]2123 方得度，[三][宮]下同 1435 十萬辦，[三][甲][乙]950 或執箏，[三][聖]26 亦無橋，[三][聖]125 近道作，[三][聖]190 師，[三][知]418 珍寶欲，[三]152，[三]987 大仙名，[元][明][宮]614 未辦安，[元][明]193，[原]2001 歸快。

舳：[三][宮]2122 趣之未。

舩

肱：[甲][乙][丙]、舩史作環下同夾註[甲][乙]2092 來。

船

般：[甲][乙]2286 居士疑，[甲]1710 爲種種，[明]1563 筏法尚，[聖]1458 二屏教。

舶：[甲]2261 主至三，[明]1450，[三][宮][聖]1442 時諸商，[三][宮]673 成就具，[三][宮]2060 還故往，[三][宮]2122 還國故，[三]2063 泛海，[三]2145 入浦尋，[三]2151 獨發其，[元]721 舶具。

乘：[三]201 而負於。

舡：[宮]278 師令至，[宮]278，[宮]279 師令其，[宮]279 載入城，[宮]310，[宮]374 師導師，[宮]397 自他度，[甲]2006 不犯東，[宋][宮]、航[元][明]1424 定慧根，[宋][宮]1545，[宋][宮]2043 動正法，[宋][宮]352 欲過深，[宋][宮]513 入海冀，[宋][宮]532 師，[宋][宮]657 五欲自，[宋][宮]1424 上作法，[宋][宮]2122，[宋][宮]下同 2043 迎優波，[宋][宮]以下混用 310 乘此法，[宋][元][宮]768 渡河，[宋][元][宮]1549 度彼此，[宋][元][宮]2122，[宋][元][宮]2122 將覆沒，[宋][元]1 筏能得，[宋]1 彼方人，[宋]205 令顛倒，[宋]208 舫諸，[宋]208 入海欲，[宋]211 師用船，[宋]1092，[宋]1426 師能渡，[宋]1435 處水中，[宋]1435 有一，[宋]2122，[宋]2122 唯有七，[元]2122 上其船，[元]2122，[元]2122 疾趣口，[元]2122 奴甚愛，[元]2122 手力十，[元]2122 行有一，[元]2122 於吳江。

殆：[甲]2167 已送延。

舩：[明][宮]2122 驗。

艬：[宮]397 船。

舫：[甲]2089 下時有，[三][宮]2059 有沙門，[三][宮]2121 停住七，[三]2154 有沙門，[宋]202 行駛疾。

服：[三][宮]2121 飾不亦。

航：[三][宮]2059。

弘：[甲][乙]1822 法華。

虹：[元]2016 師亦名。

上：[明]994 上重閣。

形：[元][明]2123 飾不亦。

舟：[甲]2089 破，[甲]2089 揚州倉，[明]1450 泛，[三][宮]383 云何而。

圌

篙：[三][宮]1566 此諸位。

椽

稼：[元]1451 梁枡栱。

祿：[甲]2089 三日內。

緣：[甲][乙][丙]1866 有，[甲][乙]1736 等以闕，[甲]893 量，[甲]893 銛利如，[元][明][丙][丁]866 內椽，[元][明][乙]1092 高闊四，[元][明][乙]1092 莊。

掾：[三][宮]310 善哉善，[三]2122，[元]、緣[丙][丁]866 各闊十。

㮇：[三]1341 打阿難。

傳

薄：[甲]1238 之即差。

倍：[三]2059 遂。

便：[甲]2081 一人自，[三]1579，[另]1443 我意往。

博：[宮]2045 令不敢，[宮]2059 美鉛，[宮]2122 今略寫，[甲][乙]2250 二音擒，[明]196，[三][宮]2060 通妙精，[三][宮]2060 要三十，[聖]2157 聞明練，[元]2103 觸舉白。

搏：[宮]2102 說形求。

布：[聖]1547。

儔：[宮]2103 重之，[三][宮]2053 其麗絕。

傅：[宮]2025 革履布。

殆：[宋][元]2053 班馬無。

待：[甲][乙]2219 時，[三]2104 假熏修。

得：[丙]2081 教已造，[甲][乙]2309 法空教，[甲][乙]2390，[甲]1782 此言四，[甲]1805 自藏，[甲]2266 是名本，[甲]2277 愚推如，[三][宮]2103 此義，[聖]2157 化，[宋][元][宮]2122 向家內，[原]、當時傳得[甲]2006 六代祖。

德：[宋]、譯[元][明]2149。

等：[乙]2309 旨何處。

法：[原]965 之師若。

翻：[三][宮]2121。

佛：[乙]2173 法堂偈。

拊：[宋]、覆[元][明][宮]374 之苦痛。

付：[三][宮]2043 與之。

附：[甲]1239 之，[三][乙]1092 或加持。

傅：[甲]、轉[己]1958，[甲]2036，

[甲]2039 亦曰樂，[明]16 御，[明]309 惡亦不，[明]1602 唱，[明]2087 書，[三][宮]1464 飾化蘿，[三][宮]1566 身舉煙，[三]2122，[宋][元]2103 如此云，[宋]2112 司馬遷，[乙]2157 洽，[元]2122。

復：[三][宮]1545 有得何。

縛：[甲][乙]1822 二，[甲]1805，[甲]1813 著堅密，[甲]2084 四，[甲]2130 也善見，[甲]2266 故，[甲]2266 未來世，[乙]2249 羯磨天，[元][明][宮]1552。

覆：[宋][宮]2043 藥其人。

光：[元][明]400，[元]1567。

恒：[三]125 誹世尊。

弘：[甲]2298 部別也。

集：[甲]2006 并據前，[聖]2157 録，[乙]2263 後可。

階：[甲]1735 故稱如，[甲]1792 縣是經。

結：[甲]871 心。

津：[聖]1428 不可有。

經：[三][宮]2058 卷第一，[三][宮]2026，[三][宮]2058 卷第二。

淨：[原]1776 心故於。

律：[甲][乙]2194。

明：[明][宋]1055 教大師，[明]1128 教大師，[三]2 教大師，[三]19 教大師，[三]74 教大師，[三]1197 教大師，[三]1245 教大師，[宋][明]1191 教大師，[宋][元]1236 教大師，[宋][元]1283 教大師。

能：[甲]2281 成有法。

汝：[三]643 語後世。

乳：[三]190 母亦不。

僧：[三]24 尊長亦。

神：[聖]2060 師導法。

侍：[甲]2400 從等，[三]2145 尸叉罽，[聖]1465 聞或行，[乙]2207 聞聞法。

説：[乙]2390。

通：[三]231 四者諦。

搏：[宮]2122 天衣，[宋]、博[明]204 如此終，[宋][宮]、扶[元][明]2112 搖九萬。

博：[宮]1562 説彼天。

位：[乙]2397 成佛云。

相：[三]154 語衆人。

宣：[三][宮]2034 流所統。

義：[乙]2263 還順因。

御：[三][宮]2103 驅之於。

住：[元][明]、傳[宮]310。

注：[甲][乙]2087 藥德動。

專：[甲][乙]2259 輒。

轉：[宮]2060 授，[甲]1829 識故須，[甲]2269 謂修習，[甲][乙]1822 來可爾，[甲]1786 難者若，[甲]1828 識往當，[甲]2001 處難通，[甲]2075 示不有，[甲]2128 皆一也，[甲]2204，[甲]2250，[甲]2250 五百年，[甲]2266 第五識，[甲]2775 能洗朦，[甲]2837 苦樂齊，[三][宮]2060 還，[三][聖]375 説，[三]125 告曰，[三]2145，[三]2154 大乘佛，[聖]2157 牒京城，[聖]2157 至今者，[宋]2150 人少歸，

[乙]2249，[乙]2250 教能行，[乙]2381，[元][明]1579 爲，[原]1771 促至十，[原]2339 安住隨。

簹

邸：[三][宮]1458 平閣三。
籬：[三][宮]1428 上晒有。

舛

互：[丙]2087。
件：[聖]2157 於理不。
殊：[甲]1700 異隨文，[甲]2128也，[三][宮]1451 此由業，[聖]2157不可流，[聖]2157 而云革，[聖]2157如後大。

喘

端：[明]741 息飛鳥。
氣：[三][宮][甲]2053 息漸微。
啼：[宮]2121，[聖]425 息。

玔

釧：[明]1451 嚴身之，[明]1459呪線任，[三][宮]2123 擲著于，[三][宮][聖]397 雜寶，[三][宮]402 寶飾莊，[三][宮]721 何等爲，[三][宮]1451 四子有，[三][宮]1452 耳璫餘，[三][宮]1488 嚴身之，[三][宮]1641金體不，[三][宮]2122 擲著于，[三][甲][乙]1092 傘，[三]201 破落悉，[聖]411 印等衆，[元][明]410 如，[元][明]658 瓔珞者。

珊：[甲]2837 等積水。

串

弗：[三][宮]1644 燒。
釧：[聖]2157 并，[聖]2157 絹一百。
掛：[宋]、卦[宮]1435 耳上去。
冠：[三]212 天冠天，[三][宮]2045 法益首。
貫：[甲]1828 通，[三]620 耳串。
攢：[三][宮]1425 肩上而，[三]1425 臂著膝。
慣：[宮]1545 習所作，[明]1421勤苦體，[明]1545 習，[明]1545 習者如，[明]1602 習言説，[明]1602 習總取，[明]1603 習總取，[明]1615 習惡故，[明]下同 1602 習，[三]220 習惡語，[三][宮]1545 習故謂，[三][宮]1562 習非少，[三][宮]1562 習時不，[三][宮]1563 習算計，[三][宮]1647行事自，[三][宮]233 見故如，[三][宮]1421 樂擔負，[三][宮]1428 涉苦聽，[三][宮]1507 故耳，[三][宮]1507優樂何，[三][宮]1509 樂不能，[三][宮]1545 習成故，[三][宮]1545 習力得，[三][宮]1558 習，[三][宮]1558 習非少，[三][宮]1558 習算計，[三][宮]1559 修故於，[三][宮]1562，[三][宮]1562 服何藥，[三][宮]1562 習故依，[三][宮]1562 習記持，[三][宮]1562習力，[三][宮]1607 習之事，[三][宮]1612 習事，[三][宮]1625 修果，[三]1545 習力復，[三]1562 習義，[三]1563 見麁色，[三]1563 習，[三]2125口飲亦，[三]2125 者准知，[乙]1821

翫者如，[元][明]1562 翫或近。

攐：[三][宮]2121 其肩上，[元][明]901 瓔珞。

申：[甲]1805。

釧

穿：[元][明][甲]901 四方端。

珊：[宮][聖][另]1459，[三][宮]1442 用支其，[三][宮][別]397 以自，[三][宮]2103 等積水，[三]374，[聖]200 將，[聖]375 在指上，[聖]375 種種諸，[宋][元]374 作，[宋]374 在指上。

鐶：[三][宮]1425 衣服等。

軸：[三]26 是一切。

鎦：[丙]1076 檀慧著。

窻

窻：[甲]1718 窻者偏。

䯧：[明]480，[乙]1822。

聰：[三][宮]2121 獄卒。

松：[三][宮]2122 高可映。

向：[三][宮]2122 窻中當。

瘡

病：[三]1005 腫病瘰。

癡：[聖][另]1442 衣芯𥑐。

創：[宮]613 色骨人，[宮]721 若生於，[宮]721 著草，[宮]736，[宮]1509 得軟藥，[宮]1509 深譬如，[甲]1851 漏故名，[久]397 深重難，[明]156 門中得，[三]375 薰身塗，[三]375 以藥，[三][宮]635 萬端湯，[三]

[宮]1442 處或指，[三]375 藥終不，[聖][另]1428 中一切，[聖][另]1509 受毒魔，[聖][石]1509 如獄如，[聖]26 開臨火，[聖]1428 一切無，[另]1428 疥種種，[另]1428 淨若鳥，[另]1428 若有所，[另]1428 下著若，[石]1509 九孔流，[石]1509，[石]1509 即平滿，[石]1509 良，[石]1509 則，[宋][元][宮]1442 藥若須，[知]1441 衣尼師。

糞：[明]2123 蟲其毛。

痐：[甲]1961 等根本。

苦：[三][宮]376 患已復。

槍：[三]、創[宮]606。

鎗：[三]、創[宮][聖][石]1509 則爲主。

若：[元][明]1354 有心痛。

身：[三]375 善男，[聖]1427 衣。

瘦：[宮]1673 皮骨連。

痛：[三][宮]、[聖]639 處。

洗：[三][宮]1425。

癢：[原][甲]1897 十不得。

痍：[三][宮]1549 種起漏。

床

板：[宮]1428 若繩。

材：[三]158 而去往。

巢：[三]100 三諦。

牀：[三]186 六反震。

底：[甲]2217 覆無明。

介：[甲][乙][丙]2089 大銅蓋。

來：[元]1425 座。

林：[宮]407 修三昧，[宮]721 皆以金，[宮]1425 一切化，[宮]2060 前庭下，[宮]2122 悶死墮，[甲]2128 陞階陞，[三][宮][聖]639 莊嚴於，[三][聖][知]1441 上座，[三]618 至彼，[三]2121 十八重，[另]790 於殿下，[宋]1426 上人説。

牧：[宮]1458 受三木，[聖]1458 兩頭而。

牆：[乙]901 脚并呪。

牀：[三][宮]415 大者高。

山：[三][宮]2059 或徒行。

燒：[三][宮]749。

宋：[宮]1559 起捉。

物：[明]1424 踞。

休：[三]20 有四子，[宋][元]2061 也後徇。

衣：[宮]1435。

杖：[甲]2362 之，[三][宮]731 不得去。

置：[聖]1427 褥後。

株：[聖]231 或臥牛。

柱：[三][宮]2123 間或植。

狀：[宮]1466 不事，[甲]1789 故云不，[聖]190 四分之，[聖]425 護演。

壯：[三][宮]2122 欄檻。

坐：[三][宮]1425 褥時六，[另]1428 於佛前。

座：[甲][乙]1822 等，[三][宮]277 復見，[三][宮]1435 上語諸，[三]89 坐如是，[三]2060 自可，[聖][另]1451 穿孔隨。

牀

状：[甲]1805 逐戒尋。

幢

博：[宋][元][宮]1521 王菩。

長：[明]2053 幡鐘鼓。

憧：[宮]885 三摩地，[甲]、[乙]877 唵跋，[甲][乙]850 定手，[甲][乙]850 智拳地，[甲][乙]850 諸，[甲][乙]852 密印，[甲][乙]852 智拳地，[甲]1112 次以進，[甲]2035 第四重，[甲]2087 表吉凶，[聖]279 門是普，[聖]190 而，[聖]190 其幢，[聖]190 上勿，[聖]190 用莊嚴，[宋][元]1545 故謂彼，[宋]1237，[乙]850 八功德，[乙]850 諸尊，[乙]865 大微笑，[乙]2120 於百座。

橦：[宋][元]882。

幢：[甲]、幢幡[乙]2228 笑。

幡：[丙]1132 蓋，[宮]278 雨一切，[宮]2040 蓋周遍，[甲]1007 蓋之上，[三][宮]、旛[甲]901 竿子懸，[三][宮]444 佛南無，[三]1331 蓋侍立，[三]2103 負擔馳，[宋]、旛[元][明]158 蓋，[宋][宮]、旛[元][明]445 如來下，[宋][宮]、旛[元][明]397 蓋伎樂，[宋][宮]、旛[元][明]481 蓋浴池，[乙]2391 或，[原]920 供養。

旛：[三]、幡[宮]387 法門甚，[三][宮]2053 帳。

旙：[三][宮]1522 一，[三][宮]1522 雨天伎，[三]375 出妙音，[三]下同 1509。

箭：[三][聖]125 已便懷。

禮：[明]293 上妙雜。

輪：[明]939 能淨衆，[三][宮][乙]848 皆正直。

篋：[三][乙]、幢中幢篋[甲]1008 中幢。

童：[甲]850，[戊][己]2092 上索詭。

僮：[聖]125 毘沙。

橦：[宋]、撞[元]1340 精進爲。

曈：[聖]953 如來爲。

憧：[聖]446 佛南無。

相：[甲][乙][丙]1098。

星：[甲][乙]1796。

咽：[三][宮]2053 悲不能。

憶：[三]278 慧次名，[聖]271 摩尼寶，[聖]294 第二智，[聖]1582 菩薩言。

障：[聖]383 聚。

幟：[甲]2394 像取綿。

種：[明]293，[三][宮]276 相稽首，[宋][元]、憧[聖]190 又於空，[元][明]194 無比，[知]598 空。

刕

劫：[甲]2036 啓於洛。

創

瘡：[明]210 無過憂，[三][宮]222 爛想亦，[三][宮]327 疱多有，[三][宮]342，[三][宮]537 痛以手，[三][宮]2121，[三][宮]2121 以爲衣，[三]210 心，[三]1354 不能爲。

解：[元][明]440 佛南無。

序：[聖]1788 談釋迦。

則：[甲]2192 領寶藏。

愴

惻：[三][宮]2103 近即三。

悵：[明]379 快到佛。

憺：[三][宮]2121 然而啼。

吹

炊：[明]212 生熟食，[三][宮]671 不可得，[三][宮]2121 之既，[三][宮]2122 作，[三]193 五百燒。

次：[甲]1709 衆樂音，[明]312 還詣鷲，[明]721 一切世，[明]2122 緇軒下，[三]848 動幢，[三][宮]2121 以隨藍，[三]25 舉高一，[宋]721 流轉諸，[宋]721 見赤黃，[元][明]190。

吠：[宮]720 死人。

風：[三][宮]1425 滅手扇。

呵：[明]1442 氣相告。

呼：[宮]609 浮雲。

嘔：[宮]1483。

如：[三][宮]397 幻。

軟：[三]170 音。

推：[宋][元][宮]721 將向地。

吸：[三][宮][聖]613 火動山。

欲：[三][宮]1522 心熾燃，[宋][元]397 散滅如。

炊

欻：[宮]1571 有衰損。

吹：[宮]2040 沸空停，[三][宮]310 糖諸有，[聖][另]790 惡，[聖][另]

790 食沙，[聖]1425 令沸使，[宋][宮]2121 一斗吾，[宋][宮]2123 作，[宋][元]1332 湯二升，[宋][元]1336 湯二升，[宋]202 作使即，[宋]203 沸空停。

垂

哀：[博]262 納受。

承：[甲]900 加持。

乘：[三]1604 入於初。

乘：[丙]2164 衣以，[敦]1960，[宮]744 臨橋王，[宮]1672 照踰暉，[宮]2060 天之，[宮]2060 照時正，[甲]、磔[乙]2391 塗於心，[甲]2184 裕記十，[甲]2409 雲，[甲]974 合於二，[甲]1201 慈悲之，[甲]1717，[甲]1719 迹據化，[甲]1733 明前位，[甲]1921 諸華，[甲]1960 此後，[甲]2039 山而陣，[甲]2087 大海北，[甲]2266 榮飾，[明]293 教勅，[明]1636 惠施，[明]1636 諸寶網，[三][宮]1563 教勅我，[三][宮]377 空下，[三][宮]721，[三][宮]1515 次開顯，[三][宮]2122 北鄉頻，[三]950 雲降雨，[三]2145 教，[聖]1451 預告時，[聖]1509 訖恐人，[聖]1721 迹爲衆，[聖]1723 濟明練，[聖]2157 清範位，[聖]2157 至廣府，[宋]199 言教，[宋][宮][乙]、陞[元][明]2087 大山嶺，[宋][宮]1509 近應得，[宋]193，[宋]2053 衣之主，[宋]2145 有百萬，[宋]2154 譽海南，[乙]1772 斯啓請，[乙]1866 於三乘，[元][明]1301 婆羅門，[元][明]2103

閑放。

齒：[甲]2300 八十捨。

出：[甲]1710 喩唯說，[甲]1717 世本意。

陞：[三][宮][乙]2087 土地卑，[三][宮]2041 斯，[三]2125 與摩揭，[乙][丙]2092 績紡。

捶：[甲][乙]2387 繫。

埵：[三][宮]674 柔澤。

乖：[明]299 寶帳能，[明]1650 理萬民。

軌：[宋][宮]、徽[元][明]2053 範。

過：[三][宮]1435 中額上。

幾：[三][宮][聖][另]1428 斷命根。

盡：[三][宮][聖]606 可危於。

令：[聖]200 終可願。

佩：[三][宮]2102 聖則弟。

如：[甲]2006 絲羞對。

甚：[三]193 憐愍願。

誰：[博]262 分別說，[三]309 得道果。

睡：[三][宮]2045 耳雪山。

隨：[聖]383 布。

潼：[宮]2040 淚而言。

我：[甲][乙]2391 皆承事。

無：[宮]329 恩，[甲]923 可反苾。

悉：[甲]2412 知見照，[三]201 哀矜聽。

香：[甲]1733 幢四面。

搖：[宮]1662 足行亦。

遙：[三][宮]433 散無數。

甕：[甲]1780 亦當二。

欲：[三][宮]606 向盡曾。

月：[三]212 欲。

再：[三][宮]2060 講此法。

至：[宮]2060 顧如，[三]1435 死以是。

坐：[元]1464。

陲

垂：[宮]2060 爲小國，[三][宮]2060 大海地，[三][甲][乙]2087 平陸水，[三]24 地形，[宋][元][宮]、乖[明]2109 海外親。

人：[宮]2060 君若殺。

捶

棒：[三]201。

捶：[甲]2129 反玉篇。

箠：[三][宮]2108 楚嬰金。

打：[三][宮]561，[三][宮]2122 鼓伎樂。

懷：[三][宮]820 怨結。

掘：[宮]1425 樹取。

殺：[三][宮]2122 如夢如。

剩：[三]、郵[宮]2122 加刑繼。

搖：[甲]2128 之也廣，[甲]2266 打傷害，[聖]26 杖亦能。

搥

埠：[宋][元][宮]1521 撲有。

槌：[宮]2060 案鼓動，[明]190 擊大鼓，[明]2076 竪拂意，[明]2076

胸曰蒼，[明]2076 折兩脚，[三]25 杵金剛，[三]26 胸懊惱，[三]190，[三]2145 鍱像記，[宋]、稚[元]、椎[明]62 時今已，[宋][宮]、椎[元][明]2060 已居衆，[宋]25 胸哀慟，[元][明]190 搥打大。

鎚：[三]374 打碎此，[宋][元]2145 並陷而，[元][明]190 白棒擎。

摧：[三][宮]666 破煩惱。

堆：[三]375 壓一切，[元][明]190 惡露不。

塠：[明]310 其頭上，[宋][明][宮]374。

推：[三][宮][聖]2042 三千世，[三][宮]2042 集僧起，[三]202 鍾鳴，[三]2063 其身悔，[聖]125 胸歎息，[宋][宮]、椎[元]2122 胸歎息，[宋]374 胸大哭。

稚：[宋][元][宮]、椎[明]1442。

椎：[明]1435 捨迦絺，[明]2016 如其不，[明]2154 既響僧，[三]、推[宮]374 胸叫喚，[三]26 胸懊惱，[三][宮]、推[甲]2044 鍾，[三][宮]383 胸大叫，[三][宮]386 胸哽，[三][宮]1435 唱時然，[三][宮]1442，[三][宮]1650 胸而哭，[三][宮]1808 及餘時，[三][宮]2103 舍利無，[三][聖]190 胸各各，[三]158 鍾擊鼓，[三]172 胸，[三]172 胸號叫，[三]202 鍾鳴鼓，[三]212 胸懊惱，[三]374 打星流，[三]374 胸悲號，[元][明]623 布草蓐，[元][明][宮]374 集僧嚴。

桎

捶：[三]1341 何等爲。

腄

睡：[明][宮]607 兩肩相。

槌

搥：[明]2076，[宋][聖]、鎚[元][明]190 棒斧鑿。

推：[三]、椎[宮]310 於我定。

稚：[宋][宮]、椎[元][明]1442 集，[宋][宮]、椎[元][明]1470 聲即當，[宋][宋][宮]、椎[明]1442 如常集，[宋][元][宮]、椎[明]1442 先爲言。

椎：[明]1988 脚折若，[三][宮]、推[聖]1428 胸啼哭，[三][宮]1435 頸所噎，[三][宮]1470 聲當先，[三][宮]310 磓前而，[三][宮]1428 若白時，[三][宮]1442 如常集，[三][宮]1442 鄔陀夷，[三][宮]1442 先以言，[三][宮]1443 胸告曰，[三][宮]1462 及伽耶，[三][宮]1475 燒香禮，[三][宮]下同、健稚[聖]下同 1442 集衆衆，[三][宮]下同 1442 棒時輪，[三]5 心刮面，[三]26 打或以，[三]205 牛刺羊，[三]375 打星流，[三]375 胸大呌，[元]377 胸大叫。

錘

鎚：[三]2145 之間惡。

鐘：[明]362 磬琴瑟。

鎚

槌：[甲]1718 磑器諸，[三][宮]232 打方知。

鋌：[甲]2128 類反説。

磓：[三]2151 俱陷舍。

鍵：[甲]1997 有佛處。

鉅：[宋][明][宮]、銀[元]662 像四十。

鉆：[甲]2036 有六孔。

鐵：[宮]606 等正。

椎：[三]、槌[宮]374 鉞斧鬪，[三][宮]749 互相棒，[三][宮]下同1462 若無撻，[宋][宮]1484 打碎此。

舂

舂：[甲]2128 聲。

春：[宋][宮]2053 之類也。

冬：[三]2110 躬發詔。

奉：[聖]1421。

卷：[甲]2207。

眷：[乙]1132 印眞言，[原]1253 八十四。

看：[宮][甲]1805 汝引證。

秋：[宋][宮][石]1509 之月於。

陽：[宋][元][宮]2104 秋使百。

椿

槍：[明]1242 第八手。

橀：[原]2241 誐復於。

楕：[宋][元]2154 所挾西。

唇

胥：[宮]2122 咽唾服，[明]894

于時口，[聖]953 頰戰掉。

純

成：[明]321 熟即爲。

胥：[乙]2778 體有赤。

淳：[宮]1581 善見人，[甲]1924 熟即，[甲]2266 厚心故，[明]2110 此化吾，[三]220 熟無量，[三][宮]2102 無假禮，[三][宮]2123 熟文義，[三][宮][聖][石]1509 厚不樂，[三][宮][聖]376 善，[三][宮][知]741 淑大僧，[三][宮]376 諸菩薩，[三][宮]810 於彼何，[三][宮]1523 志者不，[三][宮]1525 善戒正，[三][宮]2059 反，[三][宮]2102 風遝被，[三][宮]2102 結繩之，[三][宮]2103 風塞洞，[三][宮]2121，[三][宮]2121 善無有，[三][宮]下同 1581 淨福德，[三][聖]375 善之事，[三]125 善無有，[三]185 污清淨，[三]212 善之人，[三]375 厚愍，[三]2112 澆步驟，[三]2145 風虧，[聖][另]285 以淨寶，[聖][石]1509 熟供養，[聖]223 熟故能，[宋][元][宮][聖]221 以，[宋][元][宮][聖]613 金剛色，[宋][元][宮]446 摩尼珠，[宋][元][宮]613 黃金，[宋][元]1097 白衣持，[乙]1736 源之一，[元][明]375 善之法。

醇：[丙]2396 淨法，[三][宮][丙][丁]848 淨法以，[三][宮][聖]397 淨乳從。

佮：[三]2034 眞陀羅。

鈍：[宮]2102 斂衽者，[三][聖]

1462 毘帝，[三]1548 愚法也，[乙]1821 熟位，[原]2339 如是利。

非：[聖]211 行及常。

記：[甲]2266 衆緣速。

結：[元]26 大。

經：[甲]1830 苦趣中，[三]、讀經[宮]2122 是道人，[聖]1425 若雜若。

糺：[三]2149 正救其。

就：[三][宮]244 善方便。

絕：[宮]374 以栴檀，[宮]2060 學大乘，[甲]、純[甲]1851 熟次，[甲]2290 一相故，[三]2122 赤不同，[宋][明]1191 清淨。

能：[甲]2266 苦處有，[甲]1851 方成無，[乙]2263 受有。

訖：[甲]899 發願。

託：[甲]2266 衆緣轉，[三]206 立是亦。

陀：[甲]1781 稱爲甘。

我：[甲]1918 陀八斛。

像：[三][乙]1261 金色身。

緻：[三][宮]1513 淨自體。

脣

脣：[甲]1931 皓，[明]156 切。

肩：[聖]1425 兩腋兩。

眉：[甲][乙]850，[甲]952 間印呪。

辱：[甲]2207 之彙共，[三][宮]2108 之禍內。

膺：[三][甲][乙][丙]、胸[丁]848 下是謂。

賑：[三][宮]2103 於廟堂。

淳

　　純：[宮]618 淨無垢，[甲][乙]1822 淨意樂，[金]1666 熟其心，[明]613 空復更，[明]672 熟知，[明]1579 淨，[三]192 厚地爲，[三][宮]285 以寶成，[三][宮]285 用衆寶，[三][宮]376 一滿淨，[三][宮]398 諸菩薩，[三][宮]403 淑當，[三][宮]585 菩薩衆，[三][宮]606 懷三毒，[三][宮]618 白，[三][宮]618 一普鮮，[三][宮]2040 陀最後，[三][宮]2060 粹又誦，[三]39，[三]2087 乳不及，[三]2087 邃推昇，[乙]2261 熟，[元][明]221，[元][明]221 以土發，[原]1723 厚八深。

　　醇：[三]、口燕[宮]606 清酒或，[三][乙]1092 白。

　　惇：[三][宮]2102 誠至到。

　　敦：[三][宮]2108 風。

　　浮：[甲][乙]2426 心，[三][宮]2060 樸耽，[聖][另]1442 熟。

　　涼：[甲]2223 味第一，[乙]2218 味第一，[原]1744 師云是。

　　清：[明][知]1581 淨。

　　深：[三][宮][聖]1579 厚其。

　　酥：[元]、醇[明]187 酒甜。

　　停：[三][宮]、得[聖]1425 鑒徹一，[聖]1859 化表下。

　　演：[甲]、深[甲]2183 文師可。

　　中：[元][明]2110 稷下之。

　　滋：[原]2001 味采華。

醇

　　純：[甲]2217 淨者者，[宋][聖]125 酒飲彼。

　　淳：[三]99 去其糟，[宋][元][宮]2122 酒飲之，[元][明]2145 德邃。

　　釀：[三][宮]2122 厚詣守。

　　醲：[三]154 厚詣守。

錞

　　刺：[元][明]152 爾咽。

惷

　　唯：[宋]戇[宋]、[明]212 愚而已。

　　戇：[三][宮]274 士無菩，[三]212 愚而已。

蹐

　　蹐：[明]2103，[元][明]2103。

踔

　　趠：[三][宮]下同 1435 波羅夷，[三]100 能。

　　掉：[三][宮]1646 心中行。

　　距：[三]2110 慈氏來。

　　躍：[三]185 哮。

辵

　　從：[甲]2128 于聲。

　　走：[甲]2128 音。

惙

　　懼：[原]、懈[原]1782 雖觀諸。

婥

綽：[乙]1978 約容豫。

趠

踔：[元][明]、超[石]1509 不過三。

趙：[石]1509 常。

輟

不：[明]2063 標心正。

惙：[甲]1733 己惠。

絕：[三]2112 苟。

輕：[宮]2053。

輒：[甲]2036 私行專。

輙：[甲]2035 怒曰，[乙]2157 分食飛。

綴：[三][宮]2060 慮既規。

歠

餐：[三][宮]、啜[聖]1462 糜年少。

啜：[三][宮]1421 粥作聲，[三][宮]2122 菽飲水。

飲：[三]1441 粥不得。

齪

齚：[三][宮]2121 肉墮骨。

疵

玼：[宋][宮]810 其受門。

玭：[宮]2122 大人相，[三][宮]263 爲一切，[三][宮]263，[三]264 是小智，[元][明]262 是小智，[元][明]403。

玭：[元][明]589 矣。

然：[乙]1736 疏中欲。

瘦：[元][明]152 小苦命。

縒

難：[原]2411 記仍。

縒：[元][明][乙]1092 囉二蘗。

溠：[乙]877 縒羅。

茨

荊：[三][宮]1552 棘惡刺。

坐

砌：[三]、泥[宮]1428 若木頭。

祠

初：[甲][乙]1822，[甲]2262。

詞：[明]1442 云何多，[明]2053 動瞻睿，[三][宮]425 音功德，[三][宮]2053 遂乃，[三]2087 沐浴，[三]2122，[聖]381 無瑕之。

伺：[明]26 此，[明]816 諸，[三][聖]210，[宋][宮]2121 神池澡。

階：[三]2121 持用上。

施：[聖]1646 燒名於。

似：[三]721 婆羅門。

寺：[三]190 神名增，[三]1545 婆羅門，[三][宮]2041 相，[三][聖]125，[三][聖]183 精舍時，[三][乙]1092 中或神，[三][乙]1092 中努目，[三]186 品第六，[三]186 時菩薩，[三]1339，[宋][宮]374 諸天見，[宋]374 中以我。

祀：[甲]1733 而求福，[明][聖]225 欲得人，[明]146 天王重，[明]148 天，[明]202，[明]745 天汝自，[明]2059 爲，[明]2122 樹神便，[明]下同 1450 火壇于，[三][宮]、神[聖]423 語守廟，[三][宮]2123 歸命三，[三][宮][聖]423 爾時父，[三][宮][聖]1428，[三][宮]525 諸天曰，[三][宮]746 以是罪，[三][宮]1443 云何多，[三][宮]1464 主即斷，[三][宮]1488 處，[三][宮]1521 中，[三][宮]2059 奉往漢，[三][宮]2103 祠跪拜，[三][宮]2121 王母寢，[三][宮]2122 阿母已，[三][聖]100 即時繞，[三]146 天王此，[三]201 求於現，[三]202 神祇求，[三]203 時迦，[三]210 求福自，[三]212 諸神呪，[聖]1428 天故爲，[宋][元][宮]、池[明]1428 無異復，[宋][元][宮]734 主，[宋][元][宮]2122 中宿舍，[宋][元][明]746 主。

飼：[宋][宮]2122 天求。

相：[宋][宮]1505。

瓷

磁：[宋]1092 器銀器，[原]1098 器當用。

華：[明][乙]994 椀。

鎡：[聖][另]1435 小。

詞

辭：[甲]1733 此城内，[甲][乙][丙][丁]2092 雅句縱，[甲][乙][丙]2778 結句宣，[甲][乙]1929 因果體，[甲]1736 言含得，[甲]1736 意彼，[甲]1792 機感相，[甲]1792 救濟法，[甲]1792 也，[甲]1816 而説是，[明]220 威肅衆，[明]220 無錯亂，[明]1563 辯，[明]1579，[明]1579 故當知，[明]1594，[明]1597 自相共，[明][甲]1175 稱揚讚，[明][聖]1428 辯説詃，[明][乙]1092 他皆，[明][乙]1092 智慧辯，[明]220 善巧三，[明]293 訓釋性，[明]310 麀獷慘，[明]310 況能解，[明]443 還易得，[明]639 決定，[明]676 差別一，[明]829 之所辯，[明]1048 清淨一，[明]1080 悉皆信，[明]1443 辯長，[明]1443 釋罪同，[明]1451，[明]1451 時彼一，[明]1459 善圓滿，[明]1545 無礙解，[明]1562 非慧所，[明]1562 圓滿無，[明]1579 哀雅能，[明]1579 能善悟，[明]1579 品類差，[明]1579 菩薩求，[明]1579 謝許得，[明]1579 語具圓，[明]1579 執著自，[明]1579 呪，[明]1988 還有透，[明]2060 曰彌天，[明]2076 重標觀，[明]2122 待聲相，[明]2122 未審依，[明]下同 1579 如契經，[明]下同 639 和，[明]下同 1545 無礙解，[明]下同 1579 智所，[三]、譯[宮]2109 漢南著，[三]1562，[三][宮]1522 所説，[三][宮]1579 無有威，[三][宮]2059 往詣遁，[三][宮][聖][聖][另]310 非説非，[三][宮][聖][另]310 清辯善，[三][宮][聖]627 普離一，[三][宮]310 開心悦，[三][宮]310 苦切備，[三][宮]403 諸天之，[三][宮]665 施一

切，[三][宮]665 讚世尊，[三][宮]676，[三][宮]1579 故復次，[三][宮]2053 窮意，[三][宮]2059 氣俊發，[三][宮]2059 文理鋒，[三][宮]2059 旨，[三][宮]2060 吐既新，[三][宮]2060 狀罕傳，[三][宮]2102 欣，[三][宮]2103 太過，[三][宮]2122 阿難其，[三][宮]2122 華祕博，[三][宮]下同1579 所攝或，[三][西]665 博綜奇，[三]201 字句滿，[三]220 曰寶性，[三]220 呪句雖，[三]279 歌舞皆，[三]279 論普明，[三]2145 婉而旨，[聖]1 辯，[宋][宮]262 義宛然，[乙]1909 歡佛功，[元][明]310 辯分明，[原]、[甲]1782 退昔屈。

掉：[元][明]26 貢高斷。

調：[宮]1810 呵詞有，[甲]1709 伏由故，[聖]2157。

諷：[三]220。

害：[三]1301。

詞：[甲]2266 鄔陀，[三]985 雞住，[宋]1563，[乙]2263 見之非，[元]、辭[明]1579 哀雅能，[元][明]1536，[元]1571 隨其所。

舌：[原]2006 問高低。

嗣：[宮]310 慧通，[明]2131 云。

飼：[宋][宮]2060 一不聞。

同：[宮]2108 庶永將，[甲]、一[乙]2254 約等起。

謂：[三][宮]2060 被牽連。

問：[原]2196 初也將。

相：[甲][乙]2263。

向：[乙]2261 威肅對。

言：[甲][乙]2263 也謂，[乙]2263 凡隱蜜。

語：[甲]2305 正當此，[明]1539 善説爲，[乙]2263 也意云。

字：[甲]2263 説法但。

辞

詞：[三]220 致問無。

慈

悲：[宮]310 意求無，[和]293 令其發，[和]293 陀羅尼，[甲][乙]1211 慧方便，[甲][乙]1822 等准此，[甲][乙]1823 是不害，[甲]923 菩，[甲]1781，[甲]1796 普眼爲，[甲]1831 菩薩無，[甲]1918 恚即不，[甲]2204 須無礙，[甲]2246 車，[明]363 心利益，[明][宮]1604，[明]1547 大喜大，[明]2110 而濟六，[三][宮]622，[三][宮][石]1509 心，[三][宮]292 以開化，[三][宮]377 已入涅，[三][宮]397 心諸仁，[三][宮]721 愍心修，[三][宮]1549 三，[三][甲][乙]1244 心勿生，[三]774 愍心般，[三]865 愍，[三]1005 愍心輪，[三]1100，[聖]310 爲一切，[聖]1 般涅槃，[聖]663，[宋][明]971 世尊能，[宋][元]1057 心即能，[乙]2192 家之，[元][明]2016 即如來，[原]、悲[甲]1781 即説實，[原]2412 三摩地。

并：[明]2106 州郭下。

並：[甲]2274 法師云，[甲]2274 云如。

不：[原]1829 善王捨。

持：[原]2408 金剛白。

詞：[三]292 是爲十。

大：[甲]2196 悲故請。

定：[明][和]261 大悲不。

惡：[三][宮]1545 心世尊，[三]
[宮]483 心，[聖]1763 不積無。

恩：[甲]1735 有慧人。

發：[三][宮]1487 心愛育。

共：[宋][宮]901。

故：[元][明]375 得第一，[元]
[明]616 能利益。

患：[三][宮]1549。

荒：[原]2248 元造之。

惠：[甲]2263。

慧：[宮]2059 慧整覺，[三][宮]
588 三者，[三]201 心視，[三]291 得
自在，[聖]99 者如是，[宋][元][宮]、
惠[明]500 世世無，[原]2196 是。

濟：[甲][乙]1709 施博衆。

淨：[三][宮]1488 心二者。

韭：[甲]1813 蔥是胡。

憐：[三][宮]657 愍佛之。

戀：[三][宮]2122 慕之五。

愍：[三][宮]1425 民如子，[三]
125 念。

念：[聖]210。

普：[甲][乙][丁]2244 賢，[甲]
864 護金剛。

前：[三]1525 相似法。

清：[宮]2112 儉謙退。

親：[宮]2102 親之重。

惹：[明]948 以。

若：[丙]1056 攞反。

善：[三][乙]、慈心惡[甲]1008 心
經無，[三]1331 心中路，[聖]514 心施
惠。

是：[聖]272 心大王。

恕：[宮]2121 天地之。

思：[明]1548 重行慈。

蘇：[丙]1056。

索：[乙]1796。

爲：[宋][元]1428 心慈供。

悉：[宮]279 念衆生，[明]225 即
悉受，[三]85 和語無，[聖]361 愍哀
之。

喜：[甲]1705 問淨名。

想：[元]1579 觀。

心：[明]261 救一切，[聖][另]675
清淨悲。

養：[甲][乙]1909 育。

愚：[甲]2266 定滅定。

怨：[三][宮]2102 親婉變，[三]
480 心毒。

蘊：[原]1788 即約總。

茲：[丙]2134 利，[宮]2108 后山
林，[甲]1969 爲斷惑，[甲]1969 衆，
[甲]2036 凡住六，[甲]2039 藏來爾，
[三][宮]397 國摩，[三][聖]291 無極
若，[三]5 詰問三，[三]212 慕心去，
[三]2103 重，[三]2145 者乎然，[聖]
2157 申奏雅，[宋][元][宮]324 行，
[元][明]398 如次第。

茲：[甲]1778 問爲石，[甲]1914
習生次。

滋：[聖][甲]1763。

子：[三]152 育等護。

字：[乙]1723 育之心。

磁

瓷：[元][明][乙]1092 器盛諸。

慈：[宮]279 石少，[宮]681 石又如，[三][宮]2122 隰嵐石，[宋][宮]、磁[元]468 石吸一，[宋][宮]681 石力吸，[宋][元][宮]、磁[明]672 石，[宋][元][宮]1604 石自在。

茲：[甲]1718 石吸鐵。

滋：[甲]2036 懷。

雌

此：[甲]2250 黃塗門。

雖：[甲]2266 子部女，[宋]721 鳥住蓮。

雄：[宮]1451 象相隨，[甲]2207。

辭

報：[宋]125 辯應辯。

辨：[聖]1421 謝白衣，[原]1744 也客塵。

辯：[明]2122 決而，[三][宮]635 耶曰無，[三][宮]1550 應一等，[聖]397 無。

詞：[丁]1830 此下難，[宮]279尚，[宮]279 悉皆，[宮][甲]1998，[宮][甲]1998 不錄復，[宮][聖]279，[宮][聖]279辯善巧，[宮][聖]279 無礙以，[宮]279，[宮]279 諷，[宮]279 各別演，[宮]279 句義皆，[宮]279 以大願，[宮]310，[宮]310 各異計，[宮]

810 其差門，[宮]810 唯歸正，[宮]1545 辯無礙，[宮]1808，[宮]1998，[宮]1998 耳又何，[和]293 等種種，[甲]1736是名言，[甲][乙]2207四時，[甲]1717 似如已，[甲]1717 問答空，[甲]1719 故隱問，[甲]1735 無礙，[甲]1735 自共，[甲]1736 也小乘，[甲]1782 不，[甲]1782 此初命，[甲]1782 有三，[甲]1799 譬喻方，[甲]2195 演說三，[明]316 多生諂，[明]721 欺誑曠，[明][和]293 祕密海，[明][和]293 差別聲，[明][和]293 諷詠皆，[明][和]293 境界法，[明][和]293 具足梵，[明][和]293 色，[明]293訓釋諸，[明]316 非由積，[明]316 令五趣，[明]316 人喜信，[明]397 者菩薩，[明]721 辯說親，[明]721 常受安，[明]721 增癡惑，[明]1522 隻說辯，[明]2087，[明]2087 畢入火，[明]2087 調異於，[明]2087 禮敬已，[明]2087 論清雅，[明]2087 受命褰，[明]2087 學藝深，[明]2087 義無謬，[明]2087 語誠實，[明]下同 2087 計無所，[三]201 章巧妙，[三]264 方便說，[三]264 演說一，[三]279 佛音聲，[三][宮]279 譬如眞，[三][宮]279清淨樂，[三][宮]279 無失四，[三][宮]660 辯了令，[三][宮]1545 故作是，[三][宮][甲]2053 姚，[三][宮][聖]279 辯說，[三][宮]231 有義能，[三][宮]276 雖一而，[三][宮]278 辯說，[三][宮]278 入佛音，[三][宮]279 而歎，[三][宮]279 所說法，[三][宮]

397 計著吾，[三][宮]397 無礙智，[三][宮]411 麁，[三][宮]411 麁獷身，[三][宮]639 句不可，[三][宮]639 句義已，[三][宮]664 辯善能，[三][宮]744 理柔軟，[三][宮]790 令如有，[三][宮]1442 然而不，[三][宮]1520，[三][宮]1520 演說諸，[三][宮]1545 詮表相，[三][宮]2059 訣云我，[三][宮]2060 學，[三][宮]2060 曰一雖，[三][宮]2060 云弟子，[三][宮]2087 異，[三][宮]2102 況，[三][宮]2102 訥不能，[三][宮]2102 淵富誠，[三][宮]2103 彼信邪，[三][宮]2103 鄙陋援，[三][宮]2103 道是智，[三][宮]2103 敬祖尚，[三][宮]2103 令也世，[三][宮]2103 詠，[三][宮]2112 藻，[三][宮]2121 其身長，[三][宮]2121 訟莫不，[三][宮]2122 其言麁，[三][宮]2122 無跡緣，[三][宮]2122 以寫意，[三][宮]2122 意淺雜，[三][宮]2122 雨下座，[三][宮]2122 尊敬於，[三]100 正直聞，[三]185 曰，[三]187 說佛諸，[三]211 雨下坐，[三]212 或算計，[三]220 仍海溢，[三]220 韻清和，[三]279，[三]279 辯，[三]475 曰維，[三]1982 清辯，[三]2103 也，[三]2103 致清，[三]2123 離麁言，[三]2145 相寂滅，[三]2145 義煩重，[三]2149 句可觀，[三]2149 義分炳，[三]2149 旨文雅，[三]2154 義，[三]下同[宮]660 能令有，[三]下同 375 無礙樂，[聖][宮]279，[聖]2157 墳塋即，[宋][宮]403 辯所説，[宋][元][宮]318 皆無所，[宋][元][宮]318 又問何，[宋][元][宮]1428 辯說誑，[宋][元][宮]2058 與諸外，[宋][元][宮]2103 義兼，[宋][元][和]下同 293 海稱揚，[宋][元][別]397 相是名，[乙]1736 海一切，[乙]1736 今文分，[乙]1736 謂彼救，[元][明]、亂[宮]2122 辯顧謂，[元][明]639 句何等，[元]1092 厭蠱呪。

訶：[明][明]397 無礙智，[三][宮][聖]1602 善故易，[三][宮]397 語無。

解：[宮]310，[己]1958 曰日出，[甲]2266 莊嚴法。

贏：[甲][乙]1822 勞。

禮：[三]202 退出林。

亂：[宮]817 故，[宮]1442 國來，[甲]1841，[甲]2068 句而增，[三][宮][聖]1595 情，[三][聖]125 然故有，[聖]310 亦無所，[聖][另]285，[聖]285，[聖]627 厭不以，[宋]212 訴不時，[元]338 若師子。

論：[宮]425。

辟：[三][宮]1471 報又從，[三][宮]2122 不行修，[乙]2795 白衣還。

期：[甲]2082 來報。

其：[聖]200 父母求。

師：[宮]2008 歸闕表。

說：[宮]263，[三]2123 各爾以。

思：[甲]2371 門矣。

雖：[三]481 以得入。

所：[三][宮][西]665 答夫人。

悌：[甲][乙][丁]2092 淚俱下。

甜：[乙]2092 自得丘。

笑：[甲]2082 而去數。

言：[甲]2266 淨影。

彰：[聖][甲]1733。

轉：[甲]2300 相生義。

此

八：[甲]1700 方。

北：[丙]2092 塚車馬，[丙]2120
臺，[宮][甲]1912 師，[宮]1509 空是
得，[宮]1559 中偈曰，[宮]1799 地大
通，[宮]2034 即第三，[宮]2034 之八
國，[宮]2121 是鬼耳，[甲]2412 云，
[甲]1723 經中亦，[甲]1805 萌反振，
[甲]1830 師所説，[甲]2036 天竺國，
[甲]2128 方言夏，[甲]2129 岸孤絶，
[甲]2195 山之陽，[甲]2261，[甲]2266
在對法，[甲]2394 有阿閦，[甲]2396
方華嚴，[甲]2412 初發心，[甲]1830
量破初，[明]414 土之世，[明]1604
中先説，[明]2131 人呼爲，[三][宮]
2122，[三]2122 山玉華，[聖]2157 方
撰述，[宋][元]681 過百，[宋]26 善
法已，[宋]375 已復至，[宋]1644 花
入，[宋]2060 實本地，[乙][丙][戊]
[己]2092 宣光殿，[乙]2092 黄，[乙]
2092 橋南北，[元][明]310 欝單越，
[元][明]669，[元][明]2122 林蘭若，
[元]2122 云牛角，[原]1781 方常喜，
[原]1898 河，[原]2339 朝元魏，[原]
2408 方護。

本：[三][宮][聖][另]342 土初

不，[三][宮]1521 處若劫。

比：[丙]1141 如來法，[高]1668
法中不，[高]1668 無明字，[宮]1558
意近，[宮][甲]1912，[宮]414 神通，
[宮]421 心，[宮]423 諸，[宮]882 召
集加，[宮]1428 事無利，[宮]1435 別
房中，[宮]1451 云罪惡，[宮]1506 間，
[宮]1507 意難勝，[宮]1545 中極微，
[宮]1559 護時邊，[宮]1599 中道，
[宮]1647 經如潤，[宮]1912 準大集，
[宮]2105，[和]293 生貪著，[甲]1833
有二種，[甲]2249 類也即，[甲]2266
文至非，[甲]2290 量成云，[甲]2290
門所化，[甲][乙][丙]1210 枝木，[甲]
[乙]1816，[甲][乙]1822 二位，[甲]
[乙]1822 有因有，[甲][乙]2261 見但
是，[甲]1717 決次彼，[甲]1733 天下
望，[甲]1735 天，[甲]1735 無功用，
[甲]1781 丘入慈，[甲]1804 丘，[甲]
1805 丘等者，[甲]1821 來數以，[甲]
1828 知有火，[甲]1912，[甲]1960 見
諸徒，[甲]2067 經四，[甲]2128 山峯
似，[甲]2239 例者法，[甲]2250 極寂
靜，[甲]2255 説未必，[甲]2261 二兄
弟，[甲]2261 量，[甲]2261 文知有，
[甲]2266 即經文，[甲]2266 即小乘，
[甲]2266 量，[甲]2266 文意説，[甲]
2266 准，[甲]2271 量無過，[甲]2273
量非過，[甲]2274 得且説，[甲]2274
量時有，[甲]2284 授不二，[甲]2313
知義理，[明]1546 色，[明]1563 者皆
盡，[明]1566 自相違，[明]1596，[明]
1602 聖者已，[明]1609 境行相，[明]

應作，[元]1545 義諸無，[元]1545 中有身，[元]1558 不律儀，[元]1559 不相應，[元]1559 時，[元]1559 未來法，[元]1563 差別義，[元]1566 住體，[元]1579 功能，[元]1579 事是法，[元]1579 是如來，[元]1579 義中意，[元]1589 論外國，[元]1595 觀爲見，[元]1810 作及解，[元]2016 空亦空，[元]2040 律説，[元]2061 量作決，[元]2103，[元]2103 僧徒觕，[元]2104 孝昔世，[元]2112 是道陵，[元]2122 徒種，[元]2154 大同出，[元]2154 言半雉，[原]、[甲][乙]1744 人，[原]、[甲]1744 於八地，[原]2269 知次明，[原]1782 次第解，[原]1834 識若説，[原]1859 學者聞，[原]2208。

彼：[宮]1571 位善法，[甲][乙]1822 論以三，[甲][乙]2263，[甲]1742 性了知，[甲]1816 義錯，[甲]2263 文證一，[甲]2266 失許結，[甲]2269 實則是，[三][宮]1429 沙彌言，[三][宮][聖]1602 堅，[三][宮]263 宅強猛，[三][宮]402 淨色蓮，[三][宮]837 船中載，[三][宮]1431 比丘尼，[三][宮]1546 中説聖，[三][宮]1566，[三]25 象寶一，[三]125 提婆達，[三]194 大海廣，[三]374 煩惱所，[三]2125 故體人，[聖]125 所對，[聖]190 一切色，[聖]476 愛見纏，[另]1428 是世尊，[石]1668 土作何，[宋][元]1057，[乙]1736，[乙]1736 二言者，[乙]2263 文耶是，[乙]2263 證也由，[元][明]1585 三體無。

必：[三][宮]2103 期。

便：[三][宮][另]1458 無。

變：[甲]1705。

不：[乙]2228 二經題。

成：[明]1648 三解脱。

城：[三][宮]2122 教化而。

持：[三]1154 神，[原]、[甲]1744 尚。

出：[宮][甲]1805，[甲][乙]2391 經不，[甲]1736 世眞證，[宋][宮]2122 戒法。

初：[甲]1778 一即不，[甲][乙]1822 兩頌第，[原]1700 之中初。

純：[甲][乙]2192 以智惠。

疪：[三][宮]1552 並有竊。

芘：[甲]2035 一包醤。

雌：[甲][乙]2219 子是羅，[甲]2128 雉也，[聖]1428 獼猴如。

次：[甲][丙]1823，[甲]893 作法衞，[甲]897 眞言與，[甲]1736 以長風，[甲]1755 徒衆前，[甲]1863 文雖言，[甲]1863 文意，[甲]2204 當轉阿，[甲]2312 相配眼，[甲]2777 兩行明，[甲]2782 答後結，[甲]2782 明大門，[甲]2782 四明聞，[甲]2787 及此彼，[甲]2810，[明]882 妙欲普，[明]1552 受得，[三][宮]2111 生未，[三]882 抨諸曼，[聖]1428 七罪科，[乙]1069 結大護，[乙]2157 毗，[元][明][宮]1579 緣起善，[原]973 明，[原]2254。

刺：[三][宮]606 人。

大：[三][宮]657 寶聚，[宋]475 衆。

當：[原]1744 經而解。

道：[宮]2025 譽復奉。

得：[甲]1816 爲所因。

地：[甲]1816 初發，[甲]2035 獄縱廣，[甲]2196 云此，[明]220 速疾證，[明]24 獄已時，[明]1563 能益他，[明]2034 二，[三][宮]1451 即名爲，[聖][甲]1763 獄耶。

等：[明]1544 相入初。

第：[三][宮]286 四地。

丁：[甲]1736 字是也。

動：[石]1509 彼岸不。

斷：[三][宮]1558 永斷體。

多：[明]885。

惡：[聖]211。

而：[三]2112 順生也。

二：[甲]2266 解理未。

法：[宮]1547 象令御，[甲][乙]2263 種皆名，[甲]2195 師意天，[甲]2217 喻者喻，[甲]2249 智知聚，[甲]2837 就事而，[明]1544 觀念住，[乙]2263 現觀故，[原]2262 師意據，[原]2306 是常，[原]920 未見有，[原]1776 中有相，[原]1782 能滅。

反：[宋][元][宮]901 云柏花。

非：[甲]1512 衆生非，[甲]1736 則眞該，[甲]2261 二義故，[甲]2263 刹那之，[甲]2266 想地未，[甲]2266 義利非，[甲]2281 法而，[明]721 是第一，[明]1563 處亦非，[三][宮]1545 俳優歌，[三][宮]1558 經不，[三]865

是一切。

佛：[甲]2195 法還同，[甲]2339 今，[甲]2395 惠云云，[三][宮]2104 之所。

甫：[宋]、－[元][明]382 於如來。

公：[甲][乙]2194 釋意未。

共：[三][宮]2122 於後不。

故：[甲]2266 此，[甲]1816 眞如理，[宋]346 所有廣，[元]1579 唯事於。

光：[甲][乙]2250 不同。

漢：[宋][元][宮]2040 名厭神。

恨：[三][宮]425 是曰。

許：[元][明]2059 亦不可。

化：[甲]2255，[原]2339 身隨類。

幻：[甲]1826。

火：[三]190 神堂然。

或：[乙]2263 義不然。

即：[甲]2006，[甲][乙]1822 於果上，[甲]1733 淨法一，[甲]1736，[甲]1783 與今經，[甲]1841 非是過。

己：[明]1636 身清淨。

計：[原]2271 云無常。

加：[三][宮]1558 行即此。

見：[明]162 識散滅，[明]261 身已入，[元][明]1579 了悟善，[原]、[甲]1744 經本不。

講：[元]125 人。

皆：[丙]2396 是，[甲]2219 同一性，[甲][乙]1822 成業道，[甲][乙]1822 與散無，[甲]2261 謂世尊，[明]261 身不堅，[三][宮]1458 亦無犯，[宋][宮]、背[元][明]2121 追躡徑，

[宋][宮]329 神難，[乙]1822 貪業道，[元][明]212 賢聖法。

結：[三][甲][乙]1125 印加持。

今：[宮]2122 今受是，[甲][乙]1822 破，[甲]2219 十九布。

晋：[宋][元]2154 言依。

晉：[宋][元]202 言。

經：[甲]2195 顯文明。

九：[甲]1731 因不得。

就：[甲]2195 中二乘。

苦：[三][宮]1571 樂等無。

理：[乙]1723 普。

六：[甲]1832 中攝有，[甲]2266 理故正。

略：[三][宮]327 說二十。

妙：[甲]1742 光復現。

名：[三][宮][甲][乙]、此名[丙]866。

能：[甲]1828 緣之智，[明]400 身摧壓，[乙]1796 是除，[乙]1822 釋不得，[元][明]1546 見能淨。

毘：[甲]2250 最勝二，[三][宮]325 尼中決。

匹：[聖]606。

品：[甲]2195 第三段。

破：[甲]1828 論人住。

七：[甲]1830 及佛地，[元]474 度如四。

期：[聖]1421 患唯當。

其：[甲]1789 人也人，[甲][乙]2263 滅度爲，[甲][乙]2263 失三德，[甲]1841 義如何，[甲]2195，[甲]2195 德耶妙，[甲]2305，[三]125 福

功德，[三][宮]630 德本未，[三][宮]2060 言尋爾，[三][宮]2122 事甚深，[三][宮]下同 2049 事法師，[三][甲]1024 處加持，[三]99 諸法示，[三]125 命根乃，[三]264 事以何，[三]279 義而說，[宋]374 月性實，[乙]2263 意也般，[乙]2263 意也已。

豈：[三]、此豈[聖]125 非大患。

棄：[聖]211 三事自。

千：[明]643 光明分。

前：[甲]1041 印，[甲]2273 准前，[聖]1595 波羅蜜。

且：[三][宮]2121 示汝微。

丘：[元][明]、丘此[知]418 菩薩爲。

取：[宮][甲]1998 許汝知，[甲]1828 三名執。

去：[明]2076 事也難，[三]209 無常生。

人：[宮]391 爲，[甲]1736 此一，[三][宮]1458 應合衆。

如：[宮][甲]1912 等法名，[宮]1443 之三種，[甲]2266 是至爲，[明]1175 加持，[三][宮]1595 器世，[三][宮]1646 意業積，[三]1595 前所明，[乙]2296 是已入。

汝：[三][宮]402 等無所，[三][宮]1646 眼，[三]26 本與聖，[三]99 等當受，[元][明]1008 光相。

入：[三][宮]1546 悲喜捨。

若：[三][宮]1548 衆生。

山：[甲]1731 釋實不，[甲]2244 歸宗見，[甲]2782 聚落諸，[三][宮]

721 一一廂，[三][宮]2060 諸承戒，[三][宮]2103 志，[另]1451 不應作。

　　上：[宋][元]1545 義有餘，[宋][元]1428 衣，[原]2395 二教並。

　　少：[甲]2219 義故名，[三][宮]1572 義若言。

　　身：[宋]181 命自投。

　　神：[三]1154 呪持。

　　生：[宮]1549 無處所，[甲]1736 故業生，[甲]1775 皆從男，[三][宮]1463 五種名，[三][宮]1545，[三][宮]1546 是一等，[三]721 法爲於，[宋]721 天因戒，[元][明]1579 法此既。

　　聲：[元][明]66 等者與。

　　勝：[三][宮]1595 障故不。

　　十：[三][宮]2122 一驗出。

　　時：[甲]2299 對重罪，[甲]2328 道理佛，[三]99 諸天女。

　　實：[三][宮]523 是大苦。

　　始：[甲]2337 四教其。

　　世：[宮][聖]419 岸船近，[宮]2123 事後共，[甲]1918 界中，[明]220 深妙法，[明]279 上過佛，[明]1470 時衆被，[三][宮]1545 俗，[三][宮]309 難，[三][宮]765 間，[三][宮]1428，[三][宮]1545 說此沙，[三][聖]120 俗想異，[三]125 間度魔，[三]152 爲，[聖]272 過者，[聖]354 善衆生，[聖]1763 人說空，[乙]1822，[元]220 想非行，[元][明]6 又宜自，[原]1251 間希有。

　　似：[原]2271 立豈成。

　　是：[敦][燉]262 中便應，[宮]

[三]222 者於，[宮]402 經者亦，[宮]463 觀者名，[宮]468 即是一，[宮]2008 名圓滿，[甲]1751 下，[甲]2196 處數不，[甲]2249 文者所，[甲]2249 之，[甲]2269 釋曰此，[甲][乙][丙]1201 願我今，[甲][乙][丙]1210 眞言時，[甲][乙][丙]1866，[甲][乙][丙]1866 斷也若，[甲][乙][丙]1866 十復自，[甲][乙][丙]1866 問如上，[甲][乙]867 法，[甲][乙]981 觀，[甲][乙]1796 聲甚清，[甲][乙]1821 處非，[甲][乙]1866，[甲][乙]1866 初出世，[甲][乙]1866 即說二，[甲][乙]1866 說其，[甲][乙]1866 說問既，[甲][乙]2185 語時以，[甲][乙]2215 咎也前，[甲][乙]2219 經等下，[甲][乙]2228 十二品，[甲][乙]2263，[甲][乙]2286 疑難故，[甲][乙]2288 傳記不，[甲][乙]2288 如何答，[甲][乙]2288 三門是，[甲][乙]2288 一心也，[甲][乙]2288 意，[甲][乙]2288 則大綱，[甲][乙]2328 眞實，[甲][乙]2390 說如金，[甲]904 法已重，[甲]1273 呪無有，[甲]1512 勸信也，[甲]1512 眞淨土，[甲]1512 正語不，[甲]1579 因略有，[甲]1705 之處，[甲]1709 故經云，[甲]1718 說，[甲]1719 實我子，[甲]1722 之應，[甲]1731 義故所，[甲]1731 因緣故，[甲]1733 同體，[甲]1763 實故以，[甲]1763 也寶亮，[甲]1782 事已方，[甲]1799 答三以，[甲]1805 貴物多，[甲]1816 天眼，[甲]1816 行施是，[甲]1893，[甲]1920 衆

得失，[甲]1921 故經云，[甲]1924 又
復若，[甲]1925 道但得，[甲]1931 心
也妙，[甲]1959 種種衆，[甲]2195 次
智度，[甲]2204 乘乘自，[甲]2204 何
況如，[甲]2204 祕，[甲]2204 菩薩
等，[甲]2214 幖幟非，[甲]2214 印是
十，[甲]2217 大因緣，[甲]2217 人也
又，[甲]2217 時漸開，[甲]2219 皆未
等，[甲]2228 忿怒王，[甲]2249 論文
者，[甲]2250，[甲]2250 兩定名，[甲]
2250 自在是，[甲]2263 不可求，[甲]
2263 法住法，[甲]2266，[甲]2266 讀
今謂，[甲]2266 計亦無，[甲]2266 釋
更無，[甲]2266 爲正非，[甲]2266 下
品故，[甲]2266 心彼得，[甲]2266 約
別治，[甲]2270 不成故，[甲]2270
宗，[甲]2271 過是故，[甲]2271 義，
[甲]2274，[甲]2274 第二相，[甲]2274
非量也，[甲]2274 私勘，[甲]2274 自
悟悟，[甲]2288，[甲]2288 此一代，
[甲]2288 於，[甲]2299 見空見，[甲]
2328 云耶，[甲]2335 法疑綱，[甲]
2339 等賜彌，[甲]2339 教門一，[甲]
2354 毘奈耶，[甲]2366 三法中，[甲]
2371 此隨喜，[甲]2371 得心時，[甲]
2371 得意觀，[甲]2371 三諦本，[甲]
2371 一念信，[甲]2393，[甲]2426，
[甲]2426 自在光，[甲]2428 人，[甲]
2434 示問者，[甲]2837 觀，[明]220，
[明]945 計度有，[明]2076 問如何，
[明]220 漸次令，[明]416 經已歡，
[明]894 金剛部，[明]1450 功能仙，
[明]1551 得解脫，[明]1988 若是得，

[明]2060 識者彌，[三]171 語甚大，
[三]220 緣故若，[三]374 偈佛言，
[三]374 誓願，[三][宮]、此比[聖][知]
1581 名以，[三][宮]262 事，[三][宮]
263 經，[三][宮]268 法莫令，[三][宮]
376 事應說，[三][宮]586 三昧皆，
[三][宮]1431 衆學戒，[三][宮]1536
四問知，[三][宮]1551 得解脫，[三]
[宮][甲]2053 乎時殿，[三][宮][聖]
[另]1543 章義，[三][宮][聖]586 解脫
門，[三][宮][聖]586 諸，[三][宮][聖]
1425 事具白，[三][宮][聖]1509 三十
七，[三][宮][知]266 經卷逮，[三][宮]
221 世尊爲，[三][宮]223 身此身，
[三][宮]231 法時八，[三][宮]263 定
已輒，[三][宮]263 法，[三][宮]263 經
至德，[三][宮]263 言比丘，[三][宮]
263 悠悠極，[三][宮]266 深經即，
[三][宮]268 經不染，[三][宮]268 密
語亦，[三][宮]268 想，[三][宮]270 經
今，[三][宮]276 經名無，[三][宮]281
爲一佛，[三][宮]374 慮，[三][宮]398
亦分別，[三][宮]403 阿差末，[三]
[宮]414 無，[三][宮]425 頌曰，[三]
[宮]429 佛土有，[三][宮]452 無價寶，
[三][宮]461 靜寂念，[三][宮]544 法
乃令，[三][宮]560 恩愛五，[三][宮]
585 經，[三][宮]586 具足快，[三][宮]
586 相是名，[三][宮]606，[三][宮]
606 崩掘常，[三][宮]606 即出珠，
[三][宮]613 事已應，[三][宮]657 乘
但爲，[三][宮]657 法無有，[三][宮]
664，[三][宮]677 義故當，[三][宮]

720 喻言盲，[三][宮]721 説是八，[三][宮]721 罪人臨，[三][宮]785 杖者與，[三][宮]810，[三][宮]810 道路至，[三][宮]810 文字，[三][宮]810 想則曰，[三][宮]810 語時天，[三][宮]1421 等比丘，[三][宮]1425 長養善，[三][宮]1425 惡不善，[三][宮]1425 惡法，[三][宮]1425 事故第，[三][宮]1425 事往白，[三][宮]1425 物施與，[三][宮]1428 比丘利，[三][宮]1428 常日夜，[三][宮]1428 念我今，[三][宮]1428 説若比，[三][宮]1428 中，[三][宮]1429 衆學，[三][宮]1435 過答言，[三][宮]1435 念是比，[三][宮]1435 事集二，[三][宮]1435 熟乳何，[三][宮]1442 念此，[三][宮]1464 神變歡，[三][宮]1488 而生憍，[三][宮]1507 分畢古，[三][宮]1509，[三][宮]1509 偈已到，[三][宮]1509 菩薩不，[三][宮]1521 論者，[三][宮]1521 説，[三][宮]1546 法性是，[三][宮]1546 人疑能，[三][宮]1595 執者若，[三][宮]1646 定得一，[三][宮]1646 佛法論，[三][宮]1646 身已未，[三][宮]1646 貪若，[三][宮]1646 中無有，[三][宮]2040 蟻子亦，[三][宮]2060 入，[三][宮]2103，[三][宮]2121 苦謂有，[三][宮]2122 法貴賤，[三][甲]901 亦如是，[三][甲]1124 心，[三][聖]99 經已諸，[三]1 事彼行，[三]1 事如，[三]1 因緣，[三]1 又告阿，[三]26 之定，[三]99 經，[三]99 身，[三]100 之人死，[三]100 諸祠祀，

[三]125，[三]125 比丘，[三]125 念云我，[三]125 謂一人，[三]125 學當説，[三]152 王甚歡，[三]171 山中亦，[三]185 華可得，[三]186 經時八，[三]189，[三]190 名爲最，[三]190 者汝驅，[三]192 苦鄙哉，[三]201 事，[三]202，[三]202 説意等，[三]203 大士不，[三]203 事王言，[三]220 畢竟不，[三]264 相見大，[三]360 國土修，[三]375 誓願因，[三]414 妙三昧，[三]474 飯少而，[三]474 師子座，[三]474 諸大人，[三]643 觀髮，[三]643 念時阿，[三]643 念時氣，[三]643 念已獄，[三]643 罪人臨，[三]1011 經，[三]1012 持一切，[三]1331 常護佛，[三]1648 謂性戒，[聖][甲]1763 名顛倒，[聖][甲]1733 總菩薩，[聖][甲]1733 總總，[聖]99 惡聲是，[聖]120 偈已即，[聖]125 之人獲，[聖]189 耶時，[聖]222 壽終從，[聖]227 善男子，[聖]292 忻然信，[聖]397 衆生開，[聖]397 諸光，[聖]466 語説此，[聖]613，[聖]613 想時自，[聖]643 觀者除，[聖]663 經典首，[聖]663 經悉能，[聖]1421 於大王，[聖]1428，[聖]1435 法諸沙，[聖]1462 言必，[另][石]1509，[另]1428 工師廢，[另]1543 見所謂，[另]1721，[另]1721 爲譬者，[石]1509 觀已呵，[石]1509 中説衆，[石]1509 中自説，[宋]220 因緣，[宋]220 因緣所，[宋][宮]310 因緣名，[宋][甲]2044 天尊言，[宋][明][宮]

414，[宋][元]99 經已諸，[宋]220 因緣所，[宋]374 説是義，[乙][丙]1866 説，[乙][丙]2810 梵語云，[乙]912，[乙]1204 善根迴，[乙]1723 諸衆生，[乙]1724，[乙]1736，[乙]1736 意我，[乙]1866，[乙]1866 經唯以，[乙]1866 菩薩行，[乙]1929，[乙]2192 經非已，[乙]2192 意也，[乙]2215 菩薩同，[乙]2261 故聖者，[乙]2261 外中之，[乙]2263 不如以，[乙]2263 取捨，[乙]2263 釋更無，[乙]2263 意也天，[乙]2350 而生故，[乙]2425 類衆多，[乙]2426 之德何，[元][明]、一[宋]222 身則不，[元][明]220 因緣所，[元][明]220 因緣所，[元]2016 門中亦，[原]、[甲]1744 一切諸，[原]862 善男子，[原]920 惡人作，[原]1796 宮是古，[原]1796 起諸分，[原]1840 等言名，[知]418 三昧得。

釋：[乙]2263 意可祕。

水：[甲]2313 本性清。

説：[宮]263 語吾在，[三][宮]1545 不説。

斯：[丙]1823 理，[甲]1821 通釋何，[甲]2255 等類等，[甲][丙]2381 發得戒，[甲][乙]1821 二義名，[甲][乙][丙]1184 八方便，[甲][乙]1821，[甲][乙]1821 解可攝，[甲][乙]1821 説也，[甲][乙]1821 義故所，[甲][乙]1822 廣，[甲][乙]2263 生死輪，[甲][乙]2263 義准可，[甲][乙]2328 不住生，[甲]952，[甲]1709，[甲]1717 五濁而，[甲]1736 二下後，[甲]1736 文

者明，[甲]1823 頌矣今，[甲]1980 復最爲，[甲]2068 功德，[甲]2068 以往法，[甲]2081 讚演施，[甲]2270 論今疏，[甲]2301 經論，[甲]2337 立，[甲]2901 法親近，[明]125 偈，[三][宮]310 能發趣，[三][宮]263，[三][宮]263 道業見，[三][宮]263 經講説，[三][宮]270 處已更，[三][宮]270 經已能，[三][宮]477 印爲諸，[三][宮]544 經云何，[三][宮]581 患吾見，[三][宮]627 言時逮，[三][宮]635 諸法，[三][宮]650 經云何，[三][宮]1545，[三][宮]1545 論諸預，[三][宮]下同 585，[三][宮]下同 585 天子者，[三]374 光先治，[聖]383 偈已而，[聖]1851 名，[另]1721 釋，[乙]1736 即非有，[乙]2263 撲揚解，[乙]952 大明呪，[乙]1821 餘心，[乙]1822 集滅，[乙]1909 禮拜之，[乙]2192 月輪之，[乙]2263 識等亦，[元][明][敦]262 所輕惱，[知]598，[知]598 海乎宜。

死：[宮]1912 尚未知，[三][宮]765，[三][宮]2123 落三塗。

四：[甲][丙]2397，[甲][乙]1822 類，[甲]1717 字等者，[甲]1929，[甲]2263 定理不，[甲]2263 更無若，[甲]2274 所作因，[甲]2281 文獻記，[明]318，[明]1545 身得成，[三][宮]2122 洲人民。

誦：[乙]914 眞言七。

隨：[元][明]1435 處説共。

所：[甲]1828 依故識，[甲]2299 言正者，[明]1648 謂作變，[三][宮]

328 取以正，[三][宮]462 明，[三][宮]
2121 住房禮，[三]1579 計亦復，[聖]
1428 理也時，[聖]1579 漂，[宋][元]
[宮]1547 説好三，[元][明][宮]310 念。

他：[明]1476 善人死，[三][宮]
345 觀則吾，[宋]1543 章義願。

唐：[明][異]402 長老以，[宋]
1027 云三十。

屯：[三][宮]2060 負留難。

唯：[原]1841 義如。

爲：[三][宮]278 作證，[三][宮]
657 是何人，[三]193 兩部故，[聖][另]
1442 緣説伽。

聞：[三]2104 經中天。

我：[甲]2266 上不可，[甲]2339
今説少，[三]、－[聖]125 亦如是，
[三][宮]1435 請比。

無：[甲]2337 令有，[甲]2266 法
無法，[甲]2312 二都無，[三][宮]、七
[知]266，[三]268 諸觸性，[聖]225 無
所用，[宋][元]1185 有惡鬼，[原]2339
有眞實。

五：[元][明][宮]374 陰，[元][明]
375 陰。

武：[三]2122 山在焉。

仙：[宮]423 四衆能，[三][宮]397
人所産。

先：[丙]2218 義守護，[三][宮]
[知]384 語，[三][宮]1559 有覺觀。

現：[三]212 世事者。

小：[三][宮]606 慈於是。

些：[甲]901 婆叉泥。

心：[宮]1462 是釋種，[甲]1920，

[甲]2263 所不離，[甲]2299 即受識，
[宋][宮]、比[元]2103 志。

信：[和]293 大願王。

行：[元][明]1509 不淨是。

性：[元]220 增語既，[元][明]
1562 識。

媛：[三][宮]1571 因所引。

言：[宮]2104 言之實。

衍：[原]、－[甲][丙]973 作鐵。

也：[宮][甲]1799 如王所，[甲]
1705 從上非，[甲]1775 皆禪度，[甲]
2323 由秋篠。

一：[宮]1596 顯示於，[甲]2196
品即明，[三][宮]1435 僧，[三][宮]
1435 僧伽婆，[三][宮]2122 臭屍沙，
[三][甲][乙]2087 伽藍使，[三][甲]
1139 法門陀，[三]245 座説般。

依：[甲][乙]1822 超越爲，[甲]
2305 境力，[聖]26 日月雖。

以：[敦]365 愚人臨，[宮]1509
道場坐，[宮]1549 色，[宮]2122 不淨
食，[甲]1911，[甲]2266 唯假業，[甲]
[乙]1751 妙華涌，[甲][乙]1822 略擧
故，[甲][乙]2231 五智水，[甲][乙]
2259 一名言，[甲]1122 眞言身，[甲]
1512 明三佛，[甲]1512 我法得，[甲]
1782 空即，[甲]1792 文云具，[甲]
1816 但説九，[甲]1822 下一行，[甲]
2263 心倒云，[甲]2266，[甲]2266 云
見惑，[甲]2400 一切法，[甲]2434
總，[明]2042 大地以，[三]2149 秦，
[三][宮]1545 實執身，[三][宮]1546
中，[三][宮]1595 種子復，[三]194

鈴，[三]627 諸因緣，[三]883 三昧頌，[三]1562 無爲隨，[聖]1440 諸比丘，[聖]1723 五是勝，[石]1509 所著物，[宋][宮]2123 女讚之，[宋]285 造越至，[西]665 勝業常，[乙]2218 下義，[乙]2190 一事實，[原]1780 復是不，[原]1872 諸。

亦：[甲]1744，[甲]1828 破入滅，[乙]2207 人，[乙]2207 云食香。

由：[甲][乙]1821。

有：[甲]2300 類也文，[三][宮][聖]1543 何差別，[三][宮]1549 眼識觀。

又：[乙][丁]2244，[乙]2244 云揵疾。

于：[宮]263 難陰蓋。

於：[宮][聖]1425 樹上，[宮]268 百千億，[宮]1810 七五行，[和]261 五心中，[甲]1733 中覺觀，[明]1336 便斷不，[三]125 世間如，[三]1604 偈顯示，[三]2122 力不可，[宋][元]1511 疑，[宋]26 禪耶若，[乙]2218 六齋日。

與：[三]100 如是徒，[三][宮]、一[聖]1428 舊比丘。

緣：[甲]1736 所發能。

遠：[甲]、此一[甲]2195 本對先。

曰：[三][宮]1595 偈顯無。

云：[乙]2249 俱舍等。

在：[甲]2128 田此神，[明][甲]1215，[明]303 修多。

則：[甲]1698 土穢虛。

者：[宮]、此語[聖][另]790 多有

信，[甲][乙]1822 能滅心，[三][宮]2122 會中八。

正：[甲]2261 釋相謂，[聖][知]1581 法正向。

證：[甲]2263 文證有。

之：[丙]2396 文縱隨，[甲]、能緣八是[乙]2263 無記，[甲]1805 人間數，[甲][乙]2185 句是第，[甲][乙]2404 可知，[甲]1512 爲因然，[甲]1700 圓成是，[甲]1816 經爲諸，[甲]1830 即名爲，[甲]1913 便加雙，[甲]2195 理，[甲]2195 推，[甲]2263 後後位，[甲]2263 者過去，[甲]2274 爲空非，[甲]2409 者如丹，[明][甲]1077 大陀羅，[三]125 有四事，[乙]2250 句屬下，[乙]2263 可知其，[乙]2263 云執耶，[乙]2408，[原]1840。

知：[甲]1733 此從初，[甲]2250 論文金，[甲]2434 無盡莊，[元][明]272 無喜樂。

執：[明]1595 義以未。

止：[甲]1828 故起，[甲]1805 蘭若制。

指：[三]2122 光以此。

至：[甲]1782 一品總，[甲]2207 成佛亦，[原]1239 西南爐。

中：[宮]236，[甲][乙]1709 分，[甲][乙]1821，[甲][乙]2261 意或有，[甲][乙]2391 院種子，[甲]1709 十中隨，[甲]1781 現，[甲]2195 乘莊嚴。

衆：[宮]707 人，[元][明]212 生答曰。

諸：[甲][乙]1799 世界在，[甲]

1775 大衆無，[明]278 菩薩所，[三]、
一[宮]310 法，[三][宮][聖]1425 比丘
即，[三][宮][聖]1462 比丘云，[三][宮]
2040 女上爾，[三]1559 惑障得，[三]
1595 已説依，[乙]2228 成就次，[元]
[明]589 法皆悉，[原]2196 德多依。

茲：[三]2112。

子：[甲][乙]1821。

皆：[三][宮]1545 流，[三][宮]
2121 賢聖受，[聖]120 捨離一，[元]
[明]1331 深。

紫：[三]193 滿度六。

自：[甲]1733 地菩薩，[甲]1828
所緣，[明]1421 衆中最，[明]1 名釋，
[明]1505 爲首強，[明]1611，[明]2103，
[三][宮]1562 處強捨，[三]882 足心
出，[聖]26 有四種。

足：[聖]1512 四者名。

作：[明]210 受苦樂，[明]1669 生
中不。

班

庀：[三][宮]399 大人相。

疕：[三][宮][聖]639 深是愚，
[三][宮]1808 雖有善，[三]399，[三]
817 常行精。

束

束：[三][宮]1547 然後能，[三]
[甲]901。

次

安：[甲]1771 故作如，[甲]2037
奉尋召。

白：[三]220 佛言以。

本：[甲]1736 論云。

彼：[甲]2195 云不愚。

別：[乙]2396 淺深今。

波：[宮]848 説降三。

側：[乙]901 豎二中。

初：[甲]1828 文復三，[甲]2387
受觸忿，[甲]2748 三偈舉。

處：[甲]974 誦尊勝。

吹：[甲]1721，[甲]2128 藍苔反，
[三][宮]2102 吸其靡，[聖]1859 宗南
陽，[元]317 有風起。

此：[丙][丁]866 如，[和]293 即
於此，[甲]1911 第説若，[甲]866 結
金剛，[甲]1735 相似但，[甲]1736，
[甲]1736 生受方，[甲]1736 云雖云，
[甲]1736 自正者，[甲]1816 正解經，
[甲]2270 説，[甲]2782 二明果，[明]
[甲][乙]1260 已後作，[明]1007 爲汝
説，[明]1661 當知色，[三][宮]416 阿
難若，[三][宮]1604 成就説，[三][宮]
1648 第七過，[三]1586 二十二，[聖]
1579 緣起本，[另]1721 明物不，[乙]
2391 有此法，[原]973 已後具。

但：[乙]2263 至梵王。

當：[乙]2391 觀金剛。

盜：[三][宮]723 罪墮畜。

斷：[甲][乙]1822 對未來。

頓：[甲]2337 教教既。

二：[甲][乙]2227 示應著，[甲]
1698 思義不，[甲]1735，[甲]1736 親
如目，[甲]1736 實則下，[甲]1736 由
前二，[甲]1786 佛述，[明]1529 説修

集。

法：[甲][乙]1822 供養佛，[乙]1821 供養佛。

非：[甲]2259 文云若。

復：[甲]923 以印印，[甲]1733 於末後，[三][甲]1123 結金剛。

故：[甲]2269 釋曰若，[甲]1731 更舉一，[甲]1828 文云其，[乙]2393 說，[乙]2396 云是第。

關：[甲]1733 佛無上。

軌：[甲][乙]2391 於一切，[乙]2391 誦金剛。

後：[甲]1709 明對治，[甲][乙]2254 解長行，[甲]1705 明聖境，[甲]1735 以淨智，[甲]1735 知，[甲]1736 行經云，[三][宮][甲]901 用軍，[三][宮]下同 397 五百年，[聖]1721，[聖]1723 修空行，[乙]1736 正破也，[原]1780 合明眞。

護：[乙]2391 虛。

火：[知]1579 根等諸。

及：[丁]866 大光明，[三][宮][聖]1421 僧諸比。

即：[甲]1151 誦金剛。

既：[甲]2195 聞法已，[甲]2266 已得上。

決：[高]1668 說讚歎，[宮]1428 更得續，[甲][丙]2397 云若依，[甲][乙]1816 云無有，[甲][乙]1822 定故因，[甲][乙]1822 定後起，[甲]1830 解頌文，[甲]2255 定所以，[甲]2266 不計滅，[甲]2339 定故然，[明]2112 受眞文，[三]26 擇，[三]1602 不決

定，[三][宮]1606 了知能，[三]2145 三，[聖]1562 生成熟，[乙]1816 波羅，[乙]1816 正釋難，[乙]2261 定曾習，[乙]2317 二文，[原]1818 別請。

坎：[甲]2879 造浮，[明]1132。

恐：[原]、故[甲]、次[甲]1781 補心處。

況：[乙]1816 以衣服，[原]、況[甲][乙]1724 意乃多。

令：[明]212 魂靈散。

六：[甲][乙]1799 加行位，[甲]1718 七行，[明]1529 說分別。

略：[乙]1822 有五種。

沒：[甲]1830 答雖言。

明：[甲][乙][丙]1184 地慧幢。

七：[明]1529 說離。

其：[甲]1258 印相者。

起：[三]384 立牆壁。

淺：[乙]2296 淨名鑒。

欠：[甲]2128，[乙]2394。

切：[甲]923 佛部三。

頃：[甲]1708 遙覩天，[甲]2073 之達青。

丘：[三][宮]1462 比次者。

汝：[三]310 於集法，[三]1336 當縫納。

入：[宋][元]1559 此。

三：[甲]1736 此爲有。

上：[甲]1723 說四此，[甲]2214 之。

深：[三]220 修習而。

師：[甲]1828 句安立。

世：[甲]2266 也。

似：[三][宮]1435 上座若。

説：[三][宮]1604 爲聲聞。

四：[甲]1778 命善得，[甲]1828 辨現行，[明]1529 説顯示。

頌：[乙]2254 欲邪行，[乙]2254 中言業。

誦：[三][甲]1124 第三句。

隨：[甲]2263 因明論。

所：[甲]1268 及高山，[三][宮]1546 説復云。

他：[甲]1086 結外供，[甲]2036 兩得同。

吞：[三]193 噉燒鐵。

爲：[三][宮]848 臂下。

文：[宮][甲]1805 故知突，[甲]1805 出論語。

五：[甲]1718，[明]1529 説顯示。

下：[甲]2263 文云性。

現：[乙]2263 文聞説。

羨：[三][宮]2122 當達震。

心：[乙]1258 結。

須：[甲]1733 入定法，[甲][乙]2227 説成就，[甲]1733，[三][宮]2102 有德而，[聖][甲]1733 來二，[聖]1451 洗拭令，[原][甲]1821 破，[原]1776 告菩薩。

言：[三][宮][聖][另]717 世尊如。

也：[宮][甲]1912 所以下。

衣：[宮][甲]1805 律云持，[甲][乙]1225 服天厨。

依：[甲]2266 第追求。

已：[乙]2394。

以：[宮]、－[聖]1488 得身滿，[宮]322 應有之，[宮]398 得成於，[宮]1810 説頌云，[甲][乙]、－[丙]2396 明，[甲][乙]901 人一肘，[甲][乙]1822 辨遍處，[甲][乙]1822 定後起，[甲][乙]1822 而起心，[甲][乙]2227 謂沈水，[甲][乙]2259 未來爲，[甲][乙]2390 更心前，[甲]923 眞言花，[甲]1040 如前建，[甲]1110 請本，[甲]1512 前段明，[甲]1736 相違答，[甲]1744 文證者，[甲]1763 也言不，[甲]1782，[甲]1816 反，[甲]1828 理觀察，[甲]1828 色等遍，[甲]1828 邪見者，[甲]1920 傷念一，[甲]2214 即告金，[甲]2217 上文云，[甲]2249 上卷九，[甲]2259 上文非，[甲]2259 下文云，[甲]2262 邪見過，[甲]2290，[甲]2305 下品，[甲]2339，[甲]2394 行者初，[明]1562 四解脱，[三]1169 畫滿賢，[三][宮]1546 爲止，[三][宮]2043 飲，[三][宮]1509，[三][宮]1545 纒裹義，[三][宮]1545 滅法能，[三][宮]1546 淨觀令，[三][宮]1644 種種諸，[三][宮]1647 立正，[聖]1721 內具此，[聖]1763 現在具，[宋]222 舍利，[乙][丙]1210 解，[乙]1796 祕密主，[乙]2391 云，[乙]2392 作回轉，[乙]2394 大日諸，[原]、[甲]1744 判文處，[原]、以[聖]1818 説彼法，[原]1818 第八地，[原]2271 上文此，[原]2339 下玄續，[原]2409 前印。

亦：[三]1016 知第一。

有：[宮][石]、有住[聖]1509 菩薩位，[三][宮]1545 佛眷屬，[三][宮]

1546 以不斷，[三][宮]1595 一時中。

又：[丙]862 欲令弟，[甲]1719 云爲對。

於：[甲][乙]2391 頂上想，[甲]1805 已有濫，[甲]2195 遮罪，[乙]2391 進力稍。

餘：[聖]1435 有好者。

歟：[甲]2399 計都在，[甲][乙][丙]2249 成劫。

欲：[甲][乙]2174 建道場，[甲]923 獻塗香，[甲]1007，[甲]1816 願等故，[三][甲]1124 金剛密，[三]192 至不覺，[三]1549 藏貯以，[三]1558 當說色，[三]2103 向上至，[聖]1546 第，[宋]1509 以道法，[乙]2249 無無表，[乙]2261 前云造，[原]1744 對劣。

在：[三][宮]1559 下鼻又。

知：[甲][乙]2192 天台。

中：[甲]1811 有。

貲：[甲]2053 之恩。

資：[甲]2255，[三]2125 及龍鬼。

自：[明]1225 當陳相。

恣：[丙]1184，[原]1782 施故調。

阻：[三][宮]456 求不知。

作：[三]1283 於上。

伺

祠：[三][宮]2122 之者矣，[宋]660 求其短。

詞：[甲][乙]1822 故於定。

待：[三][宮]1428 其來。

何：[甲]1736 喜故，[元]1462 取

無上，[元]1442 命來取，[元]1579 求他所，[元]1579 以，[元]1579 由此因。

候：[聖]1421。

狙：[聖]190 諸女睡。

趣：[三]203 衆鳥等。

任：[乙]2263 其趣欲。

時：[明]156 捉得以。

守：[三][宮]748 捕婦女。

司：[三][宮]2121 捉得斷，[聖]125 察人民，[元][明]590 命減算。

私：[宮]2123 欲危害，[宋][元][宮]、尸[明]1428 呵神彼。

思：[甲]2266 及由四，[甲]1736 行六等，[甲]1828 境不稱，[甲]1828 也於此，[宋]26 彼便，[宋]26 於是，[元][明]26 長老上，[原]1834 其唯識，[原]1834 受指麾。

斯：[聖]210 空池既。

死：[三]190 命鬼等。

同：[宮]2123 獵屠羊，[甲]、伺[甲]1782 故無嗔，[甲][乙]1744 獵十二，[甲]1733 縁現起，[甲]2266 縁一境，[三]988，[宋][宮]1563 二法既，[宋]222 求得其，[元]1563 相應等，[元]639 候男夫。

向：[宮]2040 察所在，[甲]2244 其，[聖]26 心無有，[聖]425 求得其，[聖]663 之處，[宋]153 求諸天，[乙]2350。

尋：[甲][乙]1822 唯。

曰：[宋]2121 覓彼人。

約：[乙]2261 亦繫屬。

逐：[三]192。

刾

勅：[宮]2053 史寶師。

刾：[三][宮]下同 1646 刺名，[宋][元]2061 史段懷。

刾：[乙]908 木赤花，[乙]908 木爲鉤。

莿：[三]311 地獄迦。

刀：[宋][元]2121 刺頸出。

對：[元][明]272 無諸惱。

割：[宋][宮]639。

棘：[明]375 刺刀劍，[元][明]468 林出家。

闕：[元][明][石]1509 那尸棄。

荊：[三][宮]1579 棘瓦礫。

刺：[丙]1246 刺叉彌，[宮]、頼[聖]以下同 664，[宮]2078 史蕭昂，[宮]721 常不，[宮]2078 史韋據，[甲]1912 若却，[甲]2296 密帝，[明]293 專，[明]2016，[明][乙]1092 拏跋陀，[明]293 故菩提，[明]1425 交脚，[明]1562 世尊以，[三][宮]1443 二，[三][宮]1451 三衣時，[三][宮]1545 有過有，[三][宮]847 心損其，[三][宮]1421 或以繩，[三][宮]1443，[三][宮]1443 其心胸，[三][宮]1443 僧伽，[三][宮]1451 拏迦攝，[三][宮]1451 如縛五，[三][宮]1451 若使作，[三][宮]1464 百瘡婬，[三][宮]1548 滅若入，[三][宮]1558 藍位能，[三][宮]1562 等觸爲，[三][宮]1562 而深憐，[三][宮]1562 藍頍部，[三][宮]2040 棘諸臣，[三][宮]2060 恐蟲，[三][宮]2060 史，[三][宮]2103 史聞風，[三][宮]2103 史召，[三][宮]2121 身血書，[三][宮]下同 1646 竹結實，[三]125 地獄其，[三]848 遮，[三]984 昌致反，[三]999 令彼，[三]1096，[三]1130 上或入，[三]1331 死鬼有，[三]1545 藍位次，[三]1545 有濁有，[三]2087 其，[三]2110 眼深持，[三]2149 史度，[三]2154 史寶師，[三]2154 史儀同，[另]下同 1435，[宋][元]、利[明]423 聚身名，[宋][元]2061 之狼狽，[宋][元][宮]1545，[宋][元][宮]664 他方怨，[宋][元][宮]2103 含膠允，[宋][元][宮]2103 言之者，[宋][元][乙]1092 頭縛鉢，[宋][元]99 足起身，[宋][元]293 血爲墨，[宋][元]1007 樹木求，[宋][元]1130 投於深，[宋][元]2061 客來屠，[宋][元]2061 史兵部，[宋][元]2061 史密加，[宋][元]2061 史齊平，[宋][元]2061 史請之，[宋][元]2061 于是郡，[宋][元]2121 其目擔，[宋][元]2122，[宋][元]2122 或從怨，[宋][元]2154 史歐陽，[乙][丁]2244 拏西印，[乙][丁]2244 他悉陀，[元][明][乙]1092 鞞里拏，[元][明]889 不乾枯，[元][明]1425 木聽著，[元][明]1441 口中彼，[元][明]1462 何以故，[元][明]1547 不苦不，[元][明]1547 足疹患，[元][明]下同 1547 刺因，[元]866 酥蜜，[元]2061 史祭岳。

喇：[宋][明][甲]971 拏毘戍。

辣：[明][甲]1216 物遍身，[三][宮]1656 味相雜，[三][宮]下同 1641

此非三。

賴：[丙]1823 藍此云，[甲]1786 耶是無，[甲][乙]1821 闍答，[甲][乙]1822 藍時身，[甲]1821 部陀此，[甲]2135 者，[聖]347 其子便，[聖]2157 若唐言，[宋][宮][聖]664 留達切，[宋][元]1545 藍位爲，[宋]2087 婆唐言。

梨：[甲]1847 耶。

利：[宮]1545 長十六，[甲]2266 闍等三，[三]2087，[元]125 今日，[元]2154 水水深。

羅：[甲]1823 尼此云。

囉：[三][丙]、[甲]1202 二合。

判：[甲]1733 斷惡因，[甲]2299 之樹者。

剖：[乙]1796 爲孔穴。

剎：[甲]、刺[乙][丁]2244 婆。

鑠：[三][宮]2122。

辛：[三][宮]1641 威德者。

削：[明]414 以石。

一：[三]202 當其眼。

針：[甲]2882 人心。

製：[三]2110 五夾紵。

莉

刺：[元]、剌[明]397 種。

賜

財：[宮]263 我等。

噉：[三]、噉[宮]2121 盡鼠滿。

得：[三]202 此三願。

睞：[三]1335。

竭：[甲][乙]2186 第五從，[三][宮]2122 其飯鮮。

盡：[原][乙]1775 其諸菩。

句：[宋][宮]、勿[元][明]1488 遺歡喜。

名：[甲]2035 名齊豐。

榮：[三]152 之上爵。

勝：[甲]2801 法二明。

施：[明]1450 瓔珞時，[三]1331 與令身。

使：[明]663 我身常。

斯：[三][宮]、[聖]627 濡首答，[三][宮]263 貪愛樂。

澌：[三][宮]2042 舍利既。

四：[甲]1736 下者人。

肆：[明][宮]2122 惡口帝。

偒：[三]1 其飯鮮，[元][明]362 盡如是，[元][明]2122 舍利既。

錫：[宮][甲]1998 紫衣號，[甲]2036，[甲]2425 勳，[明]2076 六銖披，[三][宮]2060 遺相續。

細：[三][宮]402。

與：[甲]1722 大車則。

惢

忽：[三]665 忙至王，[元]、忽[明]1442 遽待分。

愡：[明][甲][乙]1225 猛相二。

忽：[元][明]190 遑。

急：[甲][乙]1821 迫二。

忿

惡：[三]360 務未嘗。

忽：[宮]1646 務以身，[甲][乙]2259 得滅定，[甲]1733 然廣博，[甲]1775 化成大，[甲]1804 切索衣，[甲]1805 切疏，[甲]1969，[甲]2130 也，[甲]2217 進，[甲]2259 名果滿，[甲]2259 相違乎，[明]1636 遽不修，[明][甲]2044 務且須，[明]310 邊與，[明]316，[明]948 速，[明]1450 然熾炎，[明]1579，[三]945 生無量，[三][宮]2122 然擯，[三][聖]190 起屈身，[三][聖]190 欲爲我，[三]190 起貪心，[元][明]1435，[元][明]1579 務行境。

或：[三][宮]606 得困病。

忍：[甲]2068 心對經。

勿：[宋][元]、忽[明][宮]729。

息：[明]2042 務不得。

總：[三]310 務出家。

卒：[甲]2195 起兼須。

蓯

苗：[元][明][宮]813。

蔥

慈：[甲]1039 滓猫兒，[元]2122 食雜污。

菘：[元][明]1425 菜若取。

蓊：[明]293 翠窣幹。

樅

摐：[甲]2128 也。

縱：[甲]2128 立也説。

聰

分：[三][宮]2045 明。

敢：[甲]2087 叡同類。

慧：[三][宮]2046。

聖：[三][宮]338 慧通。

聰：[聖]1733 慧者。

聽：[丙]2381 惠者求，[宮]588 行戒甚，[甲][乙][丁]2244，[甲]850 慧耳根，[甲]1709 慧爲他，[甲]1816 明，[甲]1830 明辨捷，[甲]2087 敏，[甲]2087 敏有聞，[甲]2087 明高論，[甲]2266 惠於其，[甲]2266 利御製，[甲]2300 者聲不，[明]220 敏智者，[三][宮]263 徹如是，[三][宮]639 佛智光，[三][宮]2103 勝，[三][宮]2112 二遍盲，[三]100 聞法信，[三]682 慧無等，[宋][宮]433 聖，[乙]2261 明人，[元][明][宮]1656 故癡，[元][明]2060 方開學，[元]2122 敏剋，[原]1778 八佛，[知]741 明，[知]741 壽命。

應：[三]657 明利根。

智：[三][宮]721 慧正見。

總：[甲]2039 惠過人，[甲]2266 叡者諸。

篵

篵：[元][明]1080 爲丸和。

从

以：[甲]2207 从言二。

従

標：[甲]1733 首名信。

初：[甲]1719 釋歎言。

墮：[三][宮]、随[宮]729 獄中來。

復：[甲]1735。

後：[甲]1735 亦通正，[原]1849 五能依。

救：[甲]1733 菩薩如。

就：[原]2317 七番中。

誦：[三]2145 出此經。

提：[乙]1723。

徒：[甲]1830 緣而生，[甲][乙]1832 既多淨，[甲]1728 三，[明]2145 常於新。

行：[宋]2145 其受法。

於：[乙]1723 諸佛。

譬：[三]2145 雖闕而。

諸：[聖][甲]1733 佛有故。

縱：[甲]1833 從他也。

從

被：[乙]953。

彼：[宮]1546 欲界，[甲]2250 補特伽，[甲][乙]1823 地大種，[甲]1717 初受名，[甲]1717 證如文，[甲]1778 有疾菩，[明]26 父所得，[三]1340 十四句，[三]1341 戒，[三][宮]625 大地抓，[三][宮]1549 施時便，[三][宮]1581 以有因，[三][宮]2122 比丘入，[三][宮]2123 此而出，[三][乙][丙][丁]865 婆伽，[三]198 海度無，[三]1340 十四音，[三]1442 衣，[聖][另]1543 欲界沒，[聖]1544 果至果，[宋][元]26 無量識，[乙]2249 無想異，[元][明][宮]489 勝義諦，[元][明][宮]1558 道類智。

便：[甲]917 定起，[元][明]1428

此池忽。

長：[三]2088 二百餘。

成：[甲]2006。

出：[三][宮]2121 城。

初：[宮][甲]1911 二地至。

處：[甲][乙]2391 於額前。

傳：[乙]2263 云事深。

從：[甲]2129 手垂聲。

促：[宮]2122 風上天，[甲]2837 略以能，[三][宮]1425 初跋渠，[三][宮]1425 前滿六，[三][宮]2121 還我珠，[宋][元]603 令瞑動，[宋]1694 令瞑動，[乙]2249 故不分，[元][明]2066 志庶無，[元][明]2121 且，[原]2196 執。

存：[元][明]658。

誕：[甲]2339 法師等。

得：[三]375 須陀洹。

德：[宮]225 是代歡，[宮]656 苦至無，[三]150 無有量，[聖]1582 性地乃，[元]1483 乞得物，[原]1776 智有因。

地：[宮]398 施根而。

定：[三][宮]611 五陰，[聖]1509 禪定起，[元][明]1461 罪三上。

東：[乙]2157 遊遂達。

度：[聖]1428 溝瀆泥。

短：[原]1776。

泛：[甲][乙][丙]2394 溢，[乙]2394 明修習。

非：[三]1629 現量生。

伏：[三]1058。

復：[甲]850 清淨藏，[甲]1736，

[甲]1823 貪生不，[三][宮]1558 多生少，[宋][宮]398 樂而獲。

故：[甲]1736 敬則田。

後：[德]1563 彼歿有，[宮]322 事明哲，[宮]890，[宮]1562 所緣然，[宮]1611 於因緣，[甲]2128 尨方，[甲]952 爲天，[甲]974 二眉下，[甲]1101 夜起首，[甲]1736 謂以在，[甲]1763 二就功，[甲]1828 第四靜，[甲]1851 種性終，[甲]1922 有緣事，[甲]2035 淨慧學，[甲]2250 眼出生，[明]、教[宮]2104 漢魏，[明][乙]1092 二十一，[明]129 今已後，[明]1421 彼來生，[明]1421 多便盛，[明]1522 先際無，[明]2123 下而出，[三]184 還觀與，[三][宮][甲]901 座主以，[三][宮][知]1579 一名爲，[三][宮]1558 識不，[三][宮]2060 剃落敦，[三][聖]200 來共詣，[三]1633 難名更，[三]2154 初序品，[聖]953 自處移，[聖]1425 三昧起，[聖]1440 晨至日，[聖]1509 因緣和，[聖]2157 其受，[另]1428 彼受，[宋][宮]1425 僧乞畜，[宋][元][宮]1425 僧乞二，[元][明]2016 死有前，[知]1441 求。

會：[三][宮]534 者見火。

計：[乙]1736 方生人。

既：[乙]2223 蒙施利。

見：[三]375 四事生。

將：[宮]512，[三][宮]512 諸龍。

教：[三][宮]607 若干惡。

據：[乙]2263 勝處。

況：[甲]1821 長。

賴：[乙]1736。

令：[三]14 是發從。

論：[甲][乙]1822 師儀。

沒：[甲][乙]1822 離色染。

凝：[甲]1782 眞起化。

起：[甲]2300 所襲名，[三][宮]310 緣起尋，[三][宮]834 三昧。

前：[三][聖]100 廁出復。

求：[三][宮][聖]1428 某甲出。

取：[明]1216，[乙]2812 此。

去：[三]2154 後移憩。

全：[甲]1873 性起法。

如：[明]882 是出現。

三：[甲]2128 巫見聲。

蛇：[三][宮]2045 蚖中來。

生：[元]411。

似：[原]2271。

侍：[三][宮]538。

是：[甲]1821 布殺陀，[明]318 所願瑞，[三][宮]1482 業法我，[宋]374 四事生，[宋][元]387 無量阿，[乙]2092 西域而。

疏：[甲]1736 論云。

順：[甲][乙]1822 三心生，[三][宮]1428 衆僧不，[三]2121 是務過，[乙]2263。

說：[甲][乙]1822 遍知所，[甲][乙]1822 加，[甲][乙]1822 威儀心，[甲]1816 此已後，[甲]2219 最實道，[明]1551 於十六，[三][宮]1646 此陰彼，[乙]2249 頂位，[原]、說[甲][乙]1822 業。

聳：[三][宮]2059 職而。

誦：[三]26 解脱時。

雖：[甲]1924 假想而。

隨：[三][宮][甲]2053，[聖]2042 我滅麁。

隨：[甲]1861 多分以，[甲][乙]2263 命長短，[甲][乙]1796 聲，[甲][乙]1821 業，[甲][乙]2263，[甲]2263 實名實，[三][宮]2103 風念茲，[三][宮]2109 後左輔，[三][宮]2121 時五穀，[乙]2263，[乙]2263，[知]741 其教竊。

所：[甲]1821 種相續，[三][宮]1558 種相續，[三]1564 因出是。

提：[明]1674 愚業愛，[三][聖][知]1441 木叉修。

悌：[三]2121 其父母。

投：[甲]2039 於高麗，[三][宮]、沒[聖]1428 沙門釋，[三][宮]732 入地獄，[宋]、捉[元][明]186 五兵勢，[原]1899 大牆依。

徙：[宮]332 步進稽，[甲]2266，[甲]2730 等數輩，[甲][乙]1709 同無所，[甲][乙]2207 弟子，[甲][乙]2261 設徵責，[甲]1781 憂無益，[甲]1782 衆聖德，[甲]2087 此西行，[甲]2261 此語卽，[甲]2261 見，[甲]2266 初現生，[三][宮][甲]901 衆所領，[三][宮][聖]586，[三][宮]345 迎焰花，[三][宮]385，[三][宮]630 使各盡，[三][宮]630 猗憶，[三][宮]1562 數，[三][宮]2060 如林奘，[三][宮]2060 賞豐年，[三][宮]2103，[三]211 如御棄，[三]2103 苦與浩，[三]2104 是寄希，

[宋]187 南往北，[宋]2043 三，[乙]1201 自傷也，[乙]2087 成旅然，[乙]2795 衆盡多，[元]、徙[明]212 便，[元][明][宮]377 衆一時，[原]、徙[甲]1778 但云斷，[原]2339 轍僧祇，[原]1776 衆彼時。

往：[三][宮]398 古過去。

往：[三][宮]458 釋迦文，[三]152。

微：[甲]2339 釋何者。

未：[乙]1821 來未曾。

位：[丁]2244，[甲][乙]1821 多分，[甲]1813，[甲]1887 世異耳，[原]2339 十四不。

聞：[三][宮]2122 天。

我：[元][明]1421 今。

誤：[甲]1736 領解而。

昔：[三]384 無數阿。

徙：[丁]2244 多河舊，[宮]2074 下行居，[甲]2128 棺曰殯，[甲][乙][丙][丁]2092 王國，[甲][乙][丁]2092 空山任，[三][宮]1442 倚門側，[三][宮]1462 我國，[三][宮]2053，[三][宮]2053 補已缺，[三][宮]2060 治雒陽，[三][宮]2103 病高樹，[三][宮]2103 鎬及剋，[三][宮]2103 隋高受，[三][宮]2121 陀山有，[宋][宮]、徙[元][明]2122，[宋][明][宮]、徙[元]345 置恒，[宋][元][宮]2103 去，[元][明][宮]2060 義傾仰。

行：[宮]310 城中出，[宮]425，[宮]536 佛行，[宮]610 得道且，[甲][丙]1076 天下處，[三][宮]656 念過

三，[三][聖]210 是一法，[三]48 是得恭，[三]186 大明吾，[三]193 少小來，[三]397 我橋上，[三]1559，[三]2123 於口中，[宋][元]603 是解，[元][明][宮][聖]222 所入音。

修：[甲]1709 三昧起，[甲]2214 因向果，[甲]2249 死有往。

虛：[甲][乙]1822 加行爲。

須：[甲]2087 在王舍。

旋：[甲][乙]2391 繞，[甲]2397，[甲]2400 舞頂上，[三]193 迷生死。

尋：[明]895 日至月。

夜：[三][宮]2045 則少睡，[三]152 寢不寐，[乙]2249 半日沒。

依：[甲]1851 初義無，[甲]2167 方述，[三]945 空所生，[三][甲]901 西北，[乙]1821 意且據，[原]2253 以理准。

疑：[三][宮]1550 自見舉。

以：[甲]1828 古說其，[甲]2217 功德，[甲]2261 初向後，[甲]2261 定起者，[三][宮][聖]1509 般若波，[三][宮]403 一切智，[乙][丙][丁][戊][己]2092 後百姓，[乙]2250 目從木。

役：[甲]2250。

義：[甲][乙]2397 通。

因：[三][宮]1646 是次得，[三]375 緣生者，[石]1509 般若生。

由：[甲]2814 外入所。

於：[三][宮]564 此間沒，[三][宮]263 佛經，[三][宮]2121 象頂上，[三][甲]901 是佛會，[三]245 無明乃，[宋][明][甲]1077 忉利天，[宋][元]1579 出息至。

與：[三][宮]544 五百長。

欲：[三][宮]1435 此道來。

緣：[三][宮]263 所習而。

在：[明]1988 這裏出，[三][宮][聖]1428 伽尸國。

增：[甲]2195 諸法種。

證：[原]2416 心王毘。

之：[三]192。

至：[三][宮]2122 於大，[元][明]379 阿僧祇。

終：[甲]1238 亦不來，[甲]2263 見道最。

衆：[三]125 三達六，[乙]2263 緣生故。

住：[甲][乙]1822 因能覆，[三][宮]721 在一面，[乙]2223 佛心時。

轉：[乙]2228 明星。

捉：[三]1462 聚落，[三]1440 手取，[聖]1440 僧三乞，[宋][元]2121 之見比。

自：[甲]2053 此西行，[三]203 今已後。

蹤：[元][明]152。

縱：[三][宮]657 捨，[三][宮]1650 意快樂，[三]382 廣，[聖]1859 心所欲。

縱：[宮]2078 用其法，[宮]2034 容法侶，[甲]2266 設和合，[甲][乙]1709 橫，[甲]1717 容次別，[甲]1911 因定發，[甲]2128 曰檻橫，[明][宮]332 欲興邪，[三][宮]2122 受三聚，[三][宮][聖]423 放逸與，[三][宮]669 橫量等，

[三][宮]818 心欲樂，[三][宮]1579 掉逸親，[三][宮]2060 容能令，[三][宮]2060 心更新，[三][宮]2105 天怒之，[三][宮]2121 情安得，[三][宮]2122，[三][宮]2122 橫作忠，[三][宮]2122 容豁然，[三][宮]2122 容以和，[三][甲][乙]2087 橫宜自，[三][聖]291 容便隨，[三]24 心適意，[三]1336 橫安上，[三]2088 百餘，[三]2088 各數千，[三]2088 廣所，[三]2154 橫會應，[宋][宮]2034 容之暇，[宋][宮]2060 容法侶，[宋][宮]2122 容而顧，[宋][宮]2123 容，[宋][明]、從[元]212 容因此，[宋][聖]1 容面貌，[宋][元][宮]1545，[宋][元][宮]2103 容而顧，[宋][元]2106 容問曰，[宋]184 容名聞，[宋]185 容名聞，[宋]186 容名聞，[宋]1017 容，[宋]1564 去者生，[原]2270 覆藏瑕，[原]2431。

足：[三][宮]1425 前日令。

作：[三][宮][聖]626 何等而，[石]1509 比丘僧，[原]1863 凡。

悰

琮：[甲]2053 箋，[宋][元]2061 相去幾。

琮

悰：[三][宮]2108 福田論，[三]2149 二部十，[三]2149 以宇內，[三]2154 譯琮，[乙]2157 識量聰，[乙]2157 撰。

宗：[明]2154 校諫撰，[三]2149。

藂

叢：[明]1。

叢

菆：[三][甲]2087 摩衣麻。

景：[乙][戊][己]2092 林眾僧。

聚：[宮]224 樹作是，[宮]1509 生稠，[甲]1007，[甲]2089 生成林，[三][宮]1543 水枝灑，[三][宮]2060 譎詭超，[三][宮]2122 處中多，[三][宮]2122 飲飲酒，[聖]125 如。

藪：[宋]、蘇[元][明]184 林山其。

業：[明]309 林，[三]2110 於育王，[聖]1442 棘易入，[元]2061 林焉岸。

湊

處：[聖]627 答曰從。

輳：[甲]1736 一轂三，[三][宮]2034 涅槃亦。

奉：[宮]813 時諸比，[三][宮][聖]318 又舍利。

疾：[三]184。

漆：[三]100 羅突邏。

臻：[三][宮]2060 玄極皆，[三][宮]2122 欲於巖，[三][聖]643 諸女家。

奏：[宮][聖]292 無舉無，[宮][聖]481 無去無，[宮][聖]481 相心所，[宮]425 斷諸狐，[宮]481 處不可，[三][宮]513，[聖]125，[聖]350 兩比丘，[聖]627 答曰欲，[宋][聖]626 則答言。

粗

麁：[甲]1789 也若能，[甲]1965 分此彼，[明]365 見極樂，[明]982 粗噜二，[明]985 識字義，[明]2076 經冬夏，[明]2131 譜篆隸，[明]2131 述大綱，[明]2131 研味乎，[三][流]360 妙應其，[三]199 細食常。

矗：[明]156 復驚起。

但：[元][明][宮]225 欲成佛。

沮：[三][宮]1648，[三][聖]、涅[宮]419 及。

年：[聖]200 相答問。

頗：[甲][丙]2087 有沿革。

且：[三]1 八十譬。

粗：[甲]2128 字音在。

租：[三]、祖[宮]2122。

祖：[甲]2132 有增損，[三][宮]263 習假有，[乙]2081 述宗旨。

作：[宮]425 舉目要。

麁

別：[甲]2281 處所耶。

並：[三][宮]1458 罪卑咸。

塵：[宮]1595 識相應，[甲]2250，[三][宮]1522 如經，[元]1666 與心相。

癡：[聖]660 惡言九。

粗：[甲]1717 寄複句，[甲]2010 寧有。

麁：[元]2016 浮不於。

酖：[聖][另]790 陋似乞。

道：[甲]1816 細即前，[聖]1579。

德：[甲]2274 師之教。

惡：[三][宮]1435 言唯迦。

剛：[三]606 而心婬。

廣：[甲]952 大蓮花。

穬：[三][宮]2122 妙娑婆。

姦：[宋][宮]、蘭[元][明]329 又。

兼：[甲]1829 類而論，[甲][乙]2434 顯示因，[甲]1828 第，[甲]2218，[石][高]1668。

聚：[甲]1778 細色三。

苦：[甲][乙]1823 果故亦。

糲：[三][宮]2060 食談玄。

鹿：[三]、麁皮摩刬及摩拭 1435 皮摩刬，[三][宮]2102 救急故，[聖]1464 入，[宋]26 食或至，[元][明]2016 衣也計，[元]566 語。

漉：[甲]1828 盡者此，[宋]99 上煩惱。

麻：[三][宮]310 紵諸是。

上：[三][宮]1605 麁重中。

疎：[甲][乙]2263 所緣緣，[甲][乙]2263 所緣緣，[甲]2263 因可同，[甲]2263 緣也故，[甲]2263 遠取諸，[乙]2263 鈍劣故。

疏：[乙]2263 淺法自。

庶：[甲]1816 境有明，[三][宮][另]410 人處不，[三][宮][知]598 人得淨，[三]2145，[三]2145 得文意，[乙]2379 之歡夕。

爽：[三][宮]322 言以柔。

位：[明]2016 觀劣故。

細：[甲]2204 妄。

相：[原]1849 念所等。

彥：[甲]2299。

遮：[甲]2362 動未能，[聖]1441
罪四波，[原]1856 物多和。

蔗：[甲]1805 舍樓伽。

衆：[宮]1509 色不以。

塵：[三]99 穢我亦。

著：[原][甲]1722 喻佛乘。

䶒

遮：[三]1 二名多。

徂

粗：[三][宮]2103 遷重依。

殂：[三]、祖[甲]2087 落，[三]
[宮]2060 歿僧，[三][宮]2103 背痛
悃，[三][宮]2122 化因而，[三]2103，
[元][明]2087 落而諸。

但：[甲]2119 東之，[甲]2128 南
不北，[甲]2128 兊反論，[聖]2157 冬
翻譯。

但：[甲]2128 昆反説。

爼

俎：[甲][乙]2087 落先立，[三]
[宮][甲][乙]2087 落夫龍，[三][宮]
2034 唯，[三][宮]2103 則聖醫，[三]
2145 落三師，[三]2149 唯多，[宋]
[元][宮][聖]1579 落者從。

悃：[元][明][宮]2060 化春秋。

逝：[三][宮]2059 往悲恨。

阻：[甲]1744 壞，[三]2121 寬惠
辭。

促

從：[甲]1771 正於，[三][宮]304
無量不，[三][宮]607 意便動，[三]
[宮]1421 期唯與，[三][宮]1464 出去
不，[三][宮]2123 放出去，[宋][元]
1562 故此不。

但：[三][宮]2122 皆危脆。

短：[三][宮]396 四十頭，[三]
[宮]746 命喜故，[原]1851 所生極。

急：[三][宮]1425 還去若。

今：[乙]1821 時妙果。

歿：[宮]310。

搜：[三]203 問國。

速：[三]、捉[宮]2122 去莫住。

縮：[甲][乙]2263。

提：[甲]2196 袈裟待。

徒：[元][明]1507 現其二。

位：[甲][乙]1822。

徙：[三][宮]1464 去不復。

役：[甲]2217 刹那，[甲]2263，
[宋][元]1470。

振：[宮]1425 刀。

住：[甲][乙]1822 名爲近。

捉：[甲]1918 時無常，[三][宮]
2060 來就死，[三][宮]2121 現之一，
[三][宮]2122 持衒賣，[三][宮]2122 放
出去，[三]152 取殺之，[三]1435 僧
拭脚，[宋]152 持去更。

縱：[三][宮]398 暴知疾。

猝

粹：[聖]1723 作猝。

卒：[三][宮]2122 風雨來，[三]

[宮]2122 云何乃，[聖]1723 音切。

倅：[甲][乙]2194 也急也。

捽：[甲]1723 起也此。

蔟

族：[明][聖]211 結髮名。

醋

酢：[宮]1555 等增則，[三][宮]1545 細蟲諸，[三][宮][聖]1428 味酒者，[三][宮]374 三，[三][宮]1462 臭問曰，[三][宮]下同 374，[三][宮]下同 374 等味以，[三]945，[三]945 梅口中，[聖]1428 若甜若，[聖]1723 謂生空，[宋][元]945 鹹淡甘。

蹴

蹙：[三]1341 眉復名，[元][明]721 令食以。

傶：[元][明][宮]796 集華實。

䠡：[三]1336 脾。

嗾

嚼：[宋][宮]2121 者便。

簇

族：[宋][宮]2103 輕輦西。

蹙

成：[原]2229 三角。

蹴：[宋]、奢[元][明]721 面指甲。

蹙：[三][宮]443，[三][宮]2122 眉復聚。

蹙：[三]197 之挫折。

哈：[三]643 罪人令。

頗：[聖]639 其心廣。

戚：[乙]1032 八。

慼：[明]489 諸根清，[三][宮]648 儒和，[三]310 住三法，[聖]1579 取淨妙，[宋][元]2103 意樹發。

蹴：[宋]、蹴[元][明]、蹙踏蹴[宮]768 踏自致。

蹴

觸：[宮]1435 瓶甕器。

蹙：[三][宮]2122 之曰汝，[三][宮]2123 捶打無，[三]202 不已即。

蹈：[三]99 令其消。

踐：[三][宮]613 踏是。

驚：[宋][元][宮]、就[明]2122 令勤與。

熟：[三][宮]1435。

蹈：[宮]721，[宋][宮]1486。

踏：[三][宮]606 吾等而，[三][宮]2121 而去。

願：[元][明]310 自身口。

蹙

變：[三][宮]2122 爲七寶。

鑹

钁：[宋][元]、[明]190 鐵輪三。

攢

攢：[三][宮]1559 等色無。

㑨：[三]196 採法齋。

揩：[三]攢[聖]1 則有火。

潛：[石][高]1668 地區區。

繩：[三][宮]2122 爲。

鑽：[三]、攢燧鑽火[宮]1646 燧不息，[三]374 繩衆生，[三][宮]1546 上下相，[三][宮]374 因，[三][宮]617 火見烟，[三][宮]670 燧泥團，[三][宮]681 搖，[三][宮]720 攢因，[三][宮]1509 燧求火，[三][宮]1521 木出火，[三][聖]、－[另]1509 燧求火，[三]172 尋道術，[三]374，[三]375 繩衆生，[三]375 搖漿猶，[三]616 酪成酥，[三]682 搖酥終，[三]1488 火以不，[三]1982 頭聞，[聖]375 火先有，[元][明][宮]374 火先有，[元][明]186 木出其，[元][明]190 火有人，[元][明]375 及人爲，[元][明]1525 燧人功，[元][明]2122 酪爲。

鑽：[甲][乙]1929 火，[甲]1929 搖，[三][宮]374，[三][宮]721 火火生，[三][宮]721 酪出酥，[三]25 酪成就，[三]374 搖，[元][明]26 攢生火。

欑

鑽：[三][宮]1462 酥至。

纂

墓：[元]2122 位。

宴：[宋][宮]、眷[元][明]2122 慈悲有。

纂：[元][明]、墓[宮]2122。

竄

突：[三]311 至異處。

爨

擦：[宋][宮]、攢[元][明]397 數百千。

崔

豈：[元]2122 名。

雀：[宮]2060 子之念，[明]2102 文賣藥，[宋][元]2149，[宋]2060 觀注易。

鳴：[甲][乙]2309 鶴。

崖：[宮]2102 頂謀事。

催

摧：[丙]2120 邪顯神，[三][宮]1681 諸惡法，[三][宮]2060 臭加，[聖][甲]953 一切魔，[聖]125 駕，[聖]1425 送歸野，[原]1760 年促壽。

攉：[宋][甲]、推[元][明]2087。

情：[三][宮]541 裂肝心。

推：[宋][元]2087 論外道。

推：[明]1209 三世有，[三][宮][甲][丙]2087 鋒萬夫，[三]2145 知嶮趣，[宋]1545 欲界已，[乙]1821 異相能。

擁：[甲]2068 殯堤下。

捉：[三][宮]2121 送歸野。

摧

拔：[三][宮]2042 倒法。

搥：[三]24 胸叫喚。

催：[宮]382 四魔故，[甲]1238 伏外道，[明][丙]1277，[明]721 滅況人，[明]1605 伏種子，[明]2154 邪護

法，[三][宮]2122 作惡令，[三]2122，[原]1763，[原]1776 令速去。

礧：[石]1509 碎諸佛。

調：[元][明]325 伏所。

獲：[甲]923 碎金剛。

際：[宋]、除[明]895 苦惱及。

降：[三][宮]272 魔怨敵，[三][宮]2058 伏剃除。

能：[宮]310 滅。

權：[甲]1782 於，[甲]1763 非實開，[三][宮]2102 勢地，[乙]1816 諸，[乙]1822 破般遮。

勸：[三]152 焉叔曰。

推：[宮]744 疫火，[宮]2122 異見伏，[甲][乙]1821 彼勢力，[甲]1007 伏一切，[甲]1782 外道德，[明]1450 我對，[明]2034 壓邪正，[三][宮]1562 彼諸妄，[三][宮]2045 撿此人，[三][宮]2102 山降龍，[三]1442 折便起，[宋][宮]721 沙搏一，[宋][宮]1562 唯有心，[乙]2362。

握：[原]、攦[甲]1026 沙爲堆。

雄：[三]187 裂。

攦：[甲]1239 碎蘇悉，[甲]1782 障故妙。

癱：[原]、攦[原]、攦[甲]1782 曲等過。

折：[三][宮]2049 伏其。

稚：[三]22 盧如是。

擲：[三]192。

攉：[甲]1723 八難一。

榳

鏤：[明][甲]2131 戶牖垣。

權：[原]1899 丙此院。

攘：[甲]2053 連繩彩。

榱：[甲]914 榱起。

權

摧：[甲]2402，[甲]2402 天二圖。

漼

鏙：[宋][明][宮]2122 然自。

脆

胞：[三][宮]332 決之純，[三][宮]2121 景，[三]311 想解脫。

辯：[乙]1909 口利辭。

肥：[三][宮]1464 餠諸佛。

娠：[聖]613 四面風。

肶：[甲]2266 迦等。

胎：[三][宮]381 生諸天。

脃

脃：[三][宮][聖]278 或名賊。

萃

悴：[元][明]2123 況復命。

瘁：[三][宮]1545 故名爲。

華：[甲]1782 人王有，[甲]2125 在一邊，[甲]2207 之覽者，[聖]2157 首那躬，[聖]2157 資聖寺，[宋][宮]639 香芬馥。

集：[三][宮]2059 後，[三]2060。

騰：[宮]2108 實詳諸。

茈：[宋]2060 其中恐。

雜：[明]1450。

淬

霈：[三][宮]2103 德潛。

悴

怖：[聖]279。

萃：[乙]1736。

領：[甲]2082 見裕悲。

惡：[三][宮]1552。

華：[乙]1736。

悸：[三]202 諸醫。

毳

脆：[三][宮]2121 當持備。

瘁

萃：[三][宮]1545 時滅和，[三][宮]2122 況復命。

悴：[三][宮]2122 不可，[三][宮]2122 而名惡，[三][宮]2122 佛本誕，[三][宮]2122 菩薩，[三][宮]2122 若多飲，[三][宮]2122 形容向，[三][宮]2122 欲死遣，[三][宮]2122 自非宿。

領：[宮]2122 無賴第，[三][宮]2122 斷穀，[三][宮]2122 見裕悲。

瘵：[三][宮]2034 願彼大。

粹

料：[宮]2102 兩賢正。

柔：[甲]1724 出漏。

研：[甲]1828 究方學。

翠

好：[聖]26 草被岸。

藥：[三]、始[宮]2103 欲含惑。

卒：[聖]2157。

顇

悴：[三][宮]374 復次迦，[三][宮]2040 其食少，[三]375 復次迦。

髻：[三][宮]2122 腋汗流。

邨

村：[宮]2104 尹長樂。

村

材：[宮]278 營鄉邑，[宮]1559 亦名阿，[宮]1998 不，[甲]2129 柵也說，[明]309，[明]1428，[三][宮]2122 人臨，[聖]2157 傷。

持：[聖]190 主之女，[聖]953 邑前住。

邨：[明]1459。

打：[三]201 不欲與。

得：[宋]26 火燒或。

對：[三][宮]1521 邑聚落。

封：[三][宮]1546 主於村，[三][宮]1563 邑是名，[另]1453 及村勢。

符：[原]1159 帶四十。

怗：[宮]2122 中沙彌。

聚：[三][甲]1335。

林：[宮]2122 聚，[甲]2250，[明]2085 名呵梨，[三]1 封所有，[三]2149 中沙彌，[聖]99 邑，[聖]1458 南至攝，[乙]2296 說四大。

樹：[三][宮]1451 漸向涅，[宋][元]201 邊有大。

松：[宮]1433 阿蘭若。

孫：[三][宮][聖]1460 陀佛知。

特：[三]2125 遙亦未。

行：[宮]1808 而中道。

孂

皮：[宮]720 剝色若。

破：[三][宮]1562 裂匵食。

存

本：[宮]656 心報無。

成：[甲]2371 六識所。

當：[三]1331 念五方。

發：[甲]1921 因生。

非：[元]2066 斯妙。

好：[三][宮]1513 鞠理西，[三]2145 尋覽於。

濟：[三][宮]2122 命先知。

命：[三]1 是爲白。

期：[三]202。

勸：[原]1248 心。

求：[明]477 道永不。

生：[三][宮]2123 還視華。

實：[甲]1736 何況非。

受：[甲]2354 七衆律。

殊：[甲][乙]1866 理。

述：[甲]2263 圓測等。

爲：[甲]2254，[甲]2195 此義故，[三][宮]2104 勝高想。

孝：[原]1308 意遷土。

學：[甲]1736 有無相。

依：[甲]2217 者淨名，[乙]2263 義類相。

疑：[原]1796 爲說是。

有：[甲]1736 互奪即，[甲]1736 若離生，[甲]1736 由非不，[甲][乙]2296 三乘賢，[甲]1863 種當果，[甲]2195 二門是，[甲]2337 其三品，[明]5 者衆比，[宋][宮][聖]1585 一無睡，[乙]2263，[元]1817 有念即，[元][明]2016 隨於染，[原]2248 之若前，[原]1858，[原]2339 此法似。

約：[甲]2262 二滅而。

在：[宮]403 在欲緣，[宮]425，[宮]606 於空寂，[宮]622 清白道，[宮]810 不出是，[宮]2034 此寧不，[甲]1715 胡本應，[甲]2249 此，[甲][乙]901 父母著，[甲][乙]924 念於我，[甲][乙]2223 不，[甲][乙]2309 大小之，[甲]1717 大機則，[甲]1733 故也如，[甲]1733 於此，[甲]1775 世曰命，[甲]1781 學人故，[甲]1828 諸漏永，[甲]1921 聖言無，[甲]1924 權形取，[甲]1929，[甲]2087 傳教門，[甲]2219 此中，[甲]2223 不壞也，[甲]2270 第三絕，[甲]2290 于此文，[甲]2296 衆家但，[甲]2300 象者非，[甲]2300 於如如，[甲]2362 空相空，[明]293 禁暴，[明]2053 輝賈五，[明]2059，[明]2076，[三]1 此，[三][宮]341 心依我，[三][宮]1546 是以讚，[三][宮]2034 道味寧，[三][宮]2122 時人見，[三][宮][聖]481 三界不，[三][宮]318 正眞不，[三][宮]423 如彼

虫，[三][宮]627 於，[三][宮]754 從昔已，[三][宮]1459 意，[三][宮]1507 濟，[三][宮]1513 梵本者，[三][宮]1545 何緣輕，[三][宮]1595 説名法，[三][宮]2034 而莫悟，[三][宮]2042 子白父，[三][宮]2059 宣法漢，[三][宮]2060，[三][宮]2060 此奉信，[三][宮]2060 戒乎住，[三][宮]2060 命若斯，[三][宮]2060 捨俗二，[三][宮]2060 焉東宮，[三][宮]2060 焉由物，[三][宮]2060 言既克，[三][宮]2066 懷所在，[三][宮]2087 編比故，[三][宮]2102 乎王者，[三][宮]2102 其跡不，[三][宮]2102 又云下，[三][宮]2104 道黨潛，[三][宮]2108 我而不，[三][宮]2111 而不，[三][宮]2121，[三][宮]2122 大，[三][宮]2122 焉，[三][宮]2123 眷屬得，[三][宮]2123 下説且，[三][宮]2123 正，[三]190 而當，[三]211 色欲，[三]549 當令入，[三]721 能討，[三]721 鬱單越，[三]945 今復問，[三]1463 名爲炙，[三]1579 忍受衆，[三]2063 弟子慧，[三]2087 者二三，[三]2110 安養，[三]2122 又於蒼，[三]2125，[三]2125 大教自，[三]2145，[三]2145 長年檀，[三]2145 乎其人，[三]2145 乎人深，[三]2145 文飾今，[三]2145 永寂亦，[三]2145 於世經，[三]2149 玁狁飲，[三]2149 學必假，[三]2153 篇古今，[三]2154 二闕，[三]2154 供養難，[三]2154 後悲華，[三]2154 也，[三]2154 於世昔，[聖]222 薩芸若，[聖]

2157 存四箇，[聖]125 亦依於，[聖]125 於世是，[聖]200 活云何，[聖]225 索佛，[聖]481 顛倒法，[聖]1421 時所有，[聖]1428 此是比，[聖]1451 者既溺，[聖]1458 意不應，[聖]1470 未得出，[聖]1733 也四非，[聖]1851，[聖]2157 便隨本，[聖]2157 僧佉論，[另]1442 恭敬諸，[宋]2154 一闕，[宋][宮]329 不捨衆，[宋][宮]385，[宋][元][宮]784 即自見，[宋]1 生自恣，[宋]152 顧，[宋]2106 心聽既，[乙][丙]2163 安寧刹，[乙]1821 汝今，[乙]1823 名，[乙]2263 此意也，[元]2016 恒泯所，[元][宮][聖]425 道品不，[元][明]614 近細志，[元]2122 山神從，[原]1879 此也即，[原]1858 乎極數，[原]1858 與道通，[原]2126，[原]2431 龍宮祕，[原]2431 融通人，[知]266 清白法，[知]418 如是行，[知]1579 養。

住：[丙]2081 不壞也，[宋]2087 記異説。

字：[甲][乙]1822 也論。

尊：[甲]2214 第一命。

洊

荐：[甲][乙]2426 至疫癘。

忖

己：[三][宮]2122 愚戇之。

恃：[宋][明]1272 捹哩。

推：[三][宮]2042 我。

惟：[三][宮]2123 一切衆。

寸

尺：[三][宮]2121 王復使，[三] 2063 極細軟。

對：[甲]2299 治之法。

了：[明]2016 無差。

千：[元]1559 於中衆。

切：[明][乙]1092 左大拇。

十：[甲]2299 瓶瓶不，[元]2145 髭半於。

水：[乙]2296。

無：[明]2076 絲。

牙：[明]2123 來象師。

曰：[宋][元]、爲[明]、寸爲[甲] 1227 准也制。

指：[甲][乙][丙]1214 橛頭如，[原]2409 橛頭如。

肘：[甲]951 如法摩，[明]1110 寸禪智，[乙]972 或茅草，[元][明][宮] 2066 闊一尺，[原]2409 或籍以。

搓

瑳：[宋][甲]1332 磨令心。

合：[宋][明][甲]1077 以。

善：[宮][甲][乙][丙]866 緊合雜。

瑳

縒：[明]1032 十薩嚩。

磋：[三][宮]2103 所惑積。

蹉：[明]1451 有病乃，[三][宮] 444 德佛南，[三][宮]1451 從出，[三][宮]1451 身常抱。

嗟：[明][甲]、磋[乙][丙]876 特鏒二。

磋

瑳：[甲]1912 琢磨者，[甲]1921 琢磨同，[三]152 內懷惶，[三]152 之教儀。

蹉：[宮]2123 之意事，[三][宮] 469 上字時，[三][宮]1435 姓。

嵯：[三][宮]2102 峨竭愛。

撮

集：[原]1828。

輯：[三][宮]2103 略爲名。

據：[甲]2035 妙樂。

攝：[甲]2266 擧其，[甲]2266 略云按。

挽：[明]1450 留阿難。

攤：[甲]2367 大虛入。

輒：[元][明]2121 欲食。

總：[三][宮]2121 其頭強。

藂：[三][宮]2103 爾小醜。

蹉

差：[宮][知]598。

蹯：[甲]1222 五。

搓：[元][明]721 捬消。

瑳：[丙]1076 婆，[三]1341 爲食隋，[宋][元][宮]1451 得來至。

磋：[三]1056 二十，[聖]99 國王名，[宋][聖]99 王優陀。

跪：[原]1298。

嗟：[宮]383 阿訶，[明][甲]901 三鉢底，[聖][石]1509 羅秦言，[石] 1509 字，[石]1509 字門入，[宋][明]

1170 二十九。

　　井：[三][甲][乙]1069 阿尾。

　　羅：[明]397 國憂褌。

嵯

　　差：[三][宮]630 欲貪三。

　　蹉：[三][宮]1549，[三][宮]1549 種説如。

矬

　　痤：[博]262 陋，[甲]1728 短卑，[三][宮]411 醜人不，[三][宮]1644 小或二，[宋][明]1191 不長具，[宋][元][宮]2122 短醜陋。

　　短：[宮]1545 陋支，[宋]220 陋攣躄。

　　埵：[宮]1546。

　　座：[三][宮]671 陋世尊，[聖][另]1721 報謗微。

痤

　　矬：[明]2122 醜所言，[三][宮]227 短不聾，[宋][元][宮]、銼[明]379 陋及攣。

　　座：[甲]2128 也文字，[甲]2792 趣容膝。

剉

　　莖：[宮][聖]606 斬之觀。

挫

　　拔：[宮]2122 邪。

　　挂：[明]220 辱彼人。

剒

　　斮：[三][宮]2053 生靈芝。

厝

　　措：[三]、－[宮]2060 懷藝術，[三][宮]2059 美容色，[三][宮]2060 言久，[三][宮]2104 必合於，[宋][宮]、指[元]、止[明]1487 得所善，[元][明]167 慚愧。

　　錯：[宋][宮]384 金棺隨。

　　厝：[乙]1715 疑何意。

　　歷：[宮]2104 懷皆爲，[宋][宮]2103 懷皆爲，[宋]2154。

　　曆：[宮]2060，[甲]2068 言王言，[宋][宮]2103 言無。

　　曆：[宋][宮]468 語言也。

　　廟：[宮]2060 塔基寺。

措

　　厝：[三][宮]1435 佛身而，[三]6 骨此，[三]2112，[乙]1909 疑心何。

　　錯：[甲]2266 字應爲，[三][宮]263 右掌擧，[三][宮]2102 雅頌之。

　　揩：[甲][乙]1709 陀者此。

　　借：[聖]190。

　　措：[甲]2128 法也説。

　　情：[甲]1724 在如藥。

　　惜：[甲]2053 乃見群。

　　指：[三][宮]2060 乃對沙。

銼

　　錐：[三][宮]2060 刀。

錯

廁：[三][宮]669 莊嚴八。

差：[三][宮][聖]1428 汝向誰。

鋝：[甲]1512 謬此無，[甲]1816。

過：[甲]2250。

索：[三]212 繫兒頸。

謂：[甲]2266 六爲八。

鏇：[甲]1805 木塑車。

雜：[三][宮]721。

諸：[元]1488 謬。

鐯：[甲]2128 非也。

鑽：[三]2060 磨始了。